远行译丛

Sailing alone around
the world

一个人环游世界

〔美〕约书亚·斯洛克姆 著　麦倩宜 译

人民文学出版社
PEOPLE'S LITERATURE PUBLISHING HOUSE

图书在版编目(CIP)数据

一个人环游世界/(美)约书亚·斯洛克姆著；
麦倩宜译.—北京：人民文学出版社，2021
（远行译丛）
ISBN 978-7-02-015653-5

Ⅰ.①一… Ⅱ.①约… ②麦… Ⅲ.①游记-作品集-美国-现代
Ⅳ.①I712.65

中国版本图书馆 CIP 数据核字(2019)第 263072 号

出 品 人　黄育海
责任编辑　朱卫净　颜颖颖
封面设计　汪佳诗

出版发行　人民文学出版社
社　　址　北京市朝内大街 166 号
邮　　编　100705

印　　刷　上海利丰雅高印刷有限公司
经　　销　全国新华书店等

字　　数　195 千字
开　　本　890 毫米×1240 毫米　1/32
印　　张　8.75
版　　次　2021 年 8 月北京第 1 版
印　　次　2021 年 8 月第 1 次印刷

书　　号　978-7-02-015653-5
定　　价　78.00 元

如有印装质量问题，请与本社图书销售中心调换。电话：010 - 65233595

约书亚·斯洛克姆船长

浪花号在澳洲沿海（根据照片绘制而成）

浪花号在纽约外海遭遇暴风雨

目 录

1 第一章
具有扬基人特质的清教徒后裔——少年时代就热爱海洋——成为北方之光号船东、痛失阿奎德内克号及乘小木舟自由号从巴西返航——我的礼物是一艘船——重建浪花号——关于资金及塞填船板缝隙之谜——浪花号下水

11 第二章
失败的渔夫及计划航行全球一周——从波士顿到格洛斯特——张罗航程所需物品——半条渔船充当救生艇——从格洛斯特航行到新斯科舍——在家乡的海域遭遇风浪——与老友重聚

22 第三章
告别美洲海岸——在浓雾中离开塞布尔岛——与月亮里的先生分享我的航程——第一波孤寂感来袭——西班牙船长送来一瓶酒——与爪哇号船长的对话——蒸汽船奥林匹亚号船长的话——抵达亚速尔群岛

34　第四章

亚速尔群岛强风大作——因奶酪和李子吃坏肚子而昏迷——平塔号的舵手——抵达直布罗陀——与英国海军礼尚往来——在摩洛哥海岸野餐

46　第五章

在女王的拖船协助下自直布罗陀出航——浪花号航线从苏伊士运河改为合恩角——被摩尔海盗追赶——和哥伦布比赛——加那利群岛——佛得角群岛——海上生活——抵达伯南布哥——向巴西政府追讨欠款——准备应付合恩角的恶劣天气

60　第六章

离开里约热内卢——浪花号搁浅在乌拉圭的沙滩上——险些遭遇船难——发现帆船的男孩——浪花号浮起但受损——马尔多纳多的英国领事礼貌拜会——在蒙得维的亚受到热烈欢迎——与老友同赴布宜诺斯艾利斯——游览布宜诺斯艾利斯市区——截短桅杆和船首斜杠

73　第七章

拉普拉塔河口激流涌现——被大浪淹没——海峡入口狂风巨浪——山布利克船长送我好礼：一包地毯钉——离开弗罗厄德角——被福蒂斯丘湾来的印第安人追赶——在三岛湾补给木柴和水——动物生活

89　第八章

被一场风暴逼向合恩角——斯洛克姆船长最大的海上

历险——从科克本海峡再次航抵麦哲伦海峡——几个原住民踩到了地毯钉——火把的危险性——一阵阵猛烈的威利瓦飑——再度朝西航行

99 **第九章**
修补浪花号的帆篷——遇上原住民在慌乱中停泊——蜘蛛大战——又与"黑派卓"照面——拜访蒸汽船哥伦比亚号——对抗原住民独木舟船队——穿越海峡的航海人留下的记录——碰巧捡到一批兽脂货物

113 **第十章**
冒着暴风雪抵达安古斯托港——浪花号成为火地原住民的箭靶——亚伦·埃里克岛——又来到辽阔的太平洋——驶向胡安·费尔南德斯群岛——来到鲁滨逊的泊船点

124 **第十一章**
胡安·费尔南德斯群岛岛民爱吃美国炸圈饼——鲁滨逊美丽的世外桃源——亚历山大·塞尔扣克的纪念碑——鲁滨逊的洞穴——与孩子在岛上漫游——在友善的和风吹拂下一路向西——在南十字星和太阳的引导下自由航行一个月——见到马克萨斯群岛——计算经度的经验丰富

135 **第十二章**
七十二天未停靠港口——鲸与鸟——浪花号厨房一瞥——飞鱼当早餐——在阿皮亚受到欢迎——斯

蒂文森太太来访——萨摩亚人热情好客——骑马奔驰被捕——有趣的旋转木马——帕巴塔学院的师生——遭海中仙女戏弄

148　第十三章
萨摩亚王室与马雷托国王——向瓦伊利马的朋友道别——南下前往斐济——抵达澳洲纽卡斯尔及悉尼——浪花号上有人成了落汤鸡——船舰福伊号送浪花号一套新帆——抵达墨尔本——一条有身价的鲨鱼——改变航线——遭遇"血雨"——在塔斯马尼亚停泊

165　第十四章
一位女士的来信——环绕塔斯马尼亚航行——船长在航程中首次发表演说——丰盛的补给品——浪花号在德文波特港接受安全检查——又回到悉尼——外行水手驾船失事——北上前往托雷斯海峡——珊瑚海上危险重重——澳洲海岸的朋友

178　第十五章
抵达昆士兰的丹尼森港——一场演说——库克船长的纪念碑——在库克敦举行慈善演说——幸运逃离珊瑚礁——荷姆岛，星期日岛，柏德岛——美国来的采珠人——星期四岛上的庆典——送给浪花号的新旗——布比岛——横渡印度洋——圣诞岛

193　第十六章
小心翼翼地航行——一连二十三天航程里只有三

小时掌舵——抵达基灵群岛——一章奇特的社会史——岛上的孩子成群结队来欢迎我——在海滩上清理浪花号并重刷船壳——用一罐果酱请伊斯兰教阿訇为我祈福——基灵岛是人间天堂——乘小船出海险些遇难——驶向罗德里格斯岛——被当成反基督者——一场演说——山上的修院

207 **第十七章**
在毛里求斯的健康证明——在歌剧院回顾航海经历——新发现的植物以"斯洛克姆"命名令我深感荣幸——载着一群年轻小姐出海遨游——在甲板上露营——在德班受到热情欢迎——斯坦利先生善意地反复盘问——三个布尔人智者搜集地球是平面的证据——离开南非

220 **第十八章**
古代航海家绕过"暴风角"——惊涛骇浪的圣诞节——浪花号在开普敦停留三个月——克留格尔总统的奇怪诠释——浪花号上的贵客——椰丝充当门锁——英国皇家海军上将来访——驶向圣赫勒拿岛——陆地在望

231 **第十九章**
拿破仑被放逐的小岛——总督官邸闹鬼房间的客人——游览古迹"朗伍德"——山羊咬碎咖啡豆荚——浪花号上的动物都没好结果——我对小狗有成见——老鼠、波士顿的蜘蛛和自相残杀的蟋

蝉——阿森松岛

240 第二十章

巴西圣洛克角外海洋流助我——令我一头雾水的美西战争——行经恶魔岛的监狱——浪花号又见到北极星及特立尼达的灯塔之光——格林纳达感人的欢迎词——对友善的听众演讲

249 第二十一章

准备回家——进入无风带——布满马尾藻的海面——三角帆支索遭强风吹落——在法尔岛外海遇上飓风——四万六千多英里的航程终告结束——浪花号重返费尔黑文

258 后记

我所知的她的来历——浪花号的船体线图——自动航行的性能——索具设计图与航行装置——空前的航行技术——敬告有志航海者的结语

269 附录

约书亚·斯洛克姆船长小传

第一章

具有扬基人特质的清教徒后裔——少年时代就热爱海洋——成为北方之光号船东、痛失阿奎德内克号及乘小木舟自由号从巴西返航——我的礼物是一艘船——重建浪花号——关于资金及塞填船板缝隙之谜——浪花号下水

具有扬基人特质的清教徒后裔

在风光如画的加拿大滨海省份新斯科舍①有一座北山，山的一侧俯瞰芬迪湾②，另一侧毗邻土地丰饶肥沃的安纳波利斯山谷。北山的北坡是一片茂密的耐寒云杉。云杉质地坚硬，是极佳的造船材料，大量运用在各类船只上。海岸沿线的居民吃苦耐劳、身强体健，总是伺机进军全球贸易圈。商船船长的出生地若是新斯科舍，往往势如破竹，无往不利。我虽然是一个美国公民，却在冷飕飕的二月二十日出生在北山的某个气候严寒地区。我是出生在新斯科

---

① 新斯科舍（Nova Scotia），加拿大东南部省份，东南西三面临大西洋。欧洲移民移民加拿大的登陆点，英国人后裔占比大。
② 芬迪湾（Bay of Fundy），大西洋海湾，位于加拿大新斯科舍省和新不伦瑞克省及美国缅因州之间，呈东北—西南走向，是世界上潮位最高、潮差最大的海湾。

舍的美国北方人，俗称"扬基人"①，但其实这个词用来泛称归化美国的新英格兰人——严格来说，新斯科舍人并非地道的"扬基人"。我的父系与母系家族均是水手之家，父系的斯洛克姆家族成员即使不在海上讨生活，至少也喜爱用木头削刻船只模型，或曾立志航海遨游，我的父亲即是个中好手。如果他遇上船难，被困在无人荒岛，只要手边有把折合式水手刀，又能找到一棵树的话，返航绝非难事。他谙熟船只，却因造化弄人，让一座老旧的黏土质农场成了他泊岸的锚。父亲生性不畏狂风暴雨，不论参加野营集会还是出席老派的奋兴会，从不坐在后排。

少年时代就热爱海洋

至于我呢，从小就一心向往海洋，奇妙的海洋对我来说具有无穷的吸引力。八岁那年，我就和几个男孩在海湾里乘船漂流，冒着生命危险却浑然不知。十几岁时，我登上一艘渔船担任重要的掌厨工作，但我在厨房里待了没多久就被赶了出来，因为船员们一看到我初次做的布丁就大为不满。我还没来得及发挥天分成为烹饪大师，便被撵下了船。接着，我又朝追求快乐出航的目标迈进一步，在一艘航行外国的全帆装船上担任水手。于是，我"直接来到船

---

① 扬基人（Yankee），狭义指美国新英格兰地区（缅因、新罕布什尔、佛蒙特、马萨诸塞、罗得岛、康涅狄格各州）的本地人。通常表示以下特征：精明、节俭、机敏、守旧。大约从南北战争（1861—1865）开始，美国南方人就对北方士兵或居民如此称呼。语源不详。

首"①，参与操控船只航行的工作，再也不用坐在船舱里对着窗外的海景干瞪眼了。

成为北方之光号船东、痛失阿奎德内克号及乘小木舟自由号从巴西返航

我指挥的船名叫北方之光号，我还是这艘体面帆船的船东之一呢！我很有理由以这艘船为豪，在当时（十九世纪八十年代），北方之光号是美国最棒的帆船。之后我拥有了另一艘船阿奎德内克号，并驾驶这艘三桅小帆船出海。这艘全手工打造的小帆船在我的眼中近乎完美、无懈可击。她的航速快得没话说，起风的时候根本无需借助蒸汽机的动力。我担任阿奎德内克号船长将近二十年，后来她在巴西海岸发生事故沉没，我才无奈地与她告别。之后，我和家人乘着小木舟自由号抵达目的地纽约，途中幸未发生意外。

我的航行记录上全是国外航程。我以货主及商人的身份，主要前往中国、澳大利亚、日本及香料群岛②。我终年在海上生活，待在陆地上的时间不长，难得有机会靠岸、把系船索卷起来收好，以至于慢慢地几乎遗忘了陆上的风俗习惯和生活方式。后来，货船海运渐渐衰退、荣景不再，我只好离开海洋。然而，像我这样一个老水手回到陆地上又能做什么呢？我生于海风之中，潜心研究海洋的程度鲜少有人能够企及，但也因此忽略了其他一切。对于我而言，吸

---

① 直接来到船首（over the bows），指担任水手。
② 香料群岛（Spice Islands），今名马鲁古（Maluku）群岛，是印度尼西亚东北部的岛群，古代盛产并出口丁香、豆蔻、胡椒等。

北方之光号，一八八五年，斯洛克姆船长驶向利物浦

引力仅次于航海的便是造船，我一直渴望成为这两方面的专家，没想到日后机缘巧合，竟得以实现这一梦想。凭着我在许多艘坚实牢固的船只的甲板上历经狂风巨浪的经验，我可以估算出各种大小及种类的船只在各种天候和不同海洋上的最高安全等级。因此，下面将要叙述的航海旅程，不仅源自我热爱冒险的天性，也是我毕生经验的成果展现。

我的礼物是一艘船

一八九二年的一个仲冬日，身处波士顿的我已被迫远离熟悉的海洋一年多，正在思考到底应该去应征船长的职务、重新回到海上讨生活呢，还是应该进入造船厂工作。就在这一天，我正好遇到一位旧识,他是个捕鲸船船长,他对我说:"到费尔黑文①来,我给你一艘船。"他又补充道:"不过她得稍加修理。"船长还详述了条件,我听了简直相当满意:我可以获得修船所需的一切协助,直到船可以复航为止。我高兴都来不及,连忙抓住这个大好机会,因为之前我已打听到,除非先缴五十美元给某工会,否则根本别想在造船厂谋职。至于去应征船长一职,那根本就是僧多粥少——当时几乎所有的大船都降级成了运煤船,大材小用,委屈地在各港口之间被拖来拖去。所以,许多原本颇具身价的船长只能窝在"水手的舒适港湾"②里。

第二天,我赶到位于新贝德福德对岸的费尔黑文,却发现那位朋友跟我开了一个玩笑,而这个玩笑在过去七年中本来是开在他身上的。原来那艘"船"是一艘古董级的单桅帆船,名叫浪花号。附近的人都夸张地说这艘船落成于公元元年。她被妥善安置在距离咸海水有一段距离的地方,用支架撑着,还盖着帆布。不消我说,费尔黑文的人们生性节俭且善于观察。过去七年里,他们不停地问:"皮尔斯船长到底要如何处置那艘老浪花号呢?"我出现的那天,众人一看到我立刻交头接耳、议论纷纷:"终于有人来处置老浪花号了。""我猜是要把她给拆了吧?""不,我要重建她。"众人闻言大吃一惊。接下来的一年多时间里,总是不停地有人问我:"这么

---

① 费尔黑文(Fairhaven),美国马萨诸塞州东南部城镇,临巴泽兹湾,与新贝德福德共享一个港口。1740年为捕鲸业中心,此港即为本书作者环游世界的出发港口。1841年,《白鲸记》(Moby Dick)作者梅尔维尔(Herman Melville)从此港出发远航,获得灵感,写出第一部小说《泰皮》(1846)。
② "水手的舒适港湾"(Sailors Snug Harbor),位于纽约斯塔滕岛的一处退休水手之家。

做值得吗？"而我的回答一直都是"我会让它值得的"。

重建浪花号

我就地取材，用斧头砍倒一棵高大结实的橡树，打算当作船的龙骨，并用少许工钱雇用农人霍华德把这棵橡树以及建造船体结构的其他木材拖到施工地点。我用一个蒸汽箱和一个锅搭成锅炉。做肋骨的木料是笔直的小树，必须先做处理，再用蒸汽蒸软，然后折弯并固定在一根木桩上。我每天的工作成果逐渐累积显现，附近的居民都把我的工作当成闲聊或聚会时的话题。浪花号的新船首建造完成并固定在新龙骨上的那一天，可真是浪花号所在船坞的大日子！许多捕鲸船船长大老远地赶来围观。他们齐声赞扬这是"一等一"的杰作，认为这船坚固得"足以破冰"。当船的船首肘板安装完毕，年纪最大的那位船长热情地握住我的手，表示他没有理由不相信浪花号可以从格陵兰海岸乘风破浪地出航。赢得众人高度好评的船首用上好的山坡白栎树树根制成。后来，浪花号在基灵群岛将一大片珊瑚撞成两半，船首却毫发无伤。谈到造船，没有比山坡白栎木更适合的木料了。船首肘板及其他肋骨也都选用这种木料，并视情况所需，用蒸汽蒸软后弯曲成形。我在三月间干劲十足地展开修船作业，那时天气寒冷，工作起来相当辛苦，所幸有许多旁观的人替我加油打气，还提供了不少建议。每当有捕鲸船船长出现在工地，我总是停下斧头休息片刻，和来人谈笑一番。

被称为"捕鲸船船长之家"的新贝德福德与费尔黑文之间有一座桥相连，桥上很适合散步。那些船长经常大老远地步行过桥来到修船的船坞，我从不嫌他们烦。就是因为听多了他们在北极圈捕鲸的精彩事迹，才启发我为浪花号制作两组船首肘板，以便破冰前航。

关于资金及塞填船板缝隙之谜

在我埋首工作之际，季节迅速转换。船体的肋骨才刚装妥，苹果树便已开花。不久，雏菊和樱桃花也随之绽放。紧邻老浪花号解体处的是受人敬重的清教徒之父——殖民先祖约翰·库克[①]的长眠之地。因此可以说，浪花号在一块神圣之地获得了重生。我站在新船的甲板上，伸手就能摘到长在那座小坟丘上的树所结的樱桃。不多久，我便开始为新船钉上一点五英寸厚的乔治亚松木板。钉船板的工作沉闷乏味，但船板钉好之后，填塞船板缝隙的工作就会轻松得多。船板外侧的接缝略大，以容纳填塞物，内侧接缝则密不透风。所有接合处都用螺丝钉及螺丝帽紧紧拴住，固定在船板上，绝不会吱嘎作响。船体其他部分也用大量螺丝钉与螺丝帽固定，总数约有上千枚。我决意要把我的船做得坚固牢靠又扎实。

劳埃德船级社[②]的条款明文规定，旧船全面翻新后船名仍然不变。浪花号的渐进式变身，也让人实在是难以判断旧船何时死去、

[①] 约翰·库克（John Cooke，1607—1695），费尔黑文的第一位白人居民，也是五月花号（Mayflower）乘客中活得最久的男性。

[②] 劳埃德船级社（Lloyd's），世界历史最久、规模最大的船舶分级、检验机构。前身是聚集在伦敦劳埃德咖啡馆的船东和保险商于1760年成立的船舶保险机构。1834年改称现名。主要承办国内外船舶的分级、核定和检验。1834年开始每年出版《劳氏船舶索引》。社址在伦敦。

第一章

新船何时诞生。不过，这并不重要。我用十四英寸高的白橡木柱建造船的舷墙，再覆盖上零点八七五英寸厚的白松板。舷墙以榫接方式穿过二英寸厚的外板，再用杉木薄片填塞缝隙，如此制作的舷墙至今依然扎实牢固。甲板则选用一点五英寸宽、三英寸长的白松木板，钉在六英寸见方的黄松或乔治亚松的横梁上，每根梁木间隔三英尺。甲板包舱位于主舱口上方，长宽各六英尺，内为厨房；船尾还有一间约十英尺宽、十二英尺长的大舱房。这两间船舱均高出甲板约三英尺，并朝船舱下陷，好使舱房拥有足够的高度。我在甲板下方、介于船舱两侧之间的位置放了一张卧铺，还安装了数层架子收纳杂物，并不忘设置一个医药柜。船舱的中央部位，也就是舱房与厨房之间的甲板下方，则用来贮存清水、腌牛肉等补给品，存量足够数月所需。

　　现在，船身已经组合完成，坚固的程度已经达到木材与铁材的极限，船舱也隔好了，我可以开始填塞船板缝隙了。有些人非常担心这个阶段的工作会失败，我也考虑咨询"填塞船板缝隙专家"的意见。我遭遇的第一项打击是，我自认用填缝铁棍将棉花塞入缝隙是正确的做法，但是许多旁观者不以为然。一个从马里恩① 来的男人，背着一篮蛤蜊走过我的工地，见状大叫道："那会缩成一团！"另一个从西岛② 来的人，见我把棉花塞进船板缝里，也大叫着："那会缩成一团！"一旁的狗儿布鲁诺只是摇摇尾巴。就连出名的捕鲸船专家本先生（虽然传说他的脑筋有点儿问题）也笃定地问我可曾想过"棉花会缩成一团"。我那位追捕过大批抹香鲸的船长

---

① 马里恩（Marion），费尔黑文东北方向的一个港口小镇。
② 西岛（West Island），在费尔黑文东南部、位于巴兹泽湾的岛屿。

"那会缩成一团!"

THOMAS FOGARTY.

第一章 9

老友高声问道："它会缩得多快？我们要多快才来得及驶入港口？"不过呢，我还要根据最初的计划再把一条旧麻绳压在棉花上。布鲁诺再次摇摇尾巴。这么一来，棉花就绝对不会"缩成一团"了。完成填缝后，我先刷上两层铜漆，再刷两层白铅粉在表层和舷墙上，然后装妥船舵并上漆。第二天，浪花号便下水了。老旧锈蚀的船锚往水里一抛，她就像一只天鹅般优雅地浮在了海面上。

浪花号下水

完工后的浪花号全长三十六英尺九英寸，宽十四英尺二英寸，船舱深四英尺二英寸，吨数为净重九吨、总重十二点七一吨。

船桅以新罕布什尔州上好的云杉为材，其他所有短航程所需附属物品亦由赤松木制作而成。风涨满帆，浪花号便载着我的朋友皮尔斯船长和我横渡巴泽兹湾①试航。在海滩上观看的友人现在唯一担心的是这么做是否值得。建造这艘新船总共花费了五百五十三点六二美元的材料费，以及我十三个月独自一人造船的工期。之后，我在费尔黑文又待了几个月，因为我偶尔打打临工，在距离港口较远的地方帮忙组装一艘捕鲸船，所以又耽搁了一阵子。

---

① 巴泽兹湾（Buzzard's Bay），临大西洋的小海湾，位于美国马萨诸塞州东南岸，邻费尔黑文。长30英里、宽5～10英里，岛岸曲折，多渔村。

第二章

失败的渔夫及计划航行全球一周——从波士顿到格洛斯特——张罗航程所需物品——半条渔船充当救生艇——从格洛斯特航行到新斯科舍——在家乡的海域遭遇风浪——与老友重聚

失败的渔夫及计划航行全球一周

我驾着新船花了一季的时间在沿海捕鱼,结果发现自己连在鱼钩上装饵的本事都没有。最后,拔锚扬帆出海的兴奋时刻终于来临。我已下定决心要航行全球一周。一八九五年四月二十四日的清晨,和风徐来,到了中午时分,我便拔锚升帆,从浪花号停泊了一整个冬季的波士顿出航。十二点的笛声一响,浪花号便满帆疾驰出港。她驶离港边用短木板搭建的码头,迎向海洋,冲劲十足地驶出港口,轻快地超越一艘艘渡轮。她驶过东波士顿外侧码头时,一名摄影师正好拍下她杆顶的旗帜舒展飘扬的英姿。我脉搏加速,步履轻快地在和风吹拂下的甲板上漫步,自知此去将投身深具意义的冒险行动,绝不回头。此次出海,我并未征询任何人的意见,因为有关出航之事我有权听自己的。我曾在波士顿码头目睹一艘大型汽船威尼斯人号在船长的指挥、大批水手的操控下竟然受困港口并毁损——由于撞上暗礁，船身断成了两截①。此事令我印象深刻，体会到即使有一船顶尖的水手可能还不如我单枪匹马来得稳当。于是，在我独自航行的第一个小时，我就可以证明浪花号的表现至少强过人手充足的威尼斯人号，因为我航行的距离已经超过那艘大汽船了。浪花号如仙子般安静地滑过海面，驶出海湾，我高声对她说："引以为戒啊，浪花号，小心驶得万年船啊！"

从波士顿到格洛斯特

风再吹起，浪花号绕过迪尔岛，以七海里的时速前进。她行经迪尔岛，朝格洛斯特②航去，准备前去采购渔获。马萨诸塞湾的海波迎着浪花号，围绕着她欢乐起舞，一起一伏地冲击着船首，化为万千细碎的水花，犹如一颗颗闪烁的宝石挂在她的胸前。这真是美好的一天，阳光明朗耀眼，每颗飞溅至空中的水珠在阳光的映照下都化为璀璨的宝石。浪花号果真船如其名，前行时船首一直挂着浪花珠串，仿佛挂着一串串项链，但随即又将珠串抛在身后。我们都见过水花在船首形成的迷你彩虹，但那天浪花号船首的一弯彩虹却呈现出我从未见过的美，宛如她的守护天使随船出发、护佑航程。我在海上可见识到了！

浪花号很快赶超勇敢纳罕特号的舷侧，接着把马布尔黑德号抛

---

① 这场船难发生在几星期前，即1895年3月2日。
② 格洛斯特（Gloucester），美国马萨诸塞州东北部城市，位于安恩角南岸。当地的新英格兰渔民远航至格陵兰和冰岛，他们的航海经历成为许多文学作品的素材，如吉卜林《勇敢的船长》、康纳利《格洛斯特人》等。这里也是画家、作家荟萃之地。

在船尾。还有许多船只同时出海,但没有一艘船追得上飞也似的浪花号。行经诺曼的悲伤号时,我听见船上传来沉郁的钟声,接着紧挨着双桅帆船金星号触礁①的地点而过。一艘船的残骸横陈在一旁的海滩上,任凭风吹雨打,骄阳曝晒。风势继续增强,我将主帆基部的凹口固定,好放松舵轮。因为在我把主帆固定好之前,我几乎握不住舵轮。风势极强,我前方的双桅帆船放下所有帆叶,光着桅杆疾驰入港。浪花号与这艘陌生的船只擦身而过,我看见那船上的部分帆叶竟然不见了,许多破损的帆布条悬垂在索具上,显然饱经暴风雨摧残。

我驶向格洛斯特港内一个可爱的小海湾,再一次将浪花号打量一遍,估量这趟航程,同时衡量我的感受。那个小海湾覆满水花,洁白似羽,我的小船驶入湾内,沐浴在白花花的水沫中。这是我航海以来初次独自驾船驶入港湾(不论船只大小)。几名老渔夫跑到码头上,眼看着浪花号就要直直地撞过去。我根本不知道这场灾难是如何避开的,只能提心吊胆、小心翼翼地放开舵轮,快步上前降下船首的三角帆。不消说,船身自然在风中回转,接着向前侧靠到码头上风角落的系船杆旁。然而,她的动作轻柔之至,连一枚鸡蛋也不会击碎。我从容不迫地穿过泊船杆的绳索,下锚、停船。

这时,一名渔船老船长不禁大声说:"就算你有一吨重,也没法做得更好!"其实我的体重不到一吨的十五分之一,但是我一言不发,只是做出若无其事的表情,意思是"喔,那没什么"。此时,在好几位全世界经验最老到的水手的注视下,我只希望自己不要脸

---

① 这场船难发生在 1839 年。1844 年,美国诗人朗费罗将这场船难写成叙事诗《金星号遇难记》,因之大为出名。

第二章　　13

色发青露了怯，我还打算在格洛斯特待上几天呢。如果我此时开口说话，一定会露出马脚，因为我还紧张得喘不过气来。

张罗航程所需物品

我在格洛斯特大约停留了两个星期，在那里张罗航程中需要的各项物品，大部分都备齐了。码头主人（浪花号和许多渔船都停泊在他的码头上）把鳕鱼干和一桶油放在甲板上，以镇住风浪。这些老船长对我的航程颇感兴趣，他们送给浪花号一份礼物：一盏渔夫自制的提灯。我发现这提灯的灯光照得极远。说真的，如果哪艘船会撞上发射出如此强光的船，那八成也会撞上灯塔船（航路标志灯船）。一名老渔夫断言我航行时一定用得上一支鱼叉、一支挪威长鱼叉和一张浸网，于是我也全部备妥。还有人从海湾对岸运来一桶铜漆，这东西最能防止海藻及贝类黏附船底。这桶铜漆很久之后还派上了大用场呢！趁着浪花号停在岩岸上的时候，我立马在船底刷上了两层铜漆。

半条渔船充当救生艇

为了另备小船随行，我把一条遇到过海难的小渔船横剖为二，将有船底的那一半倒扣在浪花号甲板中央充当救生艇。我把这艘小渔船的帆桅升降索加上吊钩，改装为滑轮吊索，轻松地将小船从船首钩起。如果把整条小船放上甲板，不仅太重而且碍手碍脚，很难独自操作，再说，甲板上也放不下整条小船。有半条船总比没有的好，而且对于我一个人来说，半条船已经绰绰有余。我还发现这半条小船正着放时可以充当洗衣槽及浴缸。没错，我的这半条小船在这趟航程中还大大出名了。后来，我到了萨摩亚群岛，在当地雇了一个洗衣妇，她一眼就看出我的这项新发明远远胜过传教士带到群岛上的任何新奇洋玩意儿，于是，一定要用这半条小船来洗衣服，不答应她都不行。

现在，我担心的是缺少航海天文钟（又称经线仪）。最新潮的航海观念①认为，水手若没有天文钟就会在海上迷失方向，而我不免也陷入这种思考模式，拿不定主意。我的旧天文钟性能不错，但很久之前就坏了，修理得花上十五美金。十五美金啊！我有充分的理由把旧天文钟留在家里，一如荷兰人把船锚留在家里。我已经有了大提灯，波士顿的一位女士也送了我一盏双灯口的船舱灯，晚上船舱里就靠它照明。经过我的一番巧思设计，这盏灯在白天还可以当炉子用呢。

从格洛斯特航行到新斯科舍

张罗好这些后，我再一次准备出海，并于五月七日扬帆启航。由于码头拥挤，回转空间有限，浪花号正欲前行时，擦撞到港内水路上一艘老旧斑驳的船只，把对方刮掉一块漆。这艘船正用油灰填缝及上漆，准备在夏季出航。事发后，油漆工人立刻怒喝道："谁来赔偿？"我连忙回答："我赔。"这时，一旁的青鸟号船长开口

---

① 指用天文钟测定经度，而不依靠目视月亮的起落方向来判断。

了:"还有大桅帆操纵索。"他的意思是错不在我。其实,即使要赔,油漆钱大概也不会超过五美分,但那艘旧船的船长却和青鸟号船长争执起来,两人吵得不可开交,压根忘了起初为什么争吵。总之,后来我也没有收到赔偿的账单。

我从格洛斯特起航时是一个风和日丽的好天气,浪花号即将驶出海湾,眼前的景象令人振奋。只见一座高大厂房前飞舞着一片手帕与帽子,从建筑顶楼的窗口探出一张张漂亮的脸孔,这些人全都含笑向我喊道:"一路顺风。"有些人高声问我要驶向何方、为什么独自出海。为什么?当我作势要将船驶向他们时,几百双手臂立刻朝我伸来,齐声喊我过去,但是船有撞岸的危险哪!浪花号迎着轻柔的西南风驶出海湾,约在中午时分绕过东方岬,同时受到真诚的致敬——这是她在格洛斯特接受许多亲切招待的临去秋波。出了岬口,海风逐渐增强,浪花号平稳前行,很快便远离撒切尔岛的灯火。接着,依照罗盘调整方向朝东航行,绕到卡舍斯暗礁及阿曼礁群以北。我坐下来重新斟酌一遍,再一次自问绕过暗礁群的做法是否为上策。我确实曾说过要驾着浪花号航行地球一周,"绝不考虑海上的风险",但那只是兴头上说说罢了……然而,我受制于自己签下的"租船契约"[①],还是继续航行。傍晚时分,我迎风而行,将鱼钩挂上饵,在卡舍斯暗礁边缘将饵放入一百八十英尺深的水中捕鱼,直到天黑才收网。结果成果颇丰,捕获三条鳕鱼、两条黑斑鳕、一条狗鳕,最棒的是还有一小条比目鱼,这些鱼全都肥美生猛。我心想,这地方很适合多捕一些渔获,于是取出一个船锚,把

[①] "租船契约"(charter-party),船舶所有人将船舶租给他人从事客货运输的契约。

船固定在迎风面。海流是西南向,和风向相反,我有把握即使到了早上,浪花号仍会停留在礁石岸或不远处。接着,我把锚链尖端用皮革包裹起来以防磨损,把提灯放在索具上,然后躺下。这是我只身出航以来第一次躺下,但是我不睡觉,只是打个盹、做个梦。

在家乡的海域遭遇风浪

我以前在某处看到过一段文字,说的是一艘渔船的船锚钩住一头鲸,被鲸以高速拖行很长的距离。想不到浪花号就遇到了这种情况——在梦中!我醒来后仍挥不去这场噩梦的阴影,继而发现原来只是强风和起伏的巨浪干扰了我的假寐。云影遮蔽月光,暴风雨正在酝酿——其实风雨已经不小了。我收起主帆,拉起船锚,改升能够承受风力的帆,朝蒙赫根前行,在八日黎明前抵达该地。当时狂风大作,我急速驶入圆池港,那是位于珀马奎以东的一个小港。我在这里休息一天,听着海风在岸上的松树林中呼啸。第二天,风势减弱不少,于是我又出海,在安角写下了第一篇航海日志,还不忘详细描述和鲸鱼有关的历险。

浪花号朝东行去,沿着许多岛屿的海岸航行,一路风平浪静。五月十日的晚上,浪花号来到一座不算小的岛,我一直把那座岛叫做蛙岛,因为我的船深受岛上千万种声音的吸引。接着,又从蛙岛航行到鸟岛,该岛又叫甘尼特岛或甘尼特礁岩。礁岩上发出明亮的光,忽明忽暗,断断续续照在浪花号的甲板上。我的船在明灭不定的光影中沿着礁岩行进,驶向布赖尔岛。当天下午,我在西边的渔场遇到好几艘船,并和一名下锚捕鱼的渔夫交谈,结果他却给我指

"没带狗也没带猫。"

了一条错误的路线。于是,浪花号一直越过西南方的暗礁,穿越狂风大浪的芬迪湾,驶入新斯科舍的韦斯特波特港,那也是我少年时代度过八年光阴的地方。

当我向那个渔夫问路时,他答的或许是"东南偏东",但我却听成"东北偏东",所以马上改变方向。这个渔夫在回答我的问题之前,倒先满足了自己的好奇心,问我从哪儿来、是否单独一人出海,还问我"是否有猫狗同行"。这是我航海以来头一次碰到向人询问、却被对方反问的情况。我猜这位老兄是打福林群岛来的,我很确定他不是布赖尔岛的人。因为他居然偏身躲开扑上甲板栏杆的大浪并停下来抹去脸上的海水,而因此错失一条本可上钩的漂亮鳕鱼!我们岛上的人绝不会有这种举动。众所周知,布赖尔岛的人不论是否有鱼儿上钩,面对大海时都不会畏怯退缩,只会把注意力全都放在钓线或

渔获上。可不是嘛，我每回都看见我的老朋友，教会的 W.D 执事——布赖尔岛的大好人——在山上的小教堂里听布道时，总把手臂伸到座席的门扇外，去"钓"想象中游在走道上的乌贼，逗得一旁的年轻人乐不可支。这些小伙子哪里明白，想钓好鱼就要用好饵——这可是执事最挂心的事。

正在做梦的执事

与老友重聚

我很高兴回到韦斯特波特。在经历西南方的惊涛骇浪后，能够回到任何港口都令人很高兴，更何况能与许多老同学重聚，简直令人开心不已。这天是十三号，十三是我的幸运数字——这是早在南森博士[①]率领十三名水手航海寻找北极之前就已确定的事实。或许

[①] 南森博士（Fridtjof Nansen，1861—1930），挪威探险家、科学家和政治家。长期从事北极区与海洋探测工作。1893 至 1896 年，乘船沿亚欧大陆北岸航行，经新西伯利亚群岛至北纬 83°59 处，再改用雪橇在冰上滑行，最后到达北纬 86°13′26″，首次证实北极区是一个深海盆。因长期从事遣俘和救济国际难民工作，获 1922 年诺贝尔和平奖。著有《格陵兰横越记》《爱斯基摩人的生活》《极北区》等。

斯洛克姆船长的天文钟

他听说过我带着十三名水手驶往巴西结果非常成功的事迹①吧。我又看到布赖尔岛上的岩石，心中十分喜悦，我对这些岩石再熟悉不过了。转角那家小店，虽然三十五年不见，依然是昔日旧貌，只不过看上去似乎变小了些。我很确定小店仍顶着从前那片老屋顶，当年我们几个小男孩不是每晚都爬上屋顶、寻找黑猫，想在黑夜里剥下猫皮给一个可怜的跛子做膏药吗？所以我对这片屋顶了如指掌。我们小的时候，裁缝罗瑞就住在那里。当年他很爱玩枪，随身带着火药，塞在上衣的口袋里。他的嘴里经常衔着一根巴西制短烟嘴，有一次他竟迷糊地把还燃着的烟嘴塞进放着火药的口袋，结果可想而知。罗瑞先生还真是一个古怪的人。

我在布赖尔岛再度检修浪花号，检查船板缝隙，发现即使经历西南方暗礁的风浪考验，她依然毫发无伤。外面天气恶劣，狂风大作，我并不急着绕过塞布尔角，于是和几个朋友航往历史悠久的游船胜地圣玛丽湾小游，再返回岛上。接着，我再度出航。第二天因为遇上浓雾和强风，不得不停泊在雅茅斯。我在雅茅斯度过了愉快的数日时光，带了一些奶油和一桶马铃薯上船，还加满了六

---

① 1893年底至1894年初，斯洛克姆曾驾驶实验性炮舰"毁灭者号"（Destroyer）到巴西，移交给巴西海军。

桶清水，这些物资全部贮放在甲板下方。我还在雅茅斯买了那只出名的锡钟，整趟环球航程就只携带它充当天文钟。锡钟原本的售价是一点五美金，但因为钟面有刮痕，老板按一美金的价格卖给了我。

第三章

告别美洲海岸——在浓雾中离开塞布尔岛——与月亮里的先生分享我的航程——第一波孤寂感来袭——西班牙船长送来一瓶酒——与爪哇号船长的对话——蒸汽船奥林匹亚号船长的话——抵达亚速尔群岛

告别美洲海岸

现在，我已把所有物品妥善装入船舱。因为我面对的是波涛汹涌的大西洋，于是把中桅收起，放置在甲板上，这样对浪花号比较好一点。然后，我把系索拉开重新系好，再检查熏肉是否收好、小船是否绑牢。因为即使是夏天，横渡大西洋时也有可能碰上恶劣天气。

其实，之前已是一连好几个星期的坏天气。不过，到了七月一日那天，一阵强风过后，风向改为西北，风势缓和不少，挺适合出海的。第二天风平浪静，我便从雅茅斯启航，告别我在美洲的最后停留点。浪花号驶入大西洋首日的航海日志很简短："上午九时三十分自雅茅斯出航。下午四时三十分行经塞布尔角；距离，距陆地一千八百英尺。船速时速八海里。清风徐来，风向西北。"日落之前，我在平静的海面上用晚餐，吃草莓、喝茶，背后是美洲东部海岸的陆地，浪花号正沿着海岸悠闲地航行。

在浓雾中离开塞布尔岛

　　七月三日中午，铁域岛已在船身的正侧方。浪花号又呈现巅峰状态。今天早上有一艘双桅大帆船从新斯科舍的利物浦出航，朝东前进。浪花号在五个小时内便赶上那艘船，将她抛在船尾。下午六时四十五分，我已来到哈利法克斯港①附近的切布托岬旁。我升起旗帜，绕过岬角，在天黑前离开乔治岛，向东驶往塞布尔岛。沿海可见许多灯塔信号灯，桑布洛，即悲叹岩也发出明亮的光；然而远洋渡轮大西洋号②遭遇海难的夜晚却未看见那灯光。我驾着船航向辽阔的海洋，注视点点灯火随着船的行进被抛在后方，一直到最后桑布洛的灯火消失在海平面下方。浪花号再度孤寂，循着航线继续前行。七月四日清晨六时，我收起两片帆，早上八时三十分又张起所有缩帆。晚上九时四十分，我只看见塞布尔岛西端的灯火，这座岛又被称为"悲剧之岛"。浓雾始终没有散去，此刻更是降到海上，像帷幕般笼罩着海面。我置身漫天雾气之中，与整个世界隔绝，再也看不见半点灯光。我经常投下测铅，在午夜过后不久测知我正行经塞布尔岛的东端，马上就能脱离陆地和沙洲的危险了。风继续吹，是从西南偏南方向的雾气聚集点吹来的。据说在未来几年之内，塞布尔岛的长度将由四十英里减为二十英里。岛上自一八八〇

---

　　① 哈利法克斯港（Halifax），位于加拿大新斯科舍省东南部。
　　② 此船于 1873 年 4 月 1 日在新斯科舍省的马尔斯角（Mars Head）附近因触礁而发生船难，共计 562 人死亡，其中大部分是妇女和小孩。

第三章　　23

年起兴建的三座灯塔中，两座会被海浪冲走，另一座也即将被海水包围。

与月亮里的先生分享我的航程

七月五日晚上，浪花号在波浪起伏的海面航行一整天后，在没有舵手协助的情况下行进。我掌着舵轮朝东南偏南方向迎风前进，船身平顺地朝东南方驶去，时速约八海里，这是她最快的速度。我扯满帆循着远洋渡轮的航线全速前进，不敢浪费时间，想尽快赶上友好的墨西哥湾流。天黑之前，浓雾终于散去，我刚好来得及看到落进海面的夕阳。只见太阳渐渐沉入海中，从视线中消失。我随即转头向东望去，只见船首斜桅的尽头，一轮满月正含笑从海面升起。即使是海神莅临我的船首，都不如眼前的景象这般令我深感震撼。我不禁脱口高呼："晚安，月亮里的先生，真高兴见到你。"从那时起，我便经常与月亮里的那位先生长谈，在漫长的航程中，他是我倾吐心事的唯一对象。

大约午夜时分，浓雾再起，而且雾气更浓更厚，浓得几乎可以让人"站在上面"。浓雾弥漫的情形一连持续数天，风势逐渐增强，风浪也变大，但是我有一艘好船。不过，置身阴郁的雾气之中让我备感孤寂，觉得自己犹如暴风雨中栖在野草上的一只小昆虫。我猛力地拍打舵轮，浪花号仍维持着她的航线。于是，她行她的船，我睡我的觉。

"晚安,先生。"

第三章

第一波孤寂感来袭

这些天来，我的内心慢慢升起一股敬畏。我的记忆力发挥出惊人的力量，所有不祥的、微不足道的、伟大的、渺小的、特殊的、普通的事物——全都神奇地逐一浮现在我的心头。我回忆起一幕幕往事，这些事原本早已被我忘怀，模糊得宛如前世的浮光掠影。过去的笑声、哭声、说话声全都在我耳畔回响，我听着这些昔日的声响，一如以前我在地球许多角落听见过的。

每当风势增强，我便有许多事情要忙，孤寂感因而消失。天气转好后，孤寂感再度浮现，挥之不去。我经常开口说话，起初是发出航行指令，因为我曾听人说过，要是一直不说话，时间久了就不会说话了。我遵守航海的习俗，当太阳升至最高点时大叫："八击钟[①]！"我也会从船舱里对着想象中的掌舵人高声询问"她航行的情况如何？"或是"她的航线没变吧？"但是，得不到任何的回应。这反而更清楚地提醒我自己当下的处境。我的声音在空荡的大海上更显空洞，于是，我停止自说自话的练习。没过多久，我忽然想起自己小时候挺喜欢唱歌，现在茫茫大海上反正只有我一个人，又不怕吵到别人，为什么不试着唱歌呢？从来就没有人嫉妒我的歌喉，但是你们真该听听我在大西洋上的歌声，这样才能了解我的意思。各位更应该看看我对着海浪及海中所有生物引吭高歌时，海豚争相跃起的壮观场面。连老海龟也把头伸出海面，睁着大眼睛听我

[①] 八击钟（eight bells），船上值班每次四小时，每隔半小时鸣钟并递增一击，八击钟分别表示四点、八点及十二点。

高唱《约翰尼·博克》和《我们会付达比·多尔靴子钱》①以及诸如此类的歌。不过整体而言，海豚的鉴赏能力比海龟高，因为它们跳得比海龟高多了。有一天，我正哼着一首爱唱的小曲，好像是《巴比伦要倒了》，一只海豚听了跃得比船首斜杠还要高。如果浪花号速度再快一些，一定可以将它接个正着。海鸟群则害羞地绕着船飞来飞去。

西班牙船长送来一瓶酒

七月十日，浪花号出海的第八天，已来到塞布尔角以东一千二百英里处。像这么小型的船，一天能航行一百五十英里已经算很快了。这是浪花号有史以来在短短数天内的最远航程。七月十四日傍晚，我看到海面上有一艘船，那时心情特别好，于是高举双手，大喊："有船哪！"那是一艘三桅帆船，远远望去只看见船首有三个点，看不见船身。很快天黑了，我没有掌舵，让船自己航行。吹南风，船向东去，她的帆像魟鱼的鳍翼般工整，一整晚都被风吹得满涨。我不时到甲板上巡视，发觉一切都很妥当。和风不断从南方徐徐吹来，十五日清晨，浪花号已接近那艘三桅帆船。那是来自西班牙西北部港口维哥的拉瓦吉沙号，她从美国费城出海二十三天，驶往维哥。这艘船的桅顶瞭望员前一晚已发现浪花号，等我靠近她时，船长抛了一条绳索给我，再用吊钩勾着一瓶酒的瓶颈，顺着绳索滑过来送给我，那真是一瓶好酒。他还送

---

① 这两首歌均是水手常唱的短劳动歌。"约翰尼·博克"常用来指拉帆脚索和抢风转向，"达比·多尔"（这类歌曲最常使用的曲名）指收帆时推撞帆布。

上他的名片，上面印着"璜·甘德斯"。我想他和许多西班牙人一样是个好人。可是，当我请他替我传报我"一切顺利平安"（浪花号以轻快的姿态与他擦身而过）时，他却把肩膀耸得比头顶还要高。他的大副知道我独自航海的行动，

"他还送名片过来。"

于是告诉船长我是只身一人，船长听了竟悻悻然掉头走向船舱。之后我就再也没有见过他。日落时分，那艘船已经行到浪花号的后方远处，和前一晚在我前方时的距离差不多。

与爪哇号船长的对话

现在，单调无聊感已经越来越轻。七月十六日，吹西北风，海风清爽，波平如镜，一艘大型帆船在下风处的船首出现。下午二时三十分，我和那艘船上的陌生人交谈。这艘船名为"格拉斯哥爪哇号"，来自秘鲁，准备航往昆斯敦①接订货。那位老船长粗鲁得像一

---

① 昆斯敦（Queenstown），位于美国马里兰州切萨皮克湾内的港口。在19世纪后半叶，这里是许多汽船的停靠点，这些汽船运来货物，并往返巴尔的摩载客。

头熊,不,我以前在阿拉斯加碰到过的真熊甚至比他更令人舒服一些——最起码,那头熊看到我的时候还挺高兴的。但是,这个灰扑扑的老家伙呢?!大概我的喊叫声打扰了他的午睡,我的小船又从他的大船旁边驶过,对他而言可能产生了类似红布惹恼公牛的效应吧。这两天吹拂的微风让我的小船比沉重的大船更占优势。由于风力微弱,他的大船既笨又重,航行的速度极慢,而浪花号那张大主帆即使只有微风吹拂,也能被吹得涨满全帆,快速前进。爪哇号的船长在我进入他的声波范围内后朝我大吼:"这带海域平静多久了?"我拼命扯着嗓子喊回去:"不知道,船长,我也才来没多久。"这时,站在前甲板的大副咧开嘴巴冲着我笑。我又说:"我十四天前离开塞布尔角的。"(我现在正朝亚速尔群岛① 全速前进)。船长忽然朝他的大副大吼:"大副,过来听听这个美国佬吹牛。降旗吧,大副,降旗投降吧!"不管怎样,爪哇号得向浪花号认输,这总是令人愉悦的。

我最初感受到的孤寂苦闷没有再度骚扰我。我已穿越神秘境界,同时驶过一片迷雾。我曾直面海神的愤怒风浪,但它发觉我并不敢小看它的力量,于是容忍我继续航海探索。

蒸汽船奥林匹亚号船长的话

在七月十八日的雾中,我在航海日志的开头写道:"好天气,

---

① 亚速尔群岛(Azores),北大西洋中东部的火山群岛,包括圣米格尔、法亚尔、弗洛雷斯等九个岛和一些岩礁。最高点海拔2351米(在皮科岛)。1432年起各岛陆续被葡萄牙占领,19世纪末起被划成葡萄牙的三个区。现在的首府是蓬塔德尔加达。

风向西南偏南。海豚四处跳跃。S.S.奥林匹亚号于上午十一时三十分经过，西经34°50′。"

这艘船的船长高声告诉我经度及时间，还说："现在还差三分才到十一点半。"我很欣赏奥林匹亚号公事公办的作风，却也难免觉得那位船长的估计未免太吹毛求疵了一些。其实，海面这么辽阔，差一点儿也没什么影响。但我认为太过自信正是大西洋号以及许多和她一样的船只遭遇海难的原因。那些船长太过确定船只当下所处的方位而不知变通。奥林匹亚号周围看不到跃起的海豚，海豚总是比较喜欢亲近帆船。我注意到那位船长挺年轻的，希望他之前的航海纪录良好。

抵达亚速尔群岛

看见陆地啦！七月十九日清晨，前方海面耸立着一座银山般的神秘圆顶。虽然陆地被一片在阳光照耀下闪着银光的白雾完全遮蔽，但我确信那便是弗洛雷斯岛。下午四点半，这座岛已位于浪花号舷侧，此时，雾气已经消散。弗洛雷斯岛距法亚尔岛一百七十四英里，虽然它是一座高岛，但在亚速尔群岛的主要岛群被殖民多年后，这座岛仍未被开发。

七月二十日清晨，我看见右舷船首的云气上方露出皮科岛顶端。阳光照射，晨雾散去，岛上较低部分的陆地便豁然开朗起来，一座座的小岛也陆续呈现在我眼前。我的船靠近这些小岛，一畦畦

皮科岛

农地映入眼帘，"啊，多么青翠的玉米田哪！"① 只有在船只甲板上眺望过亚速尔群岛的人，才能领略海上风光之美。

  下午四时三十分，我在法亚尔岛下锚停泊，自塞布尔角出航至今刚好十八天。浪花号尚未航抵防波堤时，美国领事和一名年轻的海军军官已乘着一艘小船过来。那位军官担心浪花号的安危，愿意替我驾船。我并没有理由怀疑这个年轻人有操控军舰的本事，但驾驶浪花号这种小船对于一身戎装的他而言，实在是大材小用。浪花号在港内到处乱转了一圈，并撞沉了一艘驳船，终于无甚损伤地停妥在码头边。我知道这个军官期待我给他"赏金"；撇开本该由他的政府而非我支付费用的实况不谈，究竟该罚他为撞沉的驳船付打捞费，还是该奖励他没把浪花号也弄沉呢？我不得而知。不过，我原谅了他。

  我抵达亚速尔群岛时正是水果旺季，很快，我的甲板上便堆满了各色各样的水果，多得令我不知如何是好。岛民永远是世界上最友善的人，我在别处再也没有遇到比此地民众更亲切的人。亚速尔群岛的居民并不富裕，税金负担极重，却享受不到多少回馈及权利——在岛上，只有他们呼吸的空气是免税的。殖民宗主国甚至不

---

① "啊，多么青翠的玉米田哪！"（and oh, how green the corn.），引用自斯蒂文森（Robert Louis Stevenson）的作品《卡密萨尔德人的国度》（The Country of the Camisards, 1879）第六行，原文应为"And O, how deep the corn"。

第三章

准当地港口收发外国的邮件。载着寄往奥尔塔①的邮件的邮船即使行经亚速尔群岛附近，也必须先把邮件送往葡萄牙首都里斯本。这样做表面上是为了进行熏蒸消毒，其实是为了向邮船课关税。我从奥尔塔寄往美国的信，比十三天后从直布罗陀寄往美国的信还要晚六天送达。

我到达奥尔塔的第二天正逢一位伟大圣徒的庆典，许多船只从各个小岛载满了人前来奥尔塔庆祝。奥尔塔是亚速尔群岛首府兼宗教圣地，堪比耶路撒冷。从早到晚，浪花号的甲板上都挤满前来朝圣的男女老幼。庆典第二天，一名热心的当地人组了一支队伍，开车载我沿着法亚尔岛一带景色优美的道路游览，玩了一天。他用蹩脚的英语向我解释："因为我以前去美国时，一句英语都不会说，痛苦万分，直到遇见一个肯花时间听我说话的人，当时我就向圣徒起誓，以后若有陌生人来到我的家乡，我一定要设法让他开开心心的。"不幸的是，这位好先生带着一位翻译一起来，好让我"对这个地方多一点认识"。但我却差点被那个翻译烦死，他不停地和我絮叨船只、航海，以及他曾驾驶过哪些船之类的话题，而这些事是我最不想听的。他说他曾从新贝德福德乘船出海，替一个叫乔·文恩②的人（别人都叫他约翰）跑船。他滔滔不绝，我的主人朋友根

---

① 奥尔塔（Horta），奥尔塔地区从1836年存在至1976年，包括亚速尔群岛西部的附属岛屿。现在法亚尔岛上有奥尔塔市。
② 乔·文恩（Joseph Wing，1810—1895），马萨诸塞州新贝德福德 J. W. R. Wing & Company 公司的创始人之一，该公司在1860—1910年间管理着美国捕鲸业最大的船队之一，最终拥有26艘捕鲸船的全部或控股权。尽管捕鲸业在1880年后开始衰落，但继续从事捕鲸代理以及其他业务。1923年公司被出售。

本插不上话。我们道别前,我的东道主盛情招待我用餐,隆重的程度可以说即使款待王公贵族也不过如此。但是,他的家里却只有他孤身一人。他指着对面的教堂墓园说:"我的太太和孩子都在那里安息。我从很远的地方搬来这里,好就近每天早上去墓园为他们祷告。"

  我在法亚尔岛待了四天,比预定的停留时间多了两天。岛民的亲切热情及他们感人的纯真质朴令我留连不去。有一天,一个天使般纯真的女孩来找我,问我是否可以让她搭乘浪花号去里斯本。她自称会烹煮飞鱼,其实她的专长是绑扎咸鳕鱼干。她的哥哥安东尼奥是一名翻译,也向我暗示想搭船出航。安东尼奥想去美国找一位名叫约翰·威尔森的朋友,还大声问我:"你认识波士顿一个叫约翰·威尔森的人吗?"我回答:"我是认识一位约翰·威尔森,但他不住在波士顿。"安东尼奥又提供进一步的线索:"他有一个女儿、一个儿子。"如果他要找的那个约翰·威尔森正好看到这段文章,我受人之托在此转达"皮科岛的安东尼奥正在想念你"。

第四章

亚速尔群岛强风大作——因奶酪和李子吃坏肚子而昏迷——平塔号的舵手——抵达直布罗陀——与英国海军礼尚往来——在摩洛哥海岸野餐

亚速尔群岛强风大作

七月二十四日清晨，我从奥尔塔扬帆启航，海面吹着微微的西南风，但太阳升起后却刮起强风，我很庆幸在航行不到一英里时便将帆篷收进一部分。我将主帆收了两折，几乎没升起来，忽然一阵强风自山上袭来，猛扑向我的船，那一刻我还以为船桅会被吹断呢。不过我迅速转舵，把帆调至顺风向，但一条系索却被强风刮断，其他系索则被卡住。我的锡脸盆也被狂风刮起，飞越一艘法国教练船，被吹至下风处。强风吹袭了将近一整天，我的船沿着高地海岸航行。浪花号靠近一片断崖下方时，我想趁机修好刚才被风吹断的系索。刚降下帆，一条四桨的小船立刻从岩岸的小峡谷里窜出来，船上有一位海关人员，他把我当成走私的私贩，我费尽唇舌却很难让他明白事情的真相。不过，他有一个同事似乎当过水手，这位老兄明白实际情况，便趁着我和海关人员交涉的当儿，跳到我的甲板上，盘整我已经准备好的新系索，和善地伸出手协助我装好索具。接着，我便开始走好运，大家终于明白了我的故事。我发现这是行遍天下的法则：人若没有半个朋友，看他会遇上什么麻烦！

因奶酪和李子吃坏肚子而昏迷

　　修好索具后，浪花号行经皮科岛，航往下风处的圣米格尔岛，后来在二十六日清晨的强风中来到这座岛的面前。当天稍后浪花号与摩纳哥亲王的豪华汽艇①相遇，皇家汽艇正驶往法亚尔岛。摩纳哥亲王在上一次行经该地的航程中，因不想出席当地神父为他举行的接风宴，竟然故意把锚链松开。我实在想不通他为何如此害怕出席欢迎仪式，奥尔塔的人也不明所以。我到达群岛后，几乎每天都大啖新鲜面包、奶油、蔬菜及各色水果。浪花号上囤积最多的就是李子，我可以放心地大吃。美国总领事曼宁将军送我一块皮科岛白奶酪，我想尝一点儿，于是配着李子一起吃。结果差点要了我的命！我到半夜竟腹痛如绞，痛得身体蜷缩成一团。风势颇强，而且越来越猛，西南方的天色昏暗。先前收起的帆篷已张开，现在我又得设法收帆。我强忍着剧烈的腹痛降下主帆，使劲拉扯帆眼绳，将收起的帆一一绑牢。海面上有足够的行船空间，如果真要谨慎行事，我应该立刻进入船舱寻求庇护。我向来是一个谨慎的水手，但今晚暴风雨即将来袭，我仍留在甲板上扯紧帆篷，主帆虽已收起，但在这种恶劣天气下仍嫌面积太大，我必须仔细检查帆篷是否全部

---

① 指 600 吨重的艾丽斯公主号（Princess Alice），属于摩纳哥亲王阿尔贝一世（Albert I，1848—1922），此汽艇在 1892 至 1897 年间被用于阿尔贝一世的海洋研究探险。

绑住。总之，我应该让船顶风停驶。但事实上，我只将主帆收了一半，船首的三角帆全部张开，并按照航线继续航行。做完这些，我才进入船舱，痛苦万分地倒在地板上，不知道躺了多久。

平塔号的舵手

当我从晕厥中苏醒时，可以感觉到船身在惊涛骇浪的海上起伏前行，我从天窗望出去，愕然看见一个高大的男子正在掌舵。他的双手像老虎钳一样紧握着舵轮把手。可以想象当时我有多么震惊！从他的穿着打扮可以看出他是一个外国水手，头上戴着一顶大红帽，左耳上方的帽缘卷起，还蓄着满脸蓬乱的黑胡子。他这副模样，不论在哪里都会被当成海盗。我瞪着他那吓人的长相，早已忘掉暴风雨，一直担心他是否会下来割断我的喉咙——他看起来对此内行得很。然而，他却摘下帽子跟我打招呼："先生，我并不打算伤害你。"说着，他的脸上露出一抹淡淡的笑意，淡得几乎看不出来，但总归是在笑，看着倒也亲切。他又说："我不会伤害你，我是个自由航海的水手，但不像走私客那么糟。"他接着又说："我是哥伦布率领的水手，是平塔号①的舵手，来此协助你。乖乖躺着，船长先生。"他嘱咐完又说："今晚我会导航你的船，你患了热病，但明天就没事了。"我心想由这个鬼家伙来导航岂不危险，他似乎再一次看穿我的心思，大喊着："平塔号就在前方；我们一定要赶上她。快点，快点！扬帆，扬帆！"他咬了一大口黑烟卷继续说

---

① 平塔号（Pinta），1492 年哥伦布首航时带领的三艘帆船之一。

道:"船长,你不该把奶酪和李子混在一起吃。白奶酪除非清楚它的来源,否则非常不保险。谁知道呢,它可能是山羊奶做成的,质量就会不太稳定——"

"喂,闭嘴!"我大叫,"我可没有心情听你训话。"

我设法摊开床垫躺下,以免继续睡在硬地板上,同时目不转睛地盯着眼前的陌生人。他又说我"只是肚子痛加热病",一边笑一边哼着一首豪迈奔放的歌:

舵轮前的幽灵

巨浪滔天,波涛汹涌,闪闪发光,
狂风呼啸!
海鸟尖鸣!
亚速高飞!

第四章

我大概渐渐好受一些了,因为我开始焦躁地抱怨:"我讨厌你押的韵,你的亚速如果是只体面的鸟,就该乖乖待在窝巢里!"我拜托他,如果还没唱完,其余部分就省省吧。我依然十分难受。巨浪扑打着浪花号的甲板,我昏头昏脑地以为船停泊在码头边,把浪头打上甲板的巨响听成小船砸到甲板上的声音,还以为是码头上粗心的运货车夫把那些小船从马车扔到船上,而浪花号并没有护舷板可以防撞。我听见海浪冲击我头顶上方的舱顶,急得一遍又一遍地向外喊:"你们的船会被砸坏的!你们那些船会被砸坏的!但是伤不了'浪花号',她坚固得很!"等我的腹痛及热病好了之后,我发现甲板已被大浪冲刷得有如鲨鱼牙齿般洁白,而一切可移动的物品全被冲得七零八落。最令我吃惊的是,我在大白天里看见浪花号仍像我昨晚进入船舱时一样乘风破浪,速度如赛马般迅捷。就算是哥伦布亲自掌舵,恐怕也没法更准确地维持她的航线。浪花号在汹涌的海面上一夜航行了九十英里。我很感激那位老舵手,但却有些诧异地发现他并未收起船首三角帆。风势渐渐和缓,到了中午已见阳光普照。根据我一直记录的航海日志所登记的经度及距离,浪花号在过去二十四小时内行进了不少里程。我现在已经好多了,但仍十分虚弱。尽管风势轻微,但我一整天都没有张开折起的帆篷,只是把湿衣服放在烈日下晒干,然后躺下睡着了。昨晚那个老朋友又来造访,不过这次却是在梦中。他告诉我:"你昨晚听我的话做得不错,如果你肯听我的意见,出于对独自历险的爱,我会在这趟航程中常来陪伴你。"他说完这些话,又摘下帽子,和他来时一样神秘地消失了,我猜想他多半是回到那艘幻影船平塔号上去了。我醒来后体力恢复不少,觉得方才跟我在一起的是一位朋友,并且还是位经验丰富的水手。我收好已经晒干的衣服，继而灵机一动把船上所有的李子都倒进海里。

七月二十八日，天气出奇地好。海上吹着轻柔的西北风，天朗气清。我整理衣橱，翻找出一件白衬衫，以便在接近载着士绅的海岸邮船时穿上，免得失礼。我还洗了几件衣服，洗去附着在上面的盐分。忙完这些后我觉得饿了，于是烧火耐心地炖煮一盘梨，煮好后小心地放在一旁，再煮一壶香浓的咖啡，给两样都加上糖和奶油。主菜是马铃薯煎鱼，分量足够两个人吃。我恢复了健康，胃口大开地狼吞虎咽。大快朵颐的同时，双口灯上还炖着一锅洋葱，准备当午餐。今天真是愉快啊！

到了下午，浪花号遇见一只在海上睡觉的大海龟，我用鱼叉刺穿它的脖子时，它可能还没醒过来呢。我用升降索套住它的蹼，费尽九牛二虎之力才把它吊上甲板。我又看见好几只海龟，于是架起一台小滑轮车，准备把它们通通吊上船——如果用升降索吊东西，就要收起主帆，要再升起主帆可是挺费事的。但是，海龟的肉实在太美味。我从不挑剔厨子的手艺，按照这趟航程的规定，厨子也不许挑我的毛病，从来没有别艘船的船员像我们这样相处愉快、毫无分歧。当晚的菜色是海龟肉排、茶和吐司、炸薯块，还有炖洋葱，甜点是炖梨加奶油。

下午时分，我把浮标筒放到海上，让它在海面上漂浮。浮标筒被漆成红色，装着一支约六英尺高的信号杆。若天气突然转变，我在抵达下一个港口之前就捕不到更多海龟或鱼了。七月三十一日，北方突然刮起强风，掀起大浪，于是我收短帆篷。这天浪花号只航行了五十一英里。八月一日，依然刮着强风，海面仍波涛汹涌。自前一夜起，我将主帆收紧，船首三角帆随风上下振动，继续前进。下午三点，船首三角帆从船首斜桅上吹落，帆篷被吹裂，变成丝丝缕缕的碎布条。我收起笨重的斜桅，至于三角帆就随它去吧。我留下了部分帆布碎片，因为我正缺垫锅布。

八月三日，风势转弱，我看见许多陆地的迹象。坏天气把我困在厨房里，我决定尝试做面包。在甲板上升了一炉火，没多久一条面包就烤好了。在船上烹调的一大优势是：人在海上时胃口总是特别好——这是我青少年时代在一艘渔船上当厨子时领悟出的真理。晚餐过后，我坐下来看书，读的是哥伦布的生平①，一看就是好几个小时。天色已暗，我看见海鸟全部往相同的方向飞去，于是判断："陆地就在那里。"

抵达直布罗陀

八月四日凌晨，我发现西班牙就在前方。我看见海岸的灯火，知道这一带有人生活。浪花号继续前行，直到接近陆地——大约在特拉法尔加②附近。接着，船身躲过一处岬尖，穿越了直布罗陀海峡，当天下午三点下锚停泊，距离从塞布尔角出航不到二十九天。我最初的航程告一段落时，健康状况良好，并未过度劳累或手脚痉

---

① 指的是 1828 年出版的《哥伦布同伴的航海与发现》，作者为华盛顿·欧文（Washington Irving）。

② 特拉法尔加（Trafalgar），西班牙西南面的一个海岬。1805 年 10 月 21 日，作为拿破仑与英国之间一系列博弈的结果，由纳尔逊率领的英国舰队与法国-西班牙联合舰队在特拉法尔加角外的海面相遇。激烈的战斗持续了五小时，法西联合舰队遭受决定性打击，而英军主帅纳尔逊海军中将也在战斗中阵亡。

抵达直布罗陀

挛,感觉这辈子从来没有这么健康过,人却瘦得像一根桅杆。

两艘意大利三桅帆船从拂晓时分开始就一直近距离并行,我下锚许久之后,还看见这两艘船沿着靠近非洲那侧的海岸航行。浪花号遥遥领先于这两艘船,直到抵达塔里法角[①]。据我所知,到目前为止,除了蒸汽船以外,浪花号在横渡大西洋航程中的航速打败所有船只。

一切状况良好,但我却忘了从奥尔塔带一份健康证明,因此在接受检查时,和那个凶巴巴的驻港口老医生起了一场激烈的争执。有道是不打不相识,如果想和地道的英国人混熟,首先一定要和他

[①] 塔里法角(Tarifa),西班牙本土的最南端,同时也是欧洲大陆的最南端,南面是直布罗陀海峡,可远眺对岸非洲的摩洛哥海岸。

第四章　41

大吵一顿。我很清楚这一点，于是立刻火力十足地还击。那位医生最后终于承认："是啊，没错，你的船员毫无疑问都很健康，但谁知道你停泊的上一个港口流行什么疾病？"——这一番话确实有道理。接着，他朝我大吼："先生，我们应该把你留下检疫！不过算了，入港许可证给你！快把船开走吧，乡巴佬！"后来，我再也没有见过这个驻港口医生。

与英国海军礼尚往来

第二天清晨，一艘比浪花号的船身长出许多的汽船驶过来，和我的船并排停泊，代海军高官布鲁斯上将向我致意，表示在兵工厂为浪花号安排了泊船位，就在新港内。我原本把船泊在旧港内，和当地的船只挤在一起，那里的设备简陋、极不舒适，因此很乐意把船转移到新港。一想到浪花号将和许多神气的军舰，如柯林伍德号、贝尔福勒号及鸬鹚号等停泊在一起，我赶忙把船移过去。当时，这些军舰都驻防在直布罗陀，随后我就受邀前往这三艘军舰上参观，备受皇家等级的礼遇。

后来，我前去拜会布鲁斯上将，感谢他为浪花号安排泊船位，以及打算派汽船将我的船拖至码头的盛情。"把她停进去！"这是上将对我的礼遇。他还说："泊船位如果合适的话，一切就没有问题了，等你准备好之后我们就把船拖过去。对了，你的船有需要修理的地方吗？真是的，你们可以借调一下制帆匠吗？浪花号要换一张船首三角帆。立刻开始制作修复！你负责监督这项工作好吗？哎呀，老兄，你一连二十九天独自航海，真是向天借胆啊！我们这里会为你做好一切安排！"即使是英国女王陛下的柯林伍德号停泊在

浪花号停泊在直布罗陀港口

直布罗陀港，恐怕也不如浪花号受到的照顾来得周到。

那天下午，我听到有人高喊："嗨，浪花号！布鲁斯上将的夫人想上船和您握手致意，请问您今天方便吗？""方便之至！"我开心地高声回答。第二天，直布罗陀总督卡林顿勋爵率同当地驻军高级将领及所有驻防军舰指挥官登上浪花号，在她的航海日志上签名留念。于是，再度响起一声声高呼："嗨，浪花号！""嗨！""雷诺斯指挥官向您致意，邀请您登上柯林伍德号参观，请勿拘礼，时间是下午四时三十分至五时三十分。"我已经暗示过我没几件衣服，所以绝对无法以体面的穿着赴会。对方告诉我："先生，请你戴高顶礼帽、穿燕尾服出席！""那我就不能出席了。""管他呢！你

第四章　43

就穿现在这身衣服出席好了,我们本来就是这个意思。""遵命,长官!"柯林伍德号的招待十分隆重,倘若戴着和天上月亮一样高的丝质礼帽赴宴,那肯定没法玩得开心或放松自如了。英国人,即使在神气的军舰上,当外人进入他的舷门后,也能放松心情待客,所以他们要你"请勿拘礼",并不只是客套而已。

不消说每个人都喜爱直布罗陀,谁会不喜爱这个热情好客的地方呢?上将官邸每天早上都送牛奶过来,每星期还送两次蔬菜给我。"嗨,浪花号!"上将总是如此呼喊。

"哈罗!"

"先生,明天是蔬菜日!"

"是的,长官。"

我在旧城逛了不少地方,一名炮兵领着我穿越岩石地下坑道,深入外人禁入之处。放眼全世界的军事用途挖凿工程,不论在概念还是实践方面,无一能赶上直布罗陀这项工程的水平。目睹这宏大的工程,令人很难想象自己正身处又小又旧的摩斯地理教科书[①]里的直布罗陀。

在摩洛哥海岸野餐

我在出海之前,应邀与总督、驻防军官和军舰指挥官一同野餐——这是王室的一桩盛事。我们一行人搭乘时速二十二海里的

[①] 摩斯地理教科书,指由美国人摩斯(Jedidiah Morse,1761—1826)编著的一系列教科书,他因此获得"美洲地理学之父"的雅号。

91号鱼雷快艇往返于摩洛哥海岸。这一天真是好——好到无以复加,其实船靠着海岸就很舒适惬意,因此没有人登陆摩洛哥。鱼雷快艇在海上全速前进,像一片白杨叶在风中颤动。负责指挥快艇的鲍契中尉是个年轻小伙子,但操纵起快艇来却有如经验老到的水手,技术一流。第二天,我和总督卡林顿将军在莱渥宾馆共进午餐,这地方以前是方济修道院。这幢有趣的建筑物内保存了十四处直布罗陀经历过的围城遗迹。次日,我在将军官邸用晚餐,这座宅邸曾是外籍佣兵的修道院。我在这些地方都感受到有一只强健有力的手友善地握着我,给予我力量,助我日后度过漫长的海上生活。我必须承认,直布罗陀完美的纪律、秩序及愉悦的气氛,只是这个坚固要塞的第二大奇迹。此地庞大的贸易量并未造成太大的骚动与喧嚣,这里仍然平静得像一条管理良好的船只航行在平稳的海面上。除了偶尔有个甲板长吆喝几声外,没有人会高声喧哗。美国驻直布罗陀领事霍拉肖·斯普拉格阁下于八月二十四日星期天莅临浪花号参观,得知兄弟之邦英国官方对我极尽礼遇,他感到相当欣喜。

第五章

在女王的拖船协助下自直布罗陀出航——浪花号航线从苏伊士运河改为合恩角——被摩尔海盗追赶——和哥伦布比赛——加那利群岛——佛得角群岛——海上生活——抵达伯南布哥——向巴西政府追讨欠款——准备应付合恩角的恶劣天气

在女王的拖船协助下自直布罗陀出航

八月二十五日,星期一,浪花号自直布罗陀出航,尽管之前她舍弃了直线而变更航线抵达这里,但这一切都很值得。一艘女王陛下的拖船拖着浪花号进入稳定的微风中,她的船帆涨满了疾风,吹送她再度驶入大西洋,风势随即变得又强又猛。

浪花号航线从苏伊士运河改为合恩角

我的计划是从此处海岸下行,迎风航向海洋,远离陆地,因为这一带是海盗的大本营。但我尚未完成计划,就发现一艘三桅小帆船,从最近的港口出海,最后尾随在浪花号身后。目前,我计划从直布罗陀出发横渡地中海,穿过苏伊士运河,直下红海往东行,但我最后却往西行。我受对此处海域经验丰富的领海人的影响，决定改变航向。由于此地两侧海岸都有无数沿岸打劫的海盗，我对领海人的忠告不敢掉以轻心。尽管我已经小心翼翼，现在却显然被海盗包围了！我改变航线，那艘三桅小帆船也照做，两艘船的航速都很快，但我们之间的距离却越来越近。浪花号表现出色，甚至超越了平日的最佳水平。然而，尽管我竭尽所能，船身仍不时左摇右晃。船帆升得太满，不太安全，我必须收起部分帆篷，否则桅杆会折断，要是真的折断，即使没有海盗追击，我也一样要完蛋。我必须降下帆篷，即使冒着生命危险也在所不惜。

被摩尔海盗追赶

我收起主帆大概不到十五分钟，那艘三桅小帆船就已经追得更近，近到我可以看见船上几个海盗的头发，这批海盗正像一阵风似的袭来。现在我已看得一清二楚，看出这批海盗一定出身海盗世家，从对方的举动来看他们正准备发动攻击。就在这千钧一发之际，海盗脸上的狂喜表情转瞬间变为恐惧与愤怒。原来海盗船的帆张得太满，船舷被一阵大浪拉偏。这片汹涌的汪洋犹如枪弹扫射般，使情势急转直下。三分钟后，同样的大浪扑向浪花号，船身的每一片木材都随之摇晃。与此同时，帆脚索的滑轮带索猛然松脱，接着主帆帆角圆木的系索也断了。我条件反射似的跳向三角帆的升降索，火速降下三角帆。降下船首三角帆后，我随即转舵背风，船身在狂风中剧烈跳动了一下。我全身颤抖，但片刻之后终于奋力收起主帆，再把断裂的圆木系索绑紧在船中央。我在主帆撕裂之前及

被海盗追击

时固定圆木系索,连自己都不知道是怎么办到的,但主帆确实没有丝毫破损。我保住主帆,升起三角帆,然后头也不回地直奔船舱,抓起我已上膛的来复枪和子弹。我估量着那艘海盗船此刻可能已回到原先的航线,逼近我的船,我希望能在举枪顺着枪管望过去时看见它。我把枪托在肩上,目光在雾中搜索,但一英里之内却不见海盗踪影。刚才把我的帆角圆木系索打断的狂风巨浪,同时也折断了海盗船的桅杆。我可以想见船上几十个海盗手忙脚乱打捞落海索具的情景。上天整得他们脸色发黑!

我站在船首三角帆和后来升起的前桅帆下方,悠然自在地航行。我捞起海中的圆木系索,卷好帆篷准备过夜。接着,我改变船向,将船首偏离海岸两个方位刻度,以迎接朝陆地而来的洋流及大浪。这样一来,右舷船舱就有了三个受风点,海风可以稳定地吹拂船首的帆篷。等到一切收拾妥当,天已经黑了,已经有一条飞鱼落在甲板上。我拣起那条鱼打算当晚餐,却发现自己累得没法下厨,甚至连吃现成食物的力气都没有。这一晚几乎是我人生中最累的时候。我疲累之至,反而难以入睡,随着船身的起伏动荡熬到将近午夜,然后才打起精神烹煮那条鱼,还泡了一杯茶。我以前或许不甚了了，此刻却充分明白，未来的航程需要强烈并持续的精力。八月二十七日，除了遥见东方有两座山峰矗立在清新的晨霭里，我见不到摩尔人①及摩尔地区的踪影。太阳升起不久后，连那两座山都因雾气笼罩而朦胧不清，这却正合我意。

自从我逃离海盗的追赶后，一连几天都吹着稳定的、中等强度的海风，海面虽被掀起长长的波涛，却不会动荡得令人不适或造成危险。我坐在船舱里，几乎感觉不出水的流动，船身随着海浪摇来摆去，颇为自在逍遥。所有令人惊慌失措的不安与激动已经结束，我再度陷入孤独，意识到自己正置身威力无穷的大海，被各种不可知的因素控制。但是我很快乐，也越来越喜欢这趟航程。

和哥伦布比赛

早在四百多年前，哥伦布就已经驾驶圣玛丽亚号航行于这片海域，但他却不如我这么快乐，也不如我这么胸有成竹地相信终能完成航程。刚启程不久，哥伦布就遇到了在海上的第一桩麻烦。他的水手不知是恶意破坏还是别的原因，在还没遇上像浪花号稍早前遭遇的大浪之前，就把船舵给弄坏了。此外，圣玛丽亚号上还存在着意见不合的问题，这是在浪花号上绝对不会发生的事。

经过三天的风浪后，我躺下来放松地休息和睡觉，并用绳索绑牢舵轮。于是，浪花号照着既定航线稳定地前进。

---

① 摩尔人，近代欧洲人对非洲西北地中海沿岸城市中的伊斯兰教徒的泛称。

加那利群岛 [①]

　　九月一日一大早，前方升起陆地的云气，告诉我加那利群岛已在不远处。第二天天气转变，暴风雨的乌云布满天空，眼前的景象显示，东方可能吹来一阵干燥的红色尘沙热风，要么就是从南方刮来强烈的暴风。罗盘的每一刻度上都潜藏着暴风的威胁。我立刻想到收起帆篷，不能再浪费时间了！海象突然混乱起来，我很庆幸已将船身偏离距原先航线三个方位刻度或更多之处，如此她或可安然度过风浪。现在我正驾船轻掠过非洲与加那利群岛最东端的富埃特文图拉岛之间的海峡，与此同时，我一直密切注意加那利群岛的踪影。下午两点，天气忽然好转，富埃特文图拉岛出现在右舷正旁边不到七英里处。这座岛高二千七百英尺，天气晴朗时，远远便可望见。

　　晚上又起风了，浪花号顺风迅速穿越海峡。到了九月三日天亮，她已经离群岛二十五英里远，接着风又静止，但却是另一阵强风来袭的前兆，这阵强风挟着非洲海岸的尘土呼啸而来，发出骇人的狂吼声，持续不停。虽然现在并非尘沙热风的季节，但海面上却风云变色，漫天飞舞着红棕色的尘沙，持续一小时之久。整个下午，空气中都弥漫着飞扬的尘土，但晚上风势却转为西北向，反吹回陆地，天空重又恢复清朗。浪花号的桅杆在一股强大稳定的压

[①] 加那利群岛（Islas Ganarias），是非洲西北海域北大西洋东部的火山岛屿群，由13个岛屿组成。1497年起为西班牙的殖民地，1927年起被分成两个海外省，并入西班牙本土。

力下弯曲，甲板排水孔随船身左右摇晃，被海风吹得鼓胀的帆篷扫过海面，仿佛在向海浪致意。我的船在一波波翻腾的巨浪中剧烈起伏，浪涛在她的龙骨下方迅速滚过，令我战栗不已。这真是一趟不得了的航程。

九月四日，风从东北偏北方向吹来，浪花号随波摇曳。大约中午时分，一艘汽船从普来特河出现，这是一艘运载阉牛的船，她朝东北方去，即将遇上坏天气。我朝她打信号，但对方却毫无响应，以惊人的速度径直冲向海洋，看她船首高翘的模样，令人不禁怀疑掌舵的人是不是疯了。

九月六日早上，我在甲板上发现三条飞鱼，还有一条落在前舷窗上，离煎锅不能更近了。这是出航以来最好的收成，为我提供了丰盛的早餐及晚餐。

浪花号现在随着信风继续她的航程。当天晚些时候，又有一艘小船出现，和前一艘一样急吼吼的，但我并没有向那艘船摇旗打信号。浪花号不幸地位于她的下风处，那艘船真是臭气冲天！那些可怜的牲口，它们的咆哮声简直震天响！以前的船只在海上相遇时，都会转动上桅帆彼此打招呼，和对方聊上几句，分手时还会鸣枪致意。但这种礼俗已经成为过去，现在的人忙得很，船只在海上相遇时根本没有时间和对方交谈。在辽阔的海洋上，消息就是消息，至于鸣枪致意，现在的人才舍不得浪费弹药。诗歌里描述的货轮在现今的海面上已不复存在，现代人的生活单调乏味，我们甚至没空与人互道早安。

我的船现在随着强劲的信风快速航行，因此我可以连续几天轻松地休息，调养体力。我利用这段时间读读写写，或是整理索具和

第五章　　51

帆篷，使它们保持良好的状况。我烹调的动作很快，两三下就能搞定，至于菜色大多是飞鱼、热糕饼，以及黄油、马铃薯、咖啡和奶油等容易烹调的食物。

佛得角群岛①

九月十日，浪花号经过佛得角群岛最西北端的圣安东尼奥岛，与它擦身而过。之前我并未观察经度，乍见陆地的感觉非常美妙而真实。我的船偏向这座岛，此刻吹着强劲的东北风，我降下帆，将船驶离狂风呼啸的圣安东尼奥岛高地。接着，佛得角群岛渐渐消失在船尾，我再度航行于孤寂的海上，四周是绝对的孤独。连我入睡后都梦到自己一个人孤零零的。我一直无法摆脱这种孤寂感，但不管是睡或醒，我似乎总能知道浪花号所处的位置——她正在我脑中的航线图上穿越前行。

一天晚上，我坐在船舱里，被魔咒般的孤寂所笼罩。突然耳畔响起一阵人声，打破了深沉的寂静！我立刻跳起来冲上甲板，眼前的景象令我惊愕得难以形容。只见我的船尾后方紧跟着一艘船帆满胀、如幽灵幻影般的白船，船上的水手正拉着绳索扯紧船桁，这船和我的船擦身之际，船桁险些扫到我的船桅。这艘仿佛装着白色羽翼的快船上没有人和我打招呼，但我听见船上有人说他看见（我的）帆船上有灯光，他猜测是一艘渔船。那晚我在铺满星光的甲板上坐着沉思良久，想着那些船，并注视着她们航程中的满天星斗。

---

① 佛得角群岛（The Cape Verde Islands），位于非洲西海岸北大西洋中，大部分岛屿是山地和火山。

海上生活

第二天，九月十三日，一艘四桅大帆船在和我有一段距离的上风处驶过，朝北方前进。浪花号正被洋流迅速带往赤道附近的海洋无风带，信风的力道正在逐渐减弱。我从水波看出有一股相抗衡的洋流已经介入，这股洋流的流速大约为一天十六英里。船驶到相抗衡的洋流中心时，航速比东向的洋流略快。

九月十四日，我在桅顶看见一艘高大的三桅帆船朝北方驶去。这艘船和昨天那艘船都不在我的信号范围内，但看见她们令我很开心。第二天，南方升起厚重的雨云，遮住了阳光，这是进入赤道无风带的前兆。九月十六日，浪花号驶入这片沉郁的地区，准备与狂暴的天气搏斗，并为间歇性的风平浪静骚扰：因为这一带是东北与东南信风的交汇区，这两股强大的风在此区交替奋力争夺优势，朝四面八方旋转，威力越来越强。而此区海面波浪交错起伏，夹杂着漩涡状的洋流，考验着水手的胆量与耐性。然而，似乎这样还不足以整惨水手似的，日夜不停的倾盆大雨也来凑热闹。浪花号在这种恶劣天气下，在海上颠簸了十天，这十天里只航行了三百英里。我并不是在抱怨！

九月二十三日，来自熊河的波士顿双桅帆船南塔斯基号满载着木材航向拉普拉塔河①，刚穿越赤道无风带便遇上浪花号。该船船长

---

① 拉普拉塔河（La Plate），南美洲东海岸巴拉那河与乌拉圭河的河口部分。位于阿根廷（南岸和西岸）与乌拉圭（北岸）之间，长约295公里，两岸人口稠密，工商业发达。

传了几句话给我，然后继续前航。由于南塔斯基号的船底黏着大量贝类，发出臭味，因而吸引了大批原本跟着浪花号的鱼群——浪花号供应的贝类食物比较少，而鱼群总爱跟随发臭的船。长满藤壶 ① 的浮木同样也会吸引深海鱼类。在这些小追随者中，有一条海豚，它已尾随浪花号游了大约一千英里，靠我扔到海里的残羹剩菜为食；因为它受了伤，无法以矫健快速的行动捕食海中其他鱼类。我已习惯看见那只海豚，也认得它的伤痕，有时它偶尔离开我的船边到别处游荡，我还挺想念它的。有一天，它离开几小时后，又和三条黄尾一起游回来。这支小队伍一直群聚一处，除非有危险或在海中觅食才会暂时分开。因为常有饥饿的鲨鱼在船边徘徊，它们的性命饱受威胁，不止一次从鲨鱼的利齿下死里逃生。我对它们逃生的模式极感兴趣，常常一看就是几个小时。它们总朝不同的方向各自逃窜，而海中之狼——鲨鱼只能追逐其中一条，顾不上另外三条；一会儿之后，它们又全部回来，在船的一侧或另一侧下方集合。有两次追逐它们的鲨鱼被船尾拖行的锡锅给骗了，误把锡锅当成发亮的鱼，于是转过身来以那种准备吞噬猎物的奇特姿势发动攻击，我便开枪射穿它的头。

　　黄尾似乎不太在乎莫名地命丧鲨鱼。所有生物无疑都害怕死亡，但我却见过某些鱼类仿佛清楚它们的存在就是为了填饱大鱼的肚子，自动聚拢送死以免大鱼费事地捕食。我还见过鲸绕着一大群鲱鱼兜圈子，使劲摆动鲸尾制造出一个大漩涡，把鲱鱼群全吸过

---

① 藤壶（barnacle），海洋甲壳动物，以底部固着于岩石、船体及其他动物上。躯体藏在石灰板组成的甲壳内，利用蔓足滤食水中颗粒。约有一千种，分布从潮间带直至深海。

来，等到鱼群全随着漩涡一起转动时，大鲸就张大嘴冲到漩涡中心，一口气就把相当于一船渔获的鱼群吞下肚。我在离开好望角时也看见金枪鱼以这种方式捕食沙丁鱼群及其他小鱼群。金枪鱼绕着沙丁鱼群转圈子，从鱼群最外围往里吞食，沙丁鱼根本没有逃脱的机会。有趣的是小沙丁鱼消失的速度极快；这种情景虽然一再在我眼前出现，但金枪鱼的动作灵活敏捷，因此我几乎看不清单独一条沙丁鱼被吃掉的瞬间。

东南信风赤道分界线沿线的海上空气充满电荷，因此常见打雷闪电。我到了这一带才记起，几年前美国船只敏捷号就是被闪电击中摧毁的，船上的乘员幸运地在当天获救，被送往巴西的伯南布哥[①]，当时我曾在该地见到过他们。

九月二十五日，我在北纬5°、西经26°30′的位置，和伦敦北方星号的人交谈。这艘大船自美国弗吉尼亚州的诺福克出航已有四十八天之久，准备驶往巴西的里约热内卢，我们大约两个月后在里约热内卢重逢。目前浪花号自直布罗陀出海已有三十天了。

抵达伯南布哥

浪花号航程中的另一个同伴是一条旗鱼。它挨着船侧游着，高高的背鳍露出海面，我伸出鱼叉戳过去，它立刻缩起黑色的背鳍溜得不见踪影。九月三十日，上午十一点半过后，浪花号在西经29°30′的位置跨过赤道。下午两点，她已经在赤道以南两英里处。

---

① 伯南布哥（Pernambuco），位于巴西的东北部沿海的州，首府是累西腓（Recife）。

随后遇上轻微的东南信风，吹满帆篷，送着她轻快地驶向巴西海岸。十月五日，浪花号在奥林达角①以北顺利抵达陆地，约在中午时分于伯南布哥州的港口下锚停泊，距离开直布罗陀整整四十天，航程中一切安好。我在这段时间是否厌倦了海上生涯？一点也不！我这辈子从来不曾这么顺心适意过，并且迫不及待地想要体验绕过合恩角②这段更危险的航程。

我曾经两度横渡大西洋，现在又在波士顿前往合恩角的途中，所到之处有不少朋友，这对一个水手而言一点也不奇怪。我决定从直布罗陀西行，不但因而逃过红海上的海盗追击，更把我带到伯南布哥州，在熟悉的海岸登陆。我曾在许多次航程中抵达巴西这处港口及其他港口。一八九三年，我受聘为船长，带领著名的埃里克森式铁甲舰毁灭者号，自纽约前往巴西，去对抗叛军领袖梅洛③和他的政党。毁灭者号上还载着一座潜水艇巨炮。

在这次行动中，还有一艘船尼克塞罗号同行，这艘船是美国在美西战争中购买的，并重新命名为野牛号。毁灭者号在许多方面都胜过野牛号，然而在这场奇怪的战争中，巴西人却自己将毁灭者号击沉在巴伊亚。毁灭者号被击沉，我的船长酬劳也泡汤了，但我只能竭力争取，因为对我而言那可是一大笔钱。谁知不到两年，风水轮流转，梅洛的政党现在居然执政了。虽然当初聘我的是巴西的合

---

① 奥林达角（Olinda），巴西东北部伯南布哥州城市，在大西洋岸边小山丘上，南距该州首府累西腓 16 公里。
② 合恩角（Cape Horn），南美洲最南端合恩岛上的陡峭南角。合恩角洋面波涛汹涌，航行危险，终年强风不断，气候寒冷。是太平洋与大西洋分界线。
③ 梅洛（Admiral Custodio de Mello, 1845—1902），于 1893～1894 年间率领叛军反抗佩肖托（Floriano Peixoto）领导的巴西政府，但以失败告终。

法政府，但所谓的叛军执政后，却觉得不必对我负什么责任，这与我的期望有段落差。

我在这几趟赴巴西的行程中结识了佩雷拉博士，他是《商报》的老板兼编辑，浪花号安全停泊在"顶帆区"不久后，本身也酷爱驾驶游艇的博士特地来看望我，并带我前往他乡间宅邸礁湖的水道参观。我们在他的船队带领下循水路抵达他的湖边宅邸，这支船队包括一条中国舢板、一条挪威平底船，以及一条他从毁灭者号上得来的安角平底渔船。博士经常用巴西美食款待我，他说这样才能"养胖"我，让我好有体力继续航程，不过后来他发现，再丰盛的美馔佳肴也很难把我养胖。

向巴西政府追讨欠款

水果、青菜及所有其他航程中的必需品全都装运上船后，我便于十月二十三日启航出海。我在这里的海关碰见一个征税官员，这人是梅洛的部下，对我依然心存芥蒂，因此浪花号在办出港手续时，虽然持有游艇执照可以免缴港口税，但那名官员仍向我收取吨税。我们的领事还不太有外交手腕地提醒他，当年就是我把毁灭者号开到巴西的。那名官员听了立刻说："喔，是的，我们记得很清楚。"所以现在他才会用这种小动作来报复啊！

一位商人，伦格林先生协助我解决了这个小难题，他建议让浪花号装载一批弹药前往巴伊亚，这样我还可以赚一笔运费。然而，保险公司却拒绝接受一艘由单人驾驶的船只运载的货物投保。于是，伦格林先生提议不要投保，他愿意承担一切风险。他的这项提议真是令我受宠若惊，但我却没有接受他的好意，原因是这么一来，我的游艇执照便会失效，以后我在环绕全球的航程中需要支出更多的港口费，金额将超过我现在需要缴纳的吨税。这时，又有一位商人老友出面帮忙，直接替我垫付了这笔税金。

准备应付合恩角的恶劣天气

我在伯南布哥停留时，把浪花号的船帆下桁改短了，那段桁木是在我离开摩洛哥海岸时撞断的，我锯去折断的部分，这样船身中央的桁木就短了大约四英尺。另外，我还修好了船桅基座。一八九五年十月二十四日，天气很好，浪花号扬帆出航，临行时众人热烈欢呼送行。我沿着海岸前进，一天约航行一百英里，于十一月五日抵达里约热内卢，这段航程中无甚可提之事。五日中午前后，我在维莱加伊格农①附近下锚，等候前往港口进行正式的拜会。第二天，我打起精神求见海军总部首长及其他官员，询问有关我领航毁灭者号应得酬劳遭拖欠一事。一位高级官员告诉我："船长，就我们的立场而言，您当然可以拥有那艘船。如果您乐意接受，我们会派员为您指引那艘船的位置。"我很清楚船在哪里，她的烟囱正在巴伊亚的海面漂浮，而船身很可能已经沉在海底。我谢过这位客气的官员，但拒绝了他的提议。

浪花号启航离开的前一天，几位老船长上船和我一同畅游里约

---

① 维莱加伊格农（Villaganon），位于巴西东南部的瓜纳巴拉湾，岛上的堡垒曾为1893年部分巴西海军反叛佩肖托的地点。

热内卢港。我决定为浪花号加装索具，以应付巴塔哥尼亚高原①沿岸惊涛骇浪的海面。于是，我在船尾安装了一个半圆形的支柱以支撑索具柱。这几位老船长检视船上的索具，每个人都贡献一项用品以加强她的装备。琼斯船长是我在里约热内卢停留期间的翻译员，他送给浪花号一个船锚，另一位汽船船长则送给她一条搭配的锚链。浪花号在以后的航程中从不曾拖着琼斯船长送的锚航行，但那条锚链不仅在下风处的海岸扛住了风力拉扯，当浪花号被拖离合恩角时更是发挥助力，挡住了船尾一波波可能冲上甲板的巨浪。

---

① 巴塔哥尼亚高原（Patagonia），南美洲东南部高原。北起科罗拉多河，南迄麦哲伦海峡，西界安第斯山脉，东临大西洋。绝大部分在阿根廷境内。地势由西向东倾斜，呈阶梯状。气候冷干燥，多强风。为全世界中纬度大陆东岸仅有的荒漠与半荒漠地区。

第五章　59

第六章

离开里约热内卢——浪花号搁浅在乌拉圭的沙滩上——险些遭遇船难——发现帆船的男孩——浪花号浮起但受损——马尔多纳多的英国领事礼貌拜会——在蒙得维的亚受到热烈欢迎——与老友同赴布宜诺斯艾利斯——游览布宜诺斯艾利斯市区——截短桅杆和船首斜杠

离开里约热内卢

十一月二十八日，浪花号自里约热内卢出航后，随即遇上一场狂风。这阵风在沿海造成全面性的破坏，航运业的灾情惨重。我想浪花号远离陆地或许还逃过了一劫呢。我在这一带海岸航行时注意到，一些小船白天还领先于浪花号，到了晚上却落在了她的后面。对浪花号而言，白天夜晚都一样，但对其他的船只来说却有明显的差别。我离开里约热内卢后，有一天天气很好，浪花号遇上蒸汽船南威尔士号，那艘船的船长和我交谈，并主动告诉我，根据天文钟的计算，我们当时的位置是西经48°，他还说："这是我所能做出的最精确的估计。"浪花号只有一只锡钟，但我估计的位置却完全相同，因此我对自己原始的航海方式感到放心。不过，那艘船的天文钟数据证实了我对位置的判断正确，还真是把我吓了一大跳。

浪花号搁浅在乌拉圭的沙滩上

十二月五日,一艘三桅帆船出现了,我们两艘船一起沿着海岸航行了好几天。这里有一股北向的洋流,因此我必须紧靠着海岸前进,浪花号对此相当熟练。但是,我不得不承认一项缺失:我贴海岸贴得太近了。总之,到了十二月十一日破晓时分,浪花号竟然又急又猛地撞上沙滩搁浅了。这真叫人又气又恼,但我随即发现我的船并没有太大的危险。明亮月光下的沙丘假象骗了我,我不禁懊恼自己太过相信事物的表面。海面虽然还算平静,但海潮仍不断涨起,以不小的力道冲击着海岸。我设法把甲板上的小船放下海,取出小锚及锚链,但这时已来不及下锚把浪花号拖出来,因为正在退潮,船身已陷在沙滩里。这下我只好拿出更大的船锚,这可不容易,我唯一的救生艇,那条平底小渔船承受不了大船锚及锚链的重量,船身立刻歪了一下,于是我把锚链分成两段,将重量一分为二。那个船锚可沉入四十英寻① 深处,并已加装浮标,我载着它穿越一波波浪涛;不过小船迅速漏水,等我划到够远的地方准备投锚时,船内的水已快淹到船舷上端,船身也开始下沉。现在可是分秒必争,我很清楚,如果此刻失败,一切全都完了。我火速放下船桨,跳起来,把船锚高举在头上,拼命往外一抛,就在这一瞬间,船翻了。我一把抓住船舷,船翻覆后船底朝上,我仍紧抓着船舷不放,因为我突然想起来自己不会游泳。我试着把小船翻过来,但手

---

① 英寻,海洋测量中的深度单位,1英寻等于1.8288米。

我突然想起来自己不会游泳

忙脚乱地总是不成功，因为船身整个倒扣在海面，我只好整个人泡在海水里，但依然紧抓着船舷。我努力保持镇定，冷静思考，继而发现海风虽然朝陆地上吹，但洋流却把我带向大海，所以还是得奋力一搏。我第三次潜入海中设法翻转小船，一边对自己说："现在看我的。"我下定决心要再试一次，免得当初那些在我出海前就预言我不会成功的人说："看吧，我早跟你说过。"不管我将面临何种险境，但我真的敢说，那一刻是我一生中最冷静沉着的时刻。

险些遭遇船难

我的第四次努力终于将小船翻转过来，我小心翼翼地保持船身稳定，一边设法爬上船，用找回来的一只船桨划向岸边。这时，船里仍满是海水。现在，浪花号的受困地点既高又干，我看了十分焦急。此刻，我一心想设法让她再次浮起来，于是拿出第二段锚链，接回第一段锚链上。我刚才把锚链带上小船时，已谨慎地预先装上浮标。把锚链尾端接回浪花号比较容易，后来我发现，虽然一切都要靠运气，但我的判断力和天分果然可靠，不禁苦中作乐地笑起来。从深海的船锚接到浪花号绞盘上的锚链，刚好可以在绞盘上转一圈，再无多余的长度。由此可见抛出的船锚和船只的距离恰到好处。现在我要做的就只剩拉紧锚链，等待涨潮。

发现帆船的男孩

忙完这一场，即使比我强壮的男子都会累垮。我踏上沙滩，放松地全身一趴，倒头就睡在潮水边的沙滩上。这时，太阳已经出来，温暖的阳光照遍大地。但是，我很快就发现此时的处境可能更糟：在异国荒野的海岸受困，财物可能不保。我在沙滩躺下没多久，就听见一阵咔嗒咔嗒的马蹄声从湿湿硬硬的沙滩上传来，然后在我躺着避风的沙丘旁停下。我谨慎地抬眼望去，看见一个男孩骑着一匹小马，他露出惊愕的表情，那模样或许是整片海岸上最惊奇的男孩呢。他发现了一艘帆船呢！他暗忖："这船一定是我的，难道我不是第一个发现她在沙滩上的人吗？"没错，他的确是第一个发现者。这艘船的船身高大干燥，并且漆成白色。他骑马绕着船兜了一圈，并没发现船主人，于是把小马拴在船的斜桅支杆上，叫小马拉着船走，好像可以把船拉回家似的；但是，小马显然拉不动这么重的船。不过，对付我的小船就不一样了。他把小船拉到一段距离之外，藏在沙丘后一堆高高的草丛里。我敢说他已拿定主意，打算找更多匹马来把那个更大的奖品拉走。他正想赶到大约一英里外的村落寻求帮助时，无意中发现了我，他见到我时既生气又失望。"早安，小哥儿。"我跟他打招呼，他不高兴地嘀咕一声算是回答，一边目光凌厉地将我从头打量到脚。接下来，他进出一大串问题，远比六个人问的还要多！首先他想知道我的船从哪里来，航行了多

第六章　63

少天。接着,他问我为什么一大早躺在沙滩上。我告诉他:"你的问题很容易回答,我的船从月亮那儿来,花了一个月才到这里,准备载一船的男孩回去。"要不是我够机警,这番吓唬人的话很可能让我吃不了兜着走;因为在我说这话的当儿,那个南美大草原的男孩竟旋转绳套准备抛向我,这下子他非但不会被带到月亮上去,显然还盘算着要用绳索套住我的脖子,把我拖在他的印第安小马后面,越过乌拉圭的原野回家呢。

我受困的确切地点是卡斯蒂约奇科斯,在乌拉圭与巴西交界以南约七英里处,当地居民自然说西班牙语。我向这个清晨来访的男孩讲和,告诉他我的船上有小圆饼,想跟他交换奶油和牛奶。男孩一听立刻咧嘴笑开了,神色随之一亮,这表示他对这桩交易极有兴趣。即使是在乌拉圭,船上的小圆饼也能令一个男孩欢欣雀跃,为你赢得推心置腹的友谊。那个男孩飞也似的奔回家,火速带回奶油、牛奶和鸡蛋给我。不消说,我来到的是一片富饶的土地。还有好些人也跟随男孩而来,都是从邻近几座牧场闻风而至的老老少少,其中有一个德国屯垦的移民,他在许多方面帮了我不少大忙。

一名海岸巡防队员也从几英里外的特雷莎堡赶来,说是"来保护您的财物不受草原居民的侵占"。我抽空告诉他,如果他能管好他自己的村民,我可以应付那些来自草原的人。我一边说一边指着一个身份不明的"商人"——那家伙正要偷走我船舱里的左轮手枪和几项小件的物品。我大胆上前追讨,把东西要了回来。那家伙并不是乌拉圭本地人。这里和我去过的许多地方一样,本地人并不会丢自己家乡的脸。

吓了两大跳

第六章

浪花号浮起但受损

那天上午，蒙得维的亚①港务长派人来传话，下令海岸巡防队为浪花号提供一切协助。其实并没有这个必要，因为已经有一个巡防队员在此警戒了。他煞有介事地忙这忙那，仿佛在处理一桩载有千名乘客的蒸汽邮轮遇上船难的大事件。传话的信差还说，港务长表示会派一艘蒸汽拖船来，把浪花号拖到蒙得维的亚。这位官员说到做到，第二天，一艘马力强大的拖船便抵达了。不过长话短说，我在那个德国移民、一位军人和一个绰号"米兰天使"的意大利人的协助下，已经设法把我的船浮起来，并在没有帆桁的情况下迎风驶向港口。浪花号在这段惊险的过程中多次碰撞坚硬的沙滩，金属护箍和部分旁龙骨都撞落了，此外还有其他部位受损，不过入港后损坏的部分很快就修好了。

马尔多纳多的英国领事礼貌拜会

第二天，我在马尔多纳多下锚停泊。当地英国领事、他的千金和另一位年轻女士来到我的船上，还带来一篮新鲜鸡蛋、草莓、几瓶牛奶和一大条甜面包。这次登陆的感觉很好，比我上次抵达马尔

---

① 蒙得维的亚（Montevideo），南美洲乌拉圭首都，位于该国南部、拉普拉塔河河口北岸，濒临大西洋的西南侧。它是南美洲的主要港口之一。下文提及的马尔多纳多也是港口，位于蒙得维的亚东面70英里。17世纪西班牙、葡萄牙相继侵入乌拉圭，1777年沦为西班牙殖民地。1825年独立。

多纳多的体验愉快得多，那次我驾着艾奎奈克号进入港口时，船上还载着一个受伤的船员。

马尔多纳多湾内盛产多种鱼类，目前正值海狗活跃的季节，许多海狗聚在湾内的小岛上繁殖。这一带海岸的洋流深受强风的影响，还有比月亮引力造成的一般潮汐更高的涨潮，它出现在乌拉圭所有海岸，往往不像许多地方在西南风来临前涨潮，或东北风吹拂时退潮。这种潮汐在把浪花号吹来的东北风来临前刚刚退到低潮，很长一段海岸线上长满牡蛎的岩石都暴露出来。其他美味的贝类也正盛产，只是体积小了一些。我在此处捕捞到一大堆牡蛎和淡菜，还有一个本地渔夫以淡菜为饵，用钓钩和鱼线在一处离岸较远的礁石堆边缘钓鲷鱼，钓到好几条大鲷。

这个渔夫有个年约七岁的侄子，个子虽小却人小鬼大，我特别提到他是因为他满口脏话，是我此趟航程中遇到过的嘴巴最不干净的人。他在大太阳底下用各种难听的字眼臭骂他的老叔叔，只因为他叔叔没有帮他跨越海边的沟壑。那小鬼操着西班牙语叽里呱啦骂个没完，他叔叔在一旁只管钓鱼，不时恭喜他侄子即将成功跨越障碍。这个小坏蛋骂完之后便踱到海边的野地去，没多久后手捧一束花，笑容满面地把花递给我，像天使般天真烂漫。我记得几年前，曾在和此地有一段距离的河边见过这种花。我问这小流氓为什么要摘花送我，他答："我不知道，想送就送嘛。"不论是何种力量影响这个草原野孩子忽然福至心灵表现出如此友善的举动，但我想一定和辽阔澎湃的海洋有关。

第六章

在蒙得维的亚受到热烈欢迎

不久之后,浪花号启航前往蒙得维的亚,第二天便抵达该港,并受到汽笛鸣响的热烈欢迎,弄得我十分不好意思——真希望没人注意到我的到来。乌拉圭的人似乎觉得我单人航海的行动很了不起,值得大肆宣传与表扬;但未来还有那么漫长而艰苦的航程,现在就这样轰轰烈烈地欢庆,好像有点得意过早。

浪花号还未在蒙得维的亚下锚停泊,皇家汉弗莱斯邮轮公司便派员表示,他们将为浪花号提供免费停泊及维修服务,并支付我二十英镑。结果,他们真的付钱给我,而且不止这个数目。蒙得维的亚的填船板缝的工人十分细心,把我的船补得滴水不漏。木匠也修好了受损的旁龙骨和救生艇(那条平底小船),还把小船漆得五颜六色,以至于我几乎分不清这是一只大蝴蝶还是一条船。

两年前的圣诞节,浪花号曾改装过一个极好用的代用火炉。这个代用品由一只大铁桶改造而成,桶身上凿了许多洞当做通风孔;烟筒直穿过前甲板顶。现在,这个火炉不只是摆着好看而已,它烧起火来旺得很,即使烧的是未干透的木材也一样;我在远离智利火地岛[①]海岸后遇上一连串湿冷的天气,这个火炉发挥了极大的功用。火炉炉门用铜铰链固定,开合自如,一名工匠学徒洋洋得意地把铜铰链擦得锃亮,不输蒸汽轮船的铜质罗盘针箱。

---

① 火地岛(Tierra del Fuego),南美洲大陆南端、以大火地岛为主的岛群,西风强劲。1881 年达成边界协议,东部三分之一划归阿根廷,其余属智利。

与老友同赴布宜诺斯艾利斯

现在，浪花号已做好出海的准备。十二月二十九日，她并未立即出海，反而顺着河流向内陆航行。我的一位老朋友，在鳕角和拉普拉塔河一带相当出名的霍华德船长，也搭乘浪花号和我一同前往布宜诺斯艾利斯，并于次日清晨抵达目的地。由于顺风加上洋流的助力，浪花号表现优异，超越平日的水平。我很高兴有霍华德船长这样经验丰富的水手同船，亲眼看见浪花号在无人掌舵的情况下表现如此出色。霍华德坐在罗盘针箱旁盯着罗盘，浪花号稳定地维持航线，别人或许会说我的方位盘钉得很牢，航线连四分之一度都没有偏。我的老友曾拥有一艘单桅领航帆船，在河上航行多年，但我的船却使他的船相形见绌，他喊着："如果我早一点见到像这样的好船，我会一辈子困在奇哥河畔。"或许他并没有给他的船一个表现的机会。我在这里要指出浪花号最重要的一个特点，就是她常在种种艰难和特殊的情况下，航行于浅滩和强烈的洋流中，霍华德船长把这些全都考虑进去，对她的评价自然很高。

霍华德多年来虽然离乡背井航行各地，但仍未忘记做杂烩鱼的手艺。为了证明这一点，他带来几条鲜美的岩鱼，准备做一道宛如呈献给国王的美馔。他在做这道香喷喷的杂烩鱼时，不忘把锅卡在甲板上的两个箱子中间，避免锅翻倒。我们一边大快朵颐，一边交换航程中的冒险经历，与此同时，浪花号在漆黑的河面上自行航行着。霍华德告诉我关于火地岛上食人族的故事，我向他讲述我航行于亚速尔群岛海岸时，平塔号的舵手替我掌舵，助我平安度过暴风

第六章　69

雨的奇事。还说此后每逢狂风大浪时，我都会在舵轮边寻找他的踪影。我并不是说霍华德迷信，我俩都不是迷信的人，但当我提议他乘浪花号返回蒙得维的亚时，他却摇摇头，转而改坐一艘蒸汽邮船回去。

我已经好几年没有去过布宜诺斯艾利斯了。以前我曾搭邮船去过那里，当时港口设备十分简陋，但现在已经兴建了壮观的码头与船坞。这座港口的重建工程耗费巨资，伦敦的银行家清楚得很。港务长赞扬浪花号的表现，为她安排一处安全的停泊点后，派人传话来说，我停留港口期间若有任何需要尽管告诉他，我确信他的友谊真诚地发自内心。浪花号在布宜诺斯艾利斯受到妥善的照顾，港口不收她的船坞使用费及吨税，该市游艇协会还热忱地欢迎她。我进了市区，发现城里景物不像码头的改变那么大，很快就感觉到回家的熟稔与亲切。

我在蒙得维的亚将海尔比爵士的一封信转交《标准报》的老板穆哈尔先生①。我猜想穆哈尔先生应该在回信中承诺了定会竭诚接待我。因为浪花号才刚停进船坞，穆哈尔先生便带着一队人马，浩浩荡荡地来到停泊处看我，并邀我立刻到他家做客，他还特地为我预备了房间。那天正好是一八九六年的元旦，而浪花号的航程一直都在《标准报》以专栏的形式被连续报道。

---

① 穆哈尔先生（Michael George Mulhall，1836—1900），他从爱尔兰移民阿根廷，并在1861年创办了布宜诺斯艾利斯《标准报》(The Standard)，这份报纸是第一份在南美洲出现的英文日报，1959年停刊。

游览布宜诺斯艾利斯市区

　　穆哈尔先生十分客气，开着车带我参观市内各种提升改造的建设，我们还一同寻找若干老旧的地标。我初次来布宜诺斯艾利斯时在市内广场边卖柠檬汁的男子，现在仍在同一地点，卖的依旧是两分钱一杯的柠檬汁——他靠这个小生意赚了大钱。他的生财工具是一个装着水龙头的大水桶，一包红糖，还有六颗浮在糖水上的柠檬。桶里的糖水经常换新，那些柠檬却"始终不变"，而价格一直都是两分钱一杯。

　　我们还去找以前在城里卖威士忌和棺木的商人，但是没有找到。文明的进步碾过了他，只剩下名字供人缅怀。他是一个企业家，我多么希望能够打听到他的下落。我记得他店里一侧放着一层层的威士忌酒桶，另一侧用薄薄的隔板隔开，同样整齐地排放着一具具各种尺寸的棺木，数量非常多。这种独到的排列方式有其秩序，一个酒桶空掉之后，可能会有一具棺木被填满。店里除了卖廉价的威士忌和其他酒类外，还卖他自制的用破损的马拉加①葡萄干酿的果汁。他营业的项目还包括矿泉水，这种矿泉水并非完全无菌。这位先生无疑迎合了顾客的各种品味和需求。

　　再往市区深处走，那家在店旁墙上写广告词的商店和店主还在，懂得思考的人看了这些文字后可能会有所领悟，墙上写的是："这个邪恶的世界会被一颗彗星毁灭！所以本店老板打算赔血本出

---

① 马拉加（Malaga），位于西班牙南部的港口城市，也是马拉加省省会所在。18 及 19 世纪为重要的葡萄酒、水果输出中心。

第六章

墙上的彗星降临图

清存货以逃避这场浩劫。"我的朋友穆哈尔先生载我绕到那家店东吓破胆的商店,去看店旁墙上画着的拖着发光长尾巴的可怕彗星。

截短桅杆和船首斜杠

我在布宜诺斯艾利斯拆下浪花号的桅杆,将它截短七英尺,并把船首斜杠也锯短了大约五英尺,即使如此,我发觉它还是太长了——我在斜杠末端收卷船首三角帆时,不止一次懊悔没将斜杠再锯短一英尺。

第七章

拉普拉塔河口激流涌现——被大浪淹没——海峡入口狂风巨浪——山布利克船长送我好礼：一包地毯钉——离开弗罗厄德角——被福蒂斯丘湾来的印第安人追赶——在三岛湾补给木柴和水——动物生活

拉普拉塔河口激流涌现

一八九六年一月二十六日，浪花号已经修理妥当，预备好各项补给，自布宜诺斯艾利斯出航。刚出发时风力微弱，宽广的河面宛若一面银盘，我很高兴看见一艘港口拖船正在清理入港的水道。不久后起风，吹得海面浪花滔滔，河水也不像方才闪着银光，变得混浊不堪。拉普拉塔河暗藏遇到风暴的危险性，航行该地要格外留心突来的狂风。我在天黑前找到这一带最佳的背风地点停泊，但整晚都在波浪起伏的海面上摇晃颠簸，相当苦恼。第二天早上，我驾船出航，半卷的帆篷迎风顺河道前进。那天晚上，我在经过霍华德船长上船和我溯河同游的地点后准备离去。于是，我转变航线，印第奥岬在一侧，英吉利河堤在另一侧。

我已经多年未航行至此处以南的海域，不敢奢望前往合恩角的途中一切顺利，但我在操作帆篷及索具时，一心向前迈进，别无他念。直到我在某些寂静的地点停泊时，才会心生敬畏。我在流水混浊的河流最后一次停泊时，终于顺从自己的感觉①，决心不要在麦哲伦海峡②以北之处再做停泊。

一月二十八日，浪花号驶出印第奥岬和英吉利河堤，也脱离了拉普拉塔河所有的危险。我的船扬起所有的帆，迎着和风驶向麦哲伦海峡，越来越接近南美大陆的南方，把温和的北方抛诸身后。

被大浪淹没

我的船平安通过布兰卡湾，并渡过圣马蒂亚斯及圣乔治湾。③我盼望浪花号能平安驶过那片具有毁灭性的疾浪，那是这一带沿海大小船只的克星。我一向都在距岬角约五十英里处停泊，因为这类危险会辐射至很远的范围。然而浪花号避开了一项危险，却又碰上了另一项危险。有一天，我远离巴塔哥尼亚海岸、缩短帆篷航行时，忽然遇上一波巨浪，就像许多海浪汇聚至最高点，接着以排山倒海、雷霆万钧之势，轰隆隆地扑向浪花号。仓促之中，我火速降下所有的帆，继而爬上升降索顶避开危险，眼看着那波与桅顶齐高的巨浪顶峰朝我压来。小山一般的大浪将我的船打入海水中，船身

---

① 这是因为斯洛克姆的第一任妻子弗吉尼娅（Virginia）在大约十一年前死于拉普拉塔河，她就葬在布宜诺斯艾利斯的英国墓园中。
② 麦哲伦海峡（Estrecho de Magallanes），南美洲大陆南端同火地岛之间的海峡。巴拿马运河开航前，为沟通太平洋和大西洋要道。峡湾曲折，长约600千米，宽3～33千米。东段两岸地势低平，中段和西段海岸曲折。航道最小深度31～33米。海峡内风大流急，航行困难。1520年葡萄牙航海家麦伦首先由此进入太平洋，故名。
③ 这三个海湾均位于巴塔哥尼亚高原海岸。

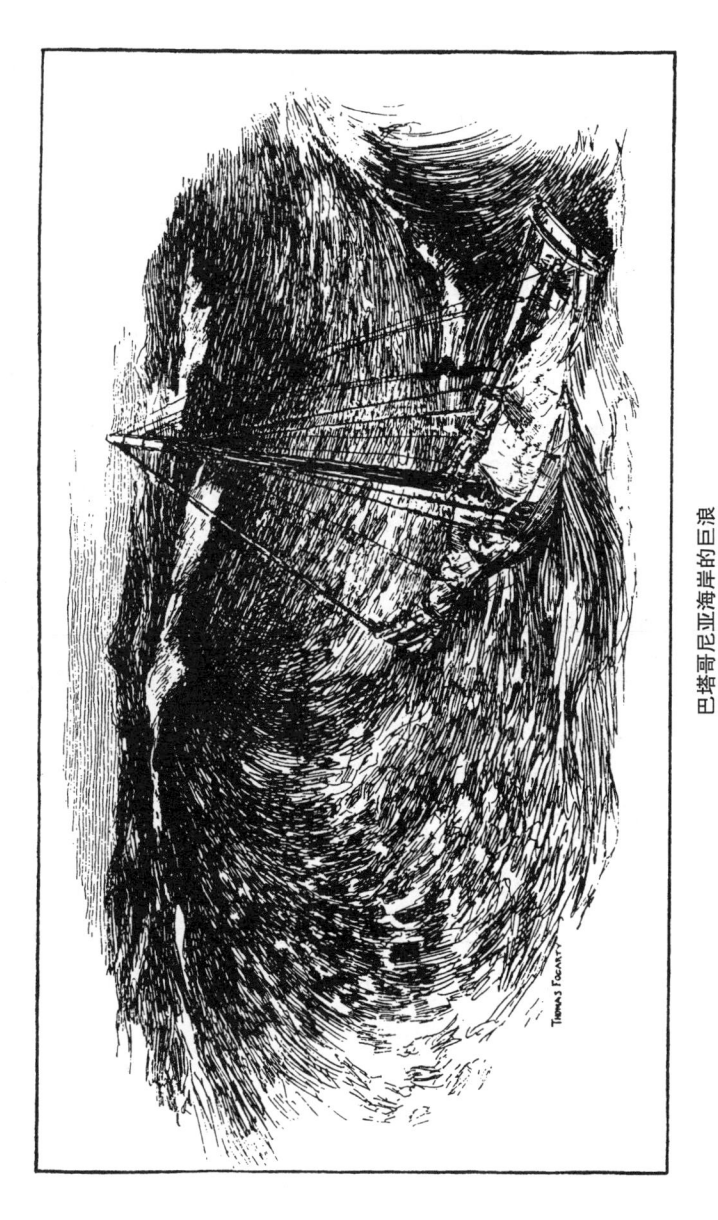

巴塔哥尼亚海岸的巨浪

第七章

的每一块木料都在抖动。浪花号在海水的重压下剧烈摇晃，但她很快又浮出水面，平稳地航行在接二连三卷来的浪头上。我躲在索具堆后，大约有一分钟的时间看不见船身任何部分，或许还不到一分钟，但我却觉得那段时间很长。人在面对极端刺激的状况时，生命的步调会加快，会在仅仅数秒之间思及过往的许多生活片段。那一刻，不但过去的种种如电光石火般闪现在我的眼前，在此种危急情况下，我还有时间下定决心要完成未来的愿望——这些愿望还得花许多时间才能实现。我记得当时第一个愿望是，如果浪花号这次能安然脱险，我将投下全部心力以她为蓝本再建一艘更大的船，至今我仍抱着这个希望。其他的承诺就比较难信守，那是在胁迫之下许诺的。这次令我满心恐惧的意外，只不过再一次考验了浪花号承受风浪的能耐。她顺利过关，我便放下心来，相信她定可应付惊涛骇浪的合恩角海面。

从那波巨浪打向浪花号，到她抵达处女岬的一路上都平安无事，没有发生任何令我心跳加速、血脉偾张的状况。相反地，天气变好，海面风平浪静。接着，我的眼前经常出现海市蜃楼的幻影。有一天，我看见一只信天翁坐在海面上，像一艘庞大的船停在我的前方；两只在海面上栖息的海狗则被我看成一头大鲸。还有一次，在穿过一片浓雾之前我还以为遇到了一片高地。后来，这种万花筒般的影像又改变了，第二天，我还驶进了一个"侏儒世界"呢！

海峡入口狂风巨浪

二月十一日，浪花号绕过处女岬，进入麦哲伦海峡。眼前又恢复真实而阴郁的景象，东北风吹起，风力颇强，海岸激起一道雪白的浪花；船只若是指挥不当，可能会在这样的海面翻覆。船接近海峡入口时，我注意到两股巨大的急潮滚滚向前，一股距陆地的尖端极近，另一股距海岸较远。收起帆篷的浪花号就航行在这两股急潮之间，穿越层层卷浪。汹涌的波涛紧追着她好长一段路途，一波强劲的大浪扫过岬角冲击着船身；但她都能稳住重心，快速驶至处女岬的背风处，渐渐进入较平静的海面。然而，长在海底岩石上长长的大海草，在浪花号龙骨下方随波摆动，还有一艘在此处海岸触礁的大汽船残骸，使眼前的景象更加阴沉荒凉。

我不敢掉以轻心，处女岬危机四伏，就算浪花号经过岬尖时也有可能遭到不测。东北风肆虐过后，西北方又袭来一阵阵的狂风暴雨。我降下船帆，坐在船舱里闭目养神，继而昏沉沉地打起了瞌睡，我清楚地记得，就在呼吸吐纳之际仿佛听见了危险的警告。我在意识蒙眬中听见一声警告"嗨，浪花号！"，便立刻惊醒跳上甲板，纳闷谁能在黑暗中认出浪花号，在行经船边时喊出她的名字。此刻，四周是一片漆黑的夜色，只看得见西南方那道熟悉的白色弧形巨浪，那是合恩角最恐怖的景象。巨浪正随着西南风迅速推进，我只有一丁点时间匆匆降下船帆并绑紧。紧接着，那波巨浪便像炮弹一般，以强劲的力道狠狠地撞上我的船身。最初半小时令人记忆深刻，强风持续吹了三十个小时，风力越来越强。我的船只能负担缩三折的主帆和前支索帆所承受的风力；船身在这种状况下还稳得住，没被强风吹出海峡。狂风巨浪肆虐到最高点时，她便收起所有的帆，这种情形经常出现。

这阵狂风过后，风力减至徐徐的和风，浪花号顺利平安地通过

第七章

麦哲伦海峡的入口

海峡多处狭窄水道，于一八九六年二月十四日在桑迪岬下锚。

桑迪岬又名蓬塔阿雷纳斯①，是智利的船只加煤站，号称此地的居民有两千个不同的国籍，但其中大部分是智利人。此地居民在这片荒凉的土地上以牧羊、开采金矿及打猎为生，生活条件在这个世界上还不算最差的。然而巴塔哥尼亚高原及火地岛的原住民即使和不爱斤斤计较的商人接触都会吃亏，生活很苦。当地绝大部分买卖交易的是"火水"（fire-water，意即"酒"），就算有法令禁止销售这种穿肠毒药给原住民，也是形同虚设，从未执行过。经常可以看到不少巴塔哥尼亚人，早上进城时倒还挺精明，到了晚上就懊悔白天上了白人的当，却不提因为他们喝得酩酊大醉，才使得带来的毛皮都被劫掠一空。

山布利克船长送我好礼：一包地毯钉

那时，这处港口还不收费，但正在兴建一幢海关建筑，完工后就要开始征收港口费和关税。有一名军警在工地守卫，还有一批大

---

① 蓬塔阿雷纳斯（Punta Arenas），智利城市，是地球最南端的港市之一，位于麦哲伦海峡西岸，1868 年起为自由港。

概是义警队队员也在那儿戒备，不时放下手中的枪只；但我总觉得，每回他们奉命大开杀戒时总是错杀无辜。就在我抵达之前，此地总督一时兴起，派遣一队新兵攻击一处火地人聚落，将那里夷为平地，因为他指控该聚落的火地人不久前在某地屠杀了一艘帆船的水手。总而言之，这是一个多事之地，并且办有两家报纸，好像是日报吧，我想。此地的港务长是个智利海军军官，他建议我载运人手至海峡偏西部分以对抗印第安人，还要我暂且停留，等候炮艇通过，让它护送浪花号一程。我在当地四处招募人手，但只有一个人愿意上船，他还开出条件，要我再找一个人和一条狗同行。

这个人要求再加一个人和一条狗，否则不肯跟我上船

由于找不到其他愿意上船的人，而我又不想带狗同行，这件事只好作罢，不过我将几把枪都装上了子弹。正当我进退两难时，一位经验老到的奥地利船长，好心的山布利克船长来找我，送给我一包钉地毯的大头钉，那包钉子比火地岛上所有的战士和狗都更管用。当时我不明就里，表示船上用不着地毯钉，山布利克船长听见我这番外行话笑了笑，坚持说肯定用得上。他告诉我："你使用这些钉子时一定要很小心，也就是说，你自己不要踩到钉子。"经他这么一暗示，我立刻明白过来，该怎么做才能在夜间不守夜巡逻的情况下

第七章

火地岛女子

同时保持甲板的警戒。

山布利克对我的航程很感兴趣，他给了我那包钉子后，又拿了好几袋面包及许多熏鹿肉送到船上。他说我的面包是普通的航海硬面包，很容易碎，不如他的面包来得有营养。可是他的面包硬邦邦的，我得用大榔头使劲猛敲才能敲下一块来。接着，他又从他的船上拿了一个罗盘送给我，那罗盘比我自己的好，他还说如果我愿意，他也可以把船帆拆下来送我。最后，这位慷慨豪爽的船长竟拿出一瓶藏在某处的火地岛金砂，请我自行取用，以备日后航程所需。但我确信自己不需要这笔赠金也能达成目标，结果证明我是对的。后来，我发现山布利克的地毯钉比黄金更有价值。

港务长发现即使我找不到帮手，也决意只身成行后，就没再表示反对，但忠告我万一被那些原住民驾独木舟包围，要立即朝他们开枪，但要尽可能避免杀死他们，这一点我由衷同意。他简单交代几句后，便开了免费出港证明给我，我在当天（一八九六年二月十九日）就扬帆出航。我航向蛮荒的火地岛核心地带，内心多少有一种感觉，此次可能会遇上前所未有的奇特且震撼的经历。

出航首日，来自桑迪岬的和风将我的船吹送至圣尼古拉斯湾，我听说可能会在那里碰上原住民，但事实上连半个人影都没有看到。在八英寻深的海水里下锚，浪花号在一座高山下方的海岸停泊整夜。我在此地初次经历到极猛烈的强风，这风叫做"威利瓦飑"，它从这里长驱直入，穿越整座海峡直抵太平洋。这风经过海峡的压缩，强劲无比，仿佛"北风之神"从山间吹送的阵阵强台风。一阵威力十足的威利瓦飑可以掀翻整艘船，吹得船腹朝天，即使收起全部的帆也无法逃过一劫。不过，这风也和其他的风一样，偶尔会停一会儿，但只是一下子。

离开弗罗厄德角

二月二十日是我的生日，然而我意识到自己是孑然一身，眼前几乎连一只鸟也看不到。我的船正在离开美洲大陆最南端的弗罗厄德角，我在晨光中驾船前行，迎向挑战。

迎风向前行进了三十英里，来到福蒂斯丘湾，随即置身当地原住民的信号烽火阵，两岸一起亮起熊熊的火光。一整天都有自西方飘来的云飞上山巅；到了晚上，来自东方的和风停了，紧接着吹起西风。那天半夜十二点，我在一座小岛的背风面下锚停泊，然后为自己煮了一杯咖啡。我迫切需要这杯咖啡——老实说，我和强风巨浪搏斗了一天，早就筋疲力尽。我确定船锚稳固后，便开始优哉游哉地喝咖啡，还把那座小岛命名为"咖啡岛"。这岛位于查尔斯岛以南，两岛之间仅有狭窄的一水相隔。

次日天一亮，浪花号再度出发，奋力迎风航行。但是，她才向前行进了两英里半，就驶入查尔斯岛的一处小湾，在此不受干扰地停泊了两天，两个船锚都躺在长满大海草的海底。要不是风力减弱

第七章　81

从福蒂斯丘湾西瞰,浪花号在此地遭印第安人追赶(此图根据照片绘制)

了，她可能会无限期地在此停留。过去两天来狂风大作，没有船只敢驶入海峡，原住民也都改往其他地点追捕猎物，所以我停泊在这个小岛相当安全。待强风平息，天气好转，我立刻收起船锚，沿着海峡向前航行。

被福蒂斯丘湾来的印第安人追赶

福蒂斯丘的原住民现在正划着几艘独木舟在后方追赶我。风力减弱了，他们迅速追上我，直到近得可以听见喊话。他们停下船桨，一个O型腿的原住民站起来朝我大叫："牙梅尔休纳！牙梅尔休纳！"这是他们的请求语，意为"给我"。我回答："不行！"此时可不能让他们知道船上只有我孤身一人，于是我走进船舱，穿过底舱，从前舷窗盖出来，并利用这段时间换了件衣服，这样他们就会以为船上至少有两个人。还有我在布宜诺斯艾利斯锯下的那段船首斜杠仍留在船上，我给它套上衣服，把它装扮成水手，摆放出正在瞭望的姿势。我还在这段斜杠上系上一条线，可以拉动它。这样一来，船上就有三个人了。"我们"不要"牙梅尔休纳"，但那批原住民仍在加速逼近。我看到靠我最近的独木舟上有四个人在划桨，船底还有别人，他们经常换人划桨。他们逼近到八十码外时，我朝最近的那艘独木舟开枪，子弹擦过船首，他们见状全部停下来，只一会儿，又继续逼近。我见他们紧追不舍，于是开了第二枪，子弹近距离擦过那个高喊"牙梅尔休纳"的家伙，他立刻改变主意，害怕得大叫："好，我回岛上去就是了！"然后坐回独木舟里，摩挲着右舷的系锚架好一会儿。我刚才扣扳机时想到那位港务长的忠

第七章　　83

告，笔直地瞄准目标，但是射偏了，没射中"黑派卓"先生。此人就是发动数场血腥屠杀的首领，绝对是他！现在他逃向小岛，其他人尾随在后。我从那人的西班牙腔和一脸大胡子（火地原住民是不蓄胡子的），认出他就是"黑派卓"那个大恶棍，一个背叛的杂种，更是火地岛上最恐怖的杀人凶手。过去两年来当局一直在缉捕他。

在三岛湾补给木柴和水

这就是我遭遇原住民的经过。当天午夜我在三岛湾下锚，那里距福蒂斯丘湾大约二十英里。我看见海峡对岸的信号火光，还听见狗叫声，不过我停泊的地点完全看不到原住民的踪迹。我总是借着一些蛛丝马迹来判断，我发现鸟儿和栖息在岩石上的海狗，就知道这里不会有印第安原住民。这一带的海域海豹并不多，我却在三岛湾的岩石上看见一只，还看到其他迹象显示此地并无原住民。

第二天又吹起强风，虽然船停在背风处，但风力太强，船被吹得拖着锚走，因此我只得出航，迎风深入海湾，进入一处被陆地封闭的湖泊。若在别的时间或地点，这样的举动可能过于轻率莽撞，但现在却很安全，因为这阵强风把我吹到这处避难所，同样也会阻碍印第安人横渡海峡。摸清情况后，我带着枪和斧头登上一座小岛的海滩，相信在岛上不会遇到什么意外。我砍下几棵树，劈了大约一百二十八立方英尺的木柴，分好几次搬运，装满了我的小船。搬运木柴时，虽然确定附近没有原住民，但我每次往返小船途中一定随身带着枪。我带着枪走到开阔的空地上时，就感觉安全多了。

这岛上的树木生长得稀稀落落，种着山毛榉和矮小的雪杉；这

朝火地岛原住民开火

第七章　85

两种树木都是很好的柴火。即使是山毛榉的青绿枝条，也因富含树脂，倏地便在我的大火炉里烧旺起来。我已经详述我砍伐及搬运木柴的方式，细心的读者看到这里或许看得出来，不论是在这方面还是航程中的其他事情上，我一直非常小心谨慎，以免发生各种意外状况。在麦哲伦海峡有必要进行最严格的守夜警戒，而我评估此刻的处境是整趟航程中危险性最高的——因为我面对的是狡猾莫测的原住民，必须格外小心防范。

强风平息后，浪花号一早便从三岛湾出航，但不久又遇上突来的强风，只好折返避难。第二天，我再度出航，航行了数英里，来到博尔贾湾，这里常有船只停泊，水手往往在岸上的树上钉木板，刻上或用油漆写上他们的姓名和停泊的日期。除此之外，我看不到此地有任何文明人来过的迹象。我用小望远镜侦查这个阴郁的地方，并且取下小船准备上岸做记录。就在这时，智利炮艇休梅尔号出现了，艇上的官员到甲板上劝告我立即离开此地，他们不需费多少唇舌就说服了我。我接受船长好心的提议，让炮艇拖着浪花号前往下一处停泊点——八英里外的诺奇湾，我到了那里之后应该可以摆脱火地原住民最恐怖的威胁。

天黑时分，我们停泊在诺奇湾，那时山间正刮来猛烈的威利瓦飑。麦哲伦海峡的天气瞬息万变。第二天，纪律严明、火力强大的休梅尔号试图继续前行，却因风势太猛而被迫折返，再次停泊等候强风平息。她能折返真是我的运气！

我能遇上这艘炮艇可以说是上天保佑。炮艇上的官兵都是素质颇高的船员，也是受过良好教育的绅士。我在诺奇湾登上炮艇欣赏官兵即兴的娱乐表演，内容之精彩是别处所不及的。一位海军候补

友善的协助——根据海军候补少尉米格尔·阿雷纳斯（Miguel Arenas）的素描绘制

少尉唱了好几首法语、德语、西班牙语的流行歌曲，还有一首据他自己说是俄语歌。即使听众听不懂他唱的是哪一国的歌曲，娱乐效果也没有因此打折扣。

第二天，休梅尔号见风势减弱，再度出航，于是我又落单了。我花了一天时间搬运木柴和水，这些工作结束时天气相当好，之后我便离开这处渺无人烟的地方。

有关浪花号首次穿越麦哲伦海峡的经历，我还略有补充，这些和我稍早前记录的不太一样。浪花号多次下锚拔锚，多日来迎着汹涌的洋流航行，偶尔遇上一阵顺风行上几英里，直到夜里终于在德马尔港停泊，这里的西方望得见皮勒岬。我在此处感受到前方无际汪洋的奔腾悸动，此刻，我明了自己已将一个世界抛在身后，即将开启前方的另一个世界。我已摆脱原住民的纠缠追赶，一大片荒凉萧瑟、了无生气的花岗岩山脉现在已留在身后——有些石山上几乎寸草不生。德马尔港后方的山上升起一小缕烽烟，说明有人在那里。但又有谁会知道他是否会因孤独哀伤而死去？这片渺无人烟的土地，并不适合享受孤寂。

第七章　87

动物生活

在弗罗厄德角以西的海峡沿岸，除了原住民养的狗之外，再没见到任何动物。我经常看到那些狗，听见它们日夜狂吠。这一带鸟类不多，我误将一只野鸡当成潜鸟，不时被它刺耳的尖鸣声吓一大跳。还有一种汽船鸭，因拍动双翼在海面推动前进时动作很像装有侧轮的小汽船而得名。我几次看到它们仓促避险的模样，从不飞翔，而是用翅膀拍打水面，速度比划艇或独木舟还要快。我在途中还看到过几只海狗，它们都十分胆小怕生，另外，我几乎没有看到过鱼的踪影。我没有捕到过半条鱼，说实在的，我在航程中很少甚至根本没有下过钓钩。我倒是在这一带的海峡发现了大量质量极佳的淡菜，我捞了不少上来大快朵颐。还有一种天鹅，体积略小于美洲家鸭，我随便开枪便可射中它们。然而，在这片荒凉凄清的海域过着孤独无依的生活，除非是出于自卫，否则我没有任何杀生的念头。

第八章

被一场风暴逼向合恩角——斯洛克姆船长最大的海上历险——从科克本海峡再次航抵麦哲伦海峡——几个原住民踩到了地毯钉——火把的危险性——一阵阵猛烈的威利瓦飑——再度朝西航行

被一场风暴逼向合恩角

三月三日,浪花号从德马尔港直接航向皮勒岬,吹东北风,我非常盼望这风能一直吹到她抵达陆地为止,但是,我并没有那么好的运气。不久后,西北方开始下雨,而且越下越大,这不是好兆头。浪花号迅速接近皮勒岬,兴冲冲地一头驶入太平洋,但迎面就碰上正在成形的暴风雨。此时此刻,即使我想掉头折返也已经来不及,因为陆地已被漆黑的夜色遮蔽。风又吹起,于是我降下第三张帆。海面动荡混乱,老渔夫在这种情况下会祷告:"主啊,请记得我的船么小,而大海那么辽阔!"此刻我只看见滔滔白浪的顶峰,就像白森森的利齿,威胁着在其间力持平衡的浪花号。我高喊:"我要想尽办法近岸下锚停泊。"为了达到这个目的,我根据船所能承受的程度,升起船帆。浪花号整夜张帆航行,到了三月四日早晨,风向转为西南,随后突然转为西北,风势猛烈惊人。浪花号的帆篷全部被吹落，桅杆光秃秃的。世上没有任何船只能对抗这种强风。我知道这风或许会持续吹上好几天，我不可能沿着火地岛外侧海岸向西折返，所以别无选择，只能继续东行。不过，为了我目前的安全，唯一的航线便是继续迎风航行。于是浪花号向东南方行进，眼看就要绕过合恩角，但浪涛剧烈起伏，怒号着永无止境的海洋故事。浪花号被困在惊涛骇浪之中。她现在靠着部分收起的前支索帆航行，位于船中部的船帆绷得紧紧的。我拉起两条长索稳定航线，平息船尾一波波的巨浪，并将舵轮绑紧在船中部。经过这番安排，浪花号快速前进，即使风浪威力十足，我的船仍然处变不惊，稳如泰山。她禁得起如此大风大浪的考验，此后我当然大可放心。

我竭尽所能做好确保船只安全的工作后，走到前舷窗，在柴火上煮了一壶咖啡，还烧了一锅香喷喷的洋葱炖牛肉。我基本上全程坚持在船上吃热食，但是在巨浪滔天的皮勒岬，由于海面动荡起伏不定，我的胃口很差，好一阵子没烹煮过食物（偷偷告诉各位，因为我晕船了）。

斯洛克姆船长最大的海上历险

合恩角第一天的风浪，让浪花号见识到此处海域最严厉的考验，全世界再也找不到任何海域的风浪比此处更狂暴可怕，而皮勒岬正是合恩角最严苛的岗哨站。

远离海岸后，大海辽阔浩瀚，危险性也降低不少。浪花号时而像一只小鸟乘风破浪，时而像流浪儿一般瑟缩在浪底，就这样继续前行。许多天过去了，尽管时间流逝，我的心却依然因喜悦而悸动。

强风吹拂的第四天,浪花号迅速接近合恩角,我查看航海图,用图钉标出到福克兰群岛[①]的斯坦利港的航线及距离,我打算到那里找地方修船。就在这时,我从云隙间瞥见一座高山,大约在舷桁七里格[②]以外之处。这时狂风的余威渐退,我已将横帆折至帆桁,代替被吹得破破烂烂的主帆。我拉起拖在船尾的绳索,固定住这片笨拙的折缩帆,前支索帆已升起,浪花号立刻被风吹往陆地的方向。那片陆地看起来像是一座海岛,事实证明那的确是一座岛,但并不是我以为的那座。

我一想到能再度穿越麦哲伦海峡,驶入太平洋,内心忍不住欢欣鼓舞,因为火地岛外侧海岸的风浪极大,那里的浪头简直就像高山起伏。我的船在最猛烈的风中,只张着部分缩折的前支索帆航行,即使是最小帆篷的帆缘,也被强风吹得剧烈摇晃,以致船身从内龙骨到帆柱顶都随之震颤不已。最令我担心的是,浪花号船桅底部的龙骨翼板会漏水,然而我始终没有用抽水泵。即使只靠着最小的帆,浪花号也能以赛马般的速度驰向陆地,我极有技巧地驾着她乘着高高的浪头前行,努力保持船身平稳。此刻,我站在舵轮前竭力做好我的工作。

[①] 福克兰群岛(Falkland Islands),这是英国的叫法,实为马尔维纳斯群岛(Islas Malvinas),南大西洋岛群。东距阿根廷南海岸 500 多千米。海岸曲折破碎,多狭长海湾。地形以平原为主,山脉呈东西走向,山体低矮圆浑。原属阿根廷,1833 年被英国占领。阿、英对其归属有争议,1982 年曾爆发战争。1995 年 9 月两国达成捕鱼和石油勘探、开采协议。

[②] 里格(league),1 里格约 3 英里。

从科克本海峡再次航抵麦哲伦海峡

我的船尚未抵达陆地,天已经黑了,她只好在黑暗中摸索前进。不久后我便看见前方白色的碎浪,我赶忙将船头调转,朝向海岸,却被船头及下风板处轰隆隆的碎浪声吓一大跳。我感到很困惑,因为我自认船所处的位置不应有碎浪。我将船退后一些再调头,却发现那里还是有碎浪,于是我再次调转船头面对海岸。我就这样不停地转向,在重重危险中熬了一夜。强风夹着冰雹横扫我的脸,我脸上的皮肤都被划破流血了。但那又怎么样呢?天已亮了,我的船位于合恩角西北方被称为"银河"的海面中央,原来这片海面的下方有许多礁石,激起雪白的浪花,把我的船围困了一整夜。我看到且接近的陆地是愤怒岛,现在我的前方和四周的景象多么慑人哪!这时候根本没空抱怨皮破血流。此刻,我只能在碎浪之间穿梭,从中找出一条通路。现在不是白天吗?既然浪花号在夜里都能避开那些礁石,白天当然可以找到通路。这是我一生中最了不得的海上历险,只有上帝知道我的船是如何避开险境、逃过此劫的。

我的船最后终于驶进各小岛之间平静的海面上,获得庇护。接着我爬上桅杆顶,观测船尾的狂野景象。伟大的博物学家达尔文在小猎犬号甲板上也目睹过这片景象,他在航海日志中记载:"所有陆居的人见到银河的景观,一定会连做一星期的噩梦。"他或许应该加一句"航海人也一样"。

浪花号很快就交上好运。她在迷魂阵般的小岛之间穿梭时,我发现她正位于科克本海峡,这条水道在弗罗厄德角对面流通麦哲伦海峡,而她已通过了贼湾,这地方还真是名实相符啊!三月八日晚上,看啊,她即将在特恩一处适于航行的小湾停泊!此刻,身处浪花号上的我每一次心跳都代表着一声感谢。

我在此回想过去几天发生的事情,奇怪的是,无论或坐或躺都无法得到彻底的休息,现在,我开始感到筋疲力尽。不过,饱餐一顿热腾腾的炖鹿肉后,我马上感觉舒服多了,也有了睡意。睡意侵袭之前,我先将地毯钉撒在甲板上,然后才上床睡觉。心里牢记着我的老友山布利克的忠告,自己要留神别踩到钉子。我仔细检查,确定有不少钉子的钉尖朝上——因为先前浪花号经过贼湾时,我看到有两艘独木舟出现并跟在船尾,而我再也瞒不住船上只有我一个人的事实了。

几个原住民踩到了地毯钉

大家都知道,没有人能踩到钉子而不发出任何声音。一个有修养的基督徒踩到钉子时,会吹声口哨纾解疼痛,而当原住民踩到钉子时,就会痛得大声惨叫,双手在空中挥舞。当晚十二点左右,我正在船舱里睡觉,就听到了这种惨叫声。那些原住民自以为连人带船地"制住"了我,但一踩上甲板后立刻改变了想法,因为他们以为我或某个人"制住"了他们。我的船上不需要狗,他们的惨叫声活像一群猎犬在哀号。我几乎还没开枪,他们就胡跳乱撞地摔下船,有的跌进独木舟,有的落到海里,我想他们大概是想降降温吧,这些原住民落船时嘴里还叽里呱啦地叫骂着。我赶到甲板上开了几枪,让那些坏家伙知道这里由我当家,然后回到船舱里,确信

他们哀号得像一群狗

那群落荒而逃的原住民不会再来骚扰我。

火地原住民虽然残酷凶狠,却天性胆小,对来复枪充满迷信的恐惧。只有在箭程范围内被他们包围,或者在他们可能埋伏突袭的范围内停泊,他们才会构成真正的威胁。至于他们夜里爬上甲板的威胁性,其实就算我没撒钉子,也可以在船舱里开枪镇守。我总在船舱和船首舱内伸手可及的地方放置一批弹药,这样不论我退守到什么位置,都可以在甲板上开火"守住阵地"。

火把的危险性

或许我面临的最大危险是原住民的火攻。每一艘独木舟上都有火把，这并不奇怪，因为他们都习惯用烽烟打信号。原住民独木舟队中有一艘舱底藏着不会造成危害的火把，可用来将大意的对手的船舱烧掉。桑迪岬的港务长警告我要特别注意这种危险。原住民不久以前刚用火把攻击过一艘智利炮艇，他们将火把扔进了船尾船舱的窗户。浪花号的船舱和甲板除了两扇舷窗外，并无其他开口，而这两扇舷窗都拴得牢牢的，如果我睡着了，非得叫醒我才能打开。

一阵阵猛烈的威利瓦飑

九日清晨，经过休息后的我精神焕发，吃过温热的早餐，扫去甲板上的钉子，再找出剩余的帆布，把一片片帆布缝补成纵帆尖端的形状，当做防水横主帆。这天看起来应该是和风徐徐的好天气，不过在火地岛不能光看表象。正当我纳闷泊船处对面的山坡上为什么没有长树木，狐疑地放下手中的补帆工作，拿着枪下船去查看海滩上小溪旁一块白色的圆石时，突然刮来一阵猛烈的威利瓦飑，那股吓人的劲道简直要把下了两个船锚的浪花号像一片羽毛似的吹走，把她从海湾里吹到深海里。难怪那片山坡上长不出半棵树来！威力强大的北风之神哪！想要抵挡住这种狂风，树木非得长有强韧的根不可。

从海湾到最近的下风向陆地有一段颇长的漂流距离，不过我有充足的时间在浪花号遇上危险时拔锚，避免她受到损伤。这之后，我再也没有见到更多的原住民，或许他们借着某些迹象看出威利瓦飑来袭。起码他们够聪明，即使到了第二天也不敢在海上泛舟。我下了锚不久后又开始缝帆布，然而一阵强风刮来，又把我的船吹起

第八章

麦哲伦海峡桑迪岬（蓬塔阿雷纳斯）一瞥

来，以复仇般的惊人力道连船带锚地把她吹向大海，就和上次的情形一样。这种猛烈的风在麦哲伦海峡一带司空见惯，持续吹了一整天，把浪花号吹到几英里外一处陡峭的断崖前，断崖下方是一片荒凉旷野的海滩。我不后悔离开先前的泊船点，但眼前的这片海滩却不是我预定航线中的乐土。我别无选择，只能继续怀着希望向前航行，驶向我二月十九日曾经下锚泊船的圣尼古拉斯湾。现在已是三月十日了呢！我二度接近圣尼古拉斯湾，我的船绕着火地岛最荒凉偏僻的部分航行一圈。然而浪花号尚未抵达圣尼古拉斯湾前，却险些遇难，所幸并未粉身碎骨，最终安然抵达目的地。威利瓦飑吹掉一面支索帆，我的船在汹涌的浪涛中载沉载浮，被强风一路往前吹。我一抬眼，赫然看见前方一座黑森森的断崖，船首下方的白色碎浪逼得很近，我大惊失措，内心深处在呐喊："莫非命运捉弄，最后让我在这黑暗的地方走向终点？"我又冲到船尾，不理会那片被吹松后随风翻拍的帆，用力将舵轮逆转，当船陷入浪涛底部时，我准备好应对船板撞上岩石的震动。然而我方才转动舵轮时，浪花号已避开危险，紧接着就处于陆地背风处的庇护之下。那是海湾中央的一座小岛，我的船笔直航向小岛，差点一头撞上去。沿着海湾再往前是泊船的地点，我好容易才抵达该处，但还来不及下锚，又遇上一阵强风，船身被吹得打转，接着被吹到海湾的背风处。背风处再过去是一座大岬角，我转向避开它。这下我又重复前往桑迪岬的航线，因为风是从西南方吹来的。

不过，我很快就把船稳稳地控制住，随后绕到一座山的背风处。那里的海面平静如水池，我的船驶进来时，船帆动也不动地垂着。这里水深八英寻，离海滩很近，我打算停泊在此休息至明天早上。然而，好戏还在后头，我放下船锚，船锚还未碰到海底，山里又刮来一阵威利瓦飑，一下子把船吹得老远，快得我还来不及放松锚链。这下我不但没法休息，还得操纵绞盘吊起船锚及悬垂在深水里五十英寻长的锚链。海峡的这一部分叫"饥荒区"，我还想管这地方叫"杰里科"①呢！我在小小的绞盘前忙了一夜，心想如果可以开口吩咐别人做这做那而不用自己动手做该有多好。不过我还是一面用力推动绞盘，一面高唱当年做水手时常唱的老歌，从《吹啊，男孩，为加利福尼而吹》到《越来越甜蜜》。

---

① 杰里科（Jericho），又译作耶利哥。据《圣经》记载，杰里科是以色列人渡过约旦河后占领的第一个城市。它是历史悠久的古城，位于现在的约旦河西岸。可能是全球最古老、一直有人烟的绿洲。

再度朝西航行

　　等到我把船锚吊到锚链孔时，天已破晓。这时，风力已经减弱，从威利瓦飑变成微弱的猫掌风。于是我的船慢慢漂向桑迪岬。她在途中遇上多艘停泊的船只，我有点想把新帆装上，但东北方又起风了，风向略偏。于是，我又将船首朝西，朝太平洋前进，再次航行于我首次穿越麦哲伦海峡的第二段路程。

第九章

　　修补浪花号的帆篷——遇上原住民在慌乱中停泊——蜘蛛大战——又与"黑派卓"照面——拜访蒸汽船哥伦比亚号——对抗原住民独木舟船队——穿越海峡的航海人留下的记录——碰巧捡到一批兽脂货物

修补浪花号的帆篷

　　我决心运用自己手头有限的资源，来修复狂风造成的损害。我出了麦哲伦海峡后进入太平洋，在风力吹拂下南下合恩角。经由科克本海峡再次进入麦哲伦海峡时，并未东行至桑迪岬向当地居民求助，反而又转向海峡西北部。每当船下锚或航行时，我都尽可能利用机会拈着针缝缀船帆。这是一项进度缓慢的工作；不过横帆终于顺着帆桁渐渐扩大，成为一面派得上用场的主帆，有帆尖也有帆缘。即使它不算是最好的船帆，至少做工坚固，禁得起强风吹袭。很久之后有一艘船遇上浪花号，那船还对外报告浪花号升起某种改良式的主帆，以及有专利的缩帆。其实根本不是么一回事。

遇上原住民在慌乱中停泊

　　那场风暴过后，浪花号接连享受了几天好天气，并顺利穿越麦哲伦海峡，航行了二十英里，经过这些天来的困难险阻，二十英里算得上是很长一段距离。我刚才说过一连几天都是好天气，这么一来我就少有休息的时间。虽然天气不差，但我对船只及自身安全的关切却不减少。其实，天气好时我面对的危险更大，好天时原住民会出来劫掠，天气恶劣时反而不见踪影，因为他们蹩脚的独木舟十分脆弱，根本不能称其为船只。既然如此，我现在比以前任何时候都喜爱强风的吹拂，而浪花号在驶向合恩角的途中，每隔不久就会遇上一阵强风。我渐渐习惯这种生活的磨练，心想万一我的船又被强风吹回去，我得再次穿越海峡的话，我很可能会转守为攻，而火地的原住民竟得改采守势呢！我抵达斯纳格湾时这种感觉变得更加强烈。经过弗罗厄德角，在灰蒙蒙的晨光中停泊于斯纳格湾，天色大亮后，我发现我闪躲了一夜的两条独木舟，此刻正在高高的岬角阴影掩蔽下，偷偷摸摸地划进这座小湾。两条独木舟上载满了人，这批原住民持着长矛和弓箭，全副武装。我发射来复枪，子弹飞过船首，两条独木舟立刻转入射程外的一条小溪内。现在我冒着被原住民夹击之险，又得升起才降下的船帆，设法横渡海峡到六英里外的对岸。偏偏这时绞盘出了问题，无法转动，此刻我已无计可施，不知如何拔锚。我把船帆全部升起，用双手推动帆桁使帆面向风。于是，我的船拖着船锚移动，仿佛她一向都是这样拖着垂在船下的船锚航行似的。她还从海湾的礁石上拖起大约一吨重的大海草呢！我的船就在和风徐徐吹送下驶出了海湾。

在此同时，我不停地操作船帆，磨得手指皮破血流，还得不时转头提防原住民偷袭，只要一瞄到有人伸手动脚就立刻开枪射击。我一直随手带着枪，只要有原住民出现在射程内我就向他们宣战。

不过，最后只有我流血，但只是匆忙之间造成的小意外所致，好比被索栓磨破皮或被针刺伤。我两手使劲拉扯坚硬潮湿的绳索，把皮都磨破了，伤口很痛还不住地流血。后来，我终于脱身离开海峡，驶入好天气的范围内。

蜘蛛大战

离开斯纳格湾后，我把船调到迎风面，修好了绞盘，把船锚吊至锚链孔，挂上锚架，然后驶往约莫六英里外一处位于高山庇护下的港口，在一座险峻峭壁下方水深九英寻的地点停泊。在这里说话可听见回音，所以我称此地为"回音山"。我看见沿岸有不少枯树，于是打算登陆去收集柴火，随手拿起斧头和这些天一直不离手的来复枪。然而我在此地除了一只小蜘蛛外，未看见其他任何生物——这只小蜘蛛在我带上船的一段枯木里做巢。在这片蛮荒之地，这只小昆虫的行为引起了我极大的兴趣。说来也巧，它在船舱里竟遇见和它大小及种类相同的另一只蜘蛛，这只蜘蛛是从波士顿大老远来的——这小东西挺文明的，但十分灵活好动。那只火地蜘蛛竖起触角准备打架，但我的波士顿小蜘蛛立刻将它摆平，然后三两下把它的脚一只只扯断，不到三分钟，那只火地蜘蛛就被拔光了脚，看起来和苍蝇没什么两样。

我在那片怪异的海滩上一夜未眠，第二天清早便急忙准备启程。我在拔锚之前用大铁炉加柴火煮了一杯热咖啡。我还利用这炉火，将前一天被波士顿小蜘蛛战士干掉的火地蜘蛛尸体火化。许久以后，开普敦的一位苏格兰女士听我述说那只波士顿小蜘蛛在回音

第九章　101

山骁勇善战的事迹后，还替它取了个名字叫"布鲁斯"。现在浪花号正驶向"咖啡岛"，就是我在一八九六年二月二十日生日当天见到过的那座小岛。

又与"黑派卓"照面

我的船在那里又遇上一阵强风，被吹到查尔斯岛的背风处避风。岛上一处断崖上点着烽烟。我初次穿越海峡到此地时，就有一个部落的原住民聚集在此，他们出动多条独木舟想拦截我的船。由于泊船点在岸边的弓箭射程内，且岸上林木茂密，因此不应贸然接近。但我看出可能会有一条独木舟单独行动，于是在背风处巡逻。我打手势示意其他的独木舟不要过来，还顺手把那枝神气的马丁尼-亨利来复枪①放在船舱顶上，一来可以震慑对方，二来我拿取也方便。那条独木舟靠过来，独木舟上的人不停喊着那句没完没了的请求语："牙梅尔休纳"。喊话的是两个当地原住民及一个印第安人，他们是我在航海旅程中见过最强悍的人种。他们从海滩出发时呼喊"牙梅尔休纳"，靠近我时也喊着"牙梅尔休纳"。那两个原住民做手势向我要食物，而那个肤色黝黑的印第安人却沉着脸站在一旁，似乎对这整件事一点也不感兴趣。可是，一等我转身去拿干面包和牛肉干给那两个原住民时，那个印第安人却冷不防地跳上甲板走到我跟前，用带着西班牙腔的土语说他和我曾见过面。我好像听出他说"牙梅尔休纳"的口音，又从他浓密的大胡子认出他就是

---

① 马丁尼-亨利老来复枪（Martini-Henry rifle），标准英国步兵武器，于 1871 年开始服役，这款武器在英国使用了 47 年。

"牙梅尔休纳!"

"黑派卓"。没错，我们确实照过面。他问我："其他的船员呢？"一面不自在地环顾四周，似乎提防着前舷窗里会伸出几只手，替他以前杀害的许多人向他索命。他又说："大概三星期前你经过这里，那时我看见船上有三个人，另外两个人呢？"我简短地答复那两人仍在船上。他却不死心地说："可是我看见你一个人包办所有的事。"接着他不怀好意地瞄一眼主帆，又说："你真是既强壮又勤快呀。"我解释当天正好轮到我干所有的活儿，另两人在睡觉，夜里才有精神守夜防范印第安人。我对这个狡猾精明的印第安人很感兴趣，我对他的了解或许超出他所知道的程度。就算我从桑迪岬出发时没有接受相关的忠告，现在也看得出这人是个大恶棍。其中一个原住民有着即使是未开化的原住民也拥有的慈善胸怀，他打手势警告我要小心提防，否则可能会着了"黑派卓"的道。其实不用他来警告我也知道，我一开始就怀着戒心，当时就拿着一把左轮枪以备不时之需。

"黑派卓"又说："你上次航行经过这里时朝我开了一枪。"又煞有介事地用西班牙语添了一句"这很过分"，但我却假装不懂，只说："你住在桑迪岬，不是吗？"他据实回答："是的。"看他的神情似乎很高兴遇上来自他亲爱故乡的人。我又问他："你是出任务吗？"他答："是啊。"一边跨上前来好像要拥抱老友似的。我立刻要他退回去，我可不吃他巴结人的这一套。我继续问他："你认识山布利克船长吗？"那坏蛋回答："喔，认识，说起来他是我的好朋友。"其实他曾杀死山布利克的一个亲戚。"我知道。"我答道。山布利克曾对我说，一见到"黑派卓"就开枪。这时，他指着我放在船舱顶的来复枪，问我共发射过多少次。我告诉他这枪仍随时要发射，他听了张口结舌地愣在那里，继而表示要走了。我并未阻止他离开，我给了那两个原住民一些干面包和牛肉干，一个原住民给了我几块兽脂做交换，值得一提的是她并非挑最小块的给我，反而不厌其烦地挑了独木舟上最大块的兽脂给我。狡猾的"黑派卓"下船之前向我要火柴，还想用矛尖来接我给他的火柴盒，但我却把火柴盒放在那把"仍随时要发射"的来复枪枪管上递给他。那家伙僵硬地拿起枪管上的火柴盒，我故意喊一声"小心"，把他吓得跳起来，两个原住民见状忍不住发笑，看模样挺乐的。看来这坏家伙那天早上八成因为原住民没捞到足够的淡菜给他做早餐，大发脾气地狠狠揍过他们一顿吧。我和两个原住民之间默契十足。

拜访蒸汽船哥伦比亚号

浪花号自查尔斯岛驶往福蒂斯丘湾，在那里一处高地的背风地点下锚停泊，外面狂风呼啸，但她却舒舒服服过了一夜。海湾现在看不见人影，我曾在岛上看见福蒂斯丘印第安人，但我相信在此刻的狂风吹袭下，他们不可能跟踪浪花号。不过，我不敢掉以轻心，为了防患未然，我在停泊之前先在甲板上撒了钉子。

第二天，一艘蒸汽船的出现打破了这里的寂静，并以高高在上的姿态准备停泊。我从这船的舷弧、型式及平衡感看出她不是西班牙船。我升起旗帜，一眼就看见这艘大船上迎风飘扬的美国星条旗。

风势已减弱，到了晚上，原住民又从岛上出现，他们直接到蒸汽船上去"牙梅尔休纳"，然后又来浪花号向我讨要更多东西，还说他们在大汽船那里没要到东西。"黑派卓"又来找我，就算我的亲兄弟见到我也没他那么高兴，他恳求我把来复枪借给他，好让他明天早上射一头骆马给我。我告诉这家伙，如果我打算在此多留一天，我会把枪借给他，但我并无意多做停留。我送了他一把制桶匠用的刮刀及其他几样打造独木舟的小工具，把他打发走了。

当晚我趁着夜色去蒸汽船上拜访，才知那艘船叫"哥伦比亚号"，船长姓亨德森，船从纽约出发，驶往旧金山。我把所有枪只都带在身上，以备回程途中不时之需。哥伦比亚号的大副汉尼拔先生是我的旧识，他无限感怀地提及昔日我们同在马尼拉的往事，当年他在南十字星号上，我在北方之光号上，两艘船都和她们的名字一样美。

哥伦比亚号上满载各式新鲜货品，船长命令总务拿补给品给我，我记得那个敦厚的年轻人问我，除了其他物品外，我是否还拿得动几瓶牛奶和一块奶酪。我拿出蒙得维的亚的黄金要买下这批补给品时，船长像狮子般咆哮着要我把钱收起来。这批补给品真是应有尽有，量多质好。

我返回浪花号，发觉一切安好，于是准备明天一早出发。我和哥伦比亚号约定，我出航时她会为我鸣笛。我注视着夜色中亮着电灯的蒸汽船，一个人自得其乐，那灯火与火地原住民独木舟上的火把交相辉映，煞是好看。一早，浪花号率先出航，哥伦比亚号很快尾随在后，她经过我时向我鸣笛致意。如果船长把他的船交给我指挥，他的手下可能不至于有两三个月后的遭遇。我后来阅读加州的一份报纸得知，哥伦比亚号在第二次驶往巴拿马途中在加州沿海触礁，损失惨重。

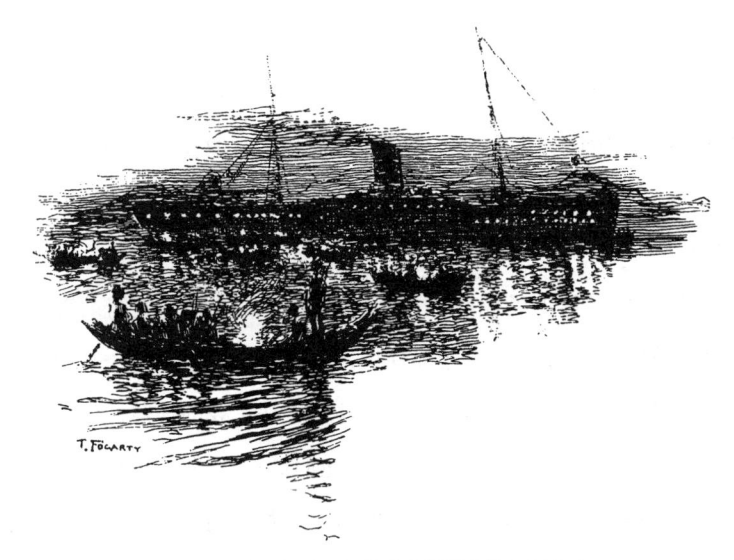

灯火相映成趣——哥伦比亚号明亮的电灯光，
映着福蒂斯丘印第安人小舟的火光

那时浪花号在海峡内乘风破浪，大西洋和太平洋的潮流于此处会合，在海峡内及外海形成激烈的漩涡和卷浪，再加上狂风，对独木舟及其他脆弱的船只而言十分危险。

对抗原住民独木舟船队

我的船向前航行了数英里，只见岸上有一艘船底朝天的大蒸汽船。浪花号行经此处遇上一缕轻风，然后出现了最不同寻常的海峡天候——风完全静止了。这时，四面八方立刻升起了一道道的烽烟，接着忽然冒出二十多艘独木舟，一起朝浪花号逼近。这些独木舟来到呼声可闻的距离内，原住民便高喊着："朋友，牙梅尔休

第九章

纳"、"停在这里"、"这里有好港口"等掺着西班牙语的土语。我可不想停泊在他们的"好港口",于是升起旗帜开了一枪,他们可能把这些举动解读为表示友善或请他们靠过来。原住民的独木舟围成半圆形,但与我的船保持七八十米的距离,那是保持自卫性的最后防线。

原住民蚊群似的船队之中有一艘小船,可能是他们杀害了某艘船的船员后偷来的。六个原住民撑着破桨吃力地划着,其中两人直直站着,脚上还穿着航海皮靴,这更加深了我的怀疑,他们可能打劫了一些倒霉的船员,这也说明他们或许已登上过浪花号的甲板,如果可能的话,现在还想二度造访。我很确信航海皮靴可以保护他们的脚,即使踩到地毯钉也不会受伤。他们笨拙地划着船穿越海峡,行经距浪花号约一百米处,看起来好像要前往福蒂斯丘湾。我认为其中有诈,于是紧盯着一座小岛,我的船和原住民的船即将驶到这小岛的两侧,接着我的船被小岛遮住,消失在原住民的视线里。这时浪花号无助地随潮水漂流,极有可能撞上礁石,又找不到泊船点,起码找不到我的锚链可触及海底之处。还有,我很快发现这座一百三十六英尺高,名为伯内特岛的岛上草丛里有动静。我朝那方向开了几枪,但并没看到原住民出没的迹象。我确定方才是原住民触动了草丛,因为浪花号在潮流反弹的力道下快速掠过小岛,继而看见那小船就在岛的另一侧,他们的诡计因而穿帮。这时忽然起了一阵强风,吹得独木舟散开去,替浪花号解危,而这阵友善的风仍在前方。

穿越海峡的航海人留下的记录

浪花号迎着潮流和强风,在下午抵达波吉亚湾,在那里二度下锚停泊。我摆脱那群原住民,离开伯内特岛后,午夜的月光映照在海峡上,那般美景恐非我笔墨所能形容。掩住天空的一大片乌云散去后,皎洁的月光照得夜空刹时大放光明,如同白昼。前方的海面映着高山的倒影,浪花号在海上的倒影随着船身前进,宛如两艘船同时前行。

行经波吉亚湾头的水手在此留下登陆记录(注:水边小灌木丛有块木牌,上面写着其他留言。后来木牌上又加了这几个字:单桅帆船浪花号,1896年3月)

我泊好船后,把小船下到海面,带着斧头和枪在湾头上岸,从一条溪流中汲满一桶清水。和上次一样,这里并不见印第安人的踪影,我见四下渺无人烟,便在海滩附近漫步一个多小时。不知怎地,好天气更增添此地的寂寥气氛,我走到一处标着记号的坟地时停住脚步,未再向前。我返回湾头,觉得那里如同髑髅地①,有许多航海人扛着十字架树立在此地,给后来的人做标识。他们在这里停

---

① 髑髅地(Calvary),耶稣被钉上十字架的地点,据推测为耶路撒冷近郊的刑场。

第九章　109

泊，然后继续出航，唯独躺在那座坟丘下的人例外。说来也巧，那些简单的标志之中，有一个是蒸汽船哥林比亚号放置的，她正是那天早上停泊在我附近的哥伦比亚号的姊妹船。

我辨识着许多船只的名称，将其中一些船名记入我的航海日志，还有一些船名字迹模糊难以辨清。许多十字架已腐坏垮倒，而钉置十字架的人之中，我认得许多人，不少人现在已经安息了。此地一片萧索，于是我匆匆回到船上，再度忘我地投入航程。

碰巧捡到一批兽脂货物

第二天一大早，我自波吉亚湾出航，离开寇德角，那带海域风势轻柔，我在水深二十英寻之处停泊，在那里逆着一股时速三海里的洋流停留数小时。当晚我停泊在数英里外的兰加拉湾，第二天，我在那里发现船只的遗骸及从海里冲上岸的货物。我忙了一整天，把那批货物用小船搬运上浪花号。那批货是一箱箱的兽脂，以及从撞损木箱中散落出来的兽脂块；还有一箱被海草缠住的葡萄酒，我也把它拖上岸。我用升降索连着绞盘把货物全部吊上小船，有些货箱的重量超过八百磅。

兰加拉湾一带看不到印第安人。很显然，那场把船只残骸吹上岸的强风过后他们的踪影就不见了。说不定三月三日至八日把浪花号吹离合恩角的，正是同一场狂风。深海里数百吨重的海草被巨浪扯离海底，再卷成一束束冲上海滩。我发现一株完整的海草，连根带叶十分完好，全长达一百三十一英尺。夜里，我在此地装了一桶水，第二天就乘风扬帆出航。

打捞沉船的货物

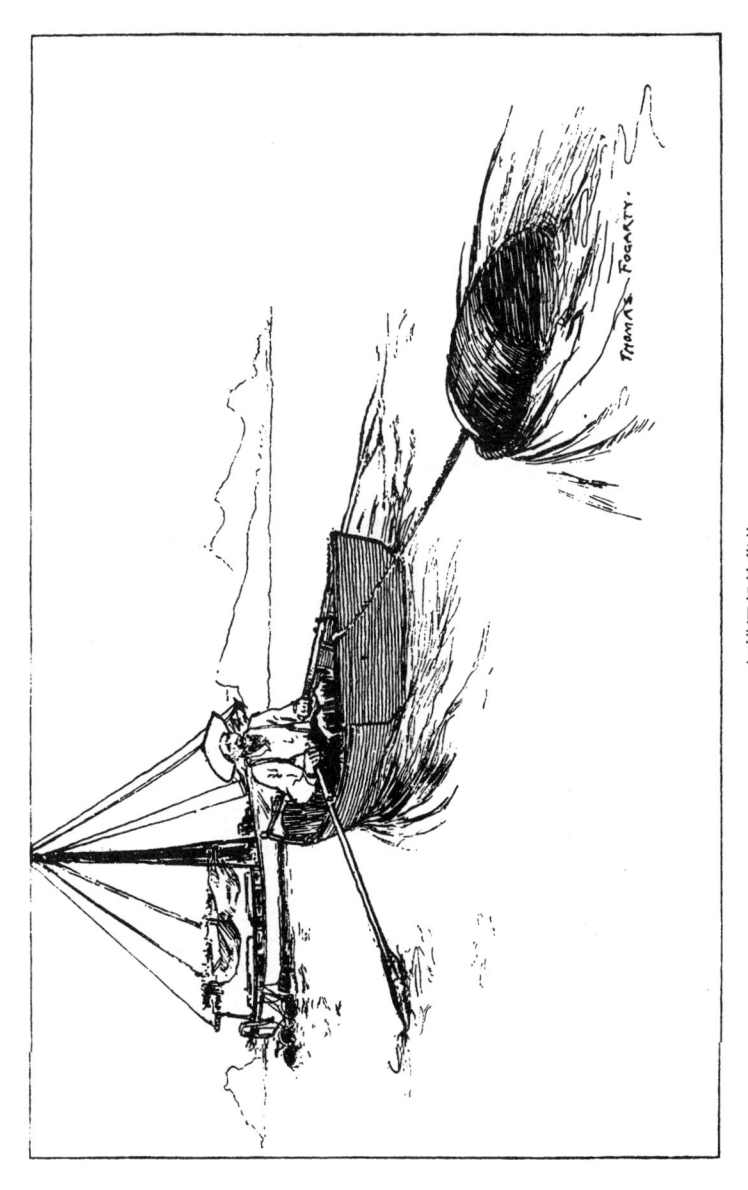

第九章

我航行了没多远,又在一处小海湾遇上更多的兽脂货箱,我在那里下锚停泊,像上次一样划着小船去搬货。那日整天下雨,还夹杂着大雪,我两手扛着货箱踩着海滩上的石头行走可不轻松,但我仍不停地搬运,直到浪花号装满货物为止。想到可以在未来的航程中做一大笔生意,真是开心极了。我这个老生意人一有机会便想赚钱,本性难移嘛。大约中午时分,我驶出小海湾,因为搬运兽脂,整个人从头到脚油腻腻的。我的船从内龙骨到帆柱顶都堆满了货,船舱里及甲板下更是塞满了兽脂,也都黏糊糊油腻腻的。

第十章

冒着暴风雪抵达安古斯托港——浪花号成为火地原住民的箭靶——亚伦·埃里克岛——又来到辽阔的太平洋——驶向胡安·费尔南德斯群岛——来到鲁滨逊的泊船点

冒着暴风雪抵达安古斯托港

又吹起一阵大风,不过风势还算平和,距离安古斯托港只有二十六英里,那地方也挺荒凉的,不过我可以在那里找到安全的港口停泊,进行修理及装货工作。我扬帆赶路,赶在天黑前抵达港口,我的船在大雪中疾驰,船身覆满厚厚的积雪,看上去宛如一只白色的冬鸟。我在风雪之中瞥见港湾的岬头,于是朝那方向驶去,但一阵狂风却从下风处袭向主帆,将帆篷吹偏了。天哪,天哪!险些酿成大祸!因为帆篷被吹开了,帆桁也松脱了。夜幕即将降临,我忙着调整船帆,忙得浑身大汗,好赶在天黑前弄妥一切,让我的船能及时驶入港口避风。我忙了好一阵子还没把桁木归位,直到行经港口时还没搞好,若不能及时改向,眼见就要错过港口了。就在这当儿,我的船像只折翼的鸟儿,在最后关头转入港湾。这起意外把我的船及船上的货折腾得乱七八糟,祸首是一条被扯断的琼麻制帆索，这种不牢靠的纤维常常惹得水手破口大骂。

我并未将浪花号驶入安古斯托港内港，而是将船停泊在港口侧面一座峭壁下方的海草丛里。那是极为稳当的避难所，为了加倍确保船身的稳定，不受威利瓦飑吹袭，我特地下了两个锚，还用绳索系住树干，以策安全。不过，除了从港口对面山上吹来的强风外，其他的风都吹不进这里。这一带也和本区其他地方一样山陵起伏。我将在这里修复船只，准备就绪后便再度直接驶向皮勒岬并进入太平洋。

我在安古斯托港停留数天，忙着整理我的船。我把甲板上的兽脂货物搬进船舱，把船舱打理整齐，还把大批木柴及清水补给运上船。我修好受损的船帆及索具，另外加装一片辅助帆，不过辅助帆只是暂时性的措施，我的船仍是单桅帆船。

浪花号成为火地原住民的箭靶

即使在我最忙碌的时候，也不忘将来复枪放在手边备用。因为我置身在原住民的活动范围内，我初次穿越海峡，在港口停泊时就看见远处有几艘火地原住民的独木舟。大概在停泊的第二天，当我忙着整理甲板时，听见某个东西"咻"地一声划过我耳边，接着听见水里"啵"地响了一下，但我却什么也没看见。现在我怀疑那可能是一支箭，因为此刻有一支箭从我身旁飞过，射中主帆桅柱，力道很猛，箭尾因而颤动不已，活像火地原住民正在握着签名。毫无疑问，原住民就在附近。我虽不确定，但他很可能是想用箭射我，然后夺走我的船和货物。于是我擎起那把一直"仍随时要发射"的

第一枪吓出三个火地原住民

第十章

马丁尼-亨利老来复枪，才开了第一枪就吓出三个火地原住民。他们从藏匿的草丛中蹦出来又跳又窜，逃上山去。我朝他们脚下开了许多枪，催他们爬得更快一些。我的老枪枪声惊醒了整片山头，每响一声，那三个原住民就像中弹似的猛跳一下，但他们仍不停地往上爬，撒腿没命地飞奔，越跑越远。从那时起，我就比以前更加小心提防，把所有的枪都装好子弹备用，弹药补给也放在随手可取之处。但那些原住民并未再来，虽然我每晚都在甲板上撒钉子防备，却再没有原住民半夜偷偷上船，我只好每天早上仔细地扫去甲板上的钉子。

日子一天天过去，季节逐渐转变，风势缓和不少，顺利穿越海峡的机会也变大了，于是我六度尝试出航，但每次都被迫折返，最后我决定不再急着出航。迫使我折返安古斯托港避难的恶劣天气，也把智利炮艇兀鹰号及阿根廷巡洋舰艾佐帕多号逼进港口。艾佐帕多号停泊后，马斯卡芮拉舰长便派遣一艘小船到浪花号来传口信，他说如果我放弃这次航程回去，他的巡洋舰可以把我的船拖到桑迪岬，然而我绝没有半途而废的意思。艾佐帕多号的官兵告诉我，他们在浪花号初次穿越海峡时尾随在后，看见了"黑派卓"上船找我。由于艾佐帕多号是外国军舰，无权逮捕火地的不法之徒，但舰长责备我没有趁"黑派卓"上船时对他开火。

我从这两艘军舰获得一些绳索及其他小项补给，舰上的官兵也捐给我一批温暖的法兰绒衣物，这是我最需要的。有了这些额外的补给，再加上我的船状况良好（只不过有些超载），我已做好充分准备，可以再度挑战被错误命名的南"太平"洋，因为那片海域充满惊涛骇浪，根本就不太平。

四月的第一个星期，这里就和合恩角秋冬两季一样吹东南风，天气比夏季时要好一些，东南风开始吹乱天空上方的云层，只要再多点耐心，迎风扬帆出航的时机便会到来。

我在安古斯托港见到赴南美洲及太平洋诸群岛进行科学勘探的瑞典远征队的杜森教授[①]，他在港湾一条溪畔扎营，那一带生长有多种苔藓，他对这些苔藓很有兴趣，而那里的水量一如他的阿根廷厨子所形容的——"十分丰沛"。教授的营地里驻扎着三名全副武装的阿根廷人，准备对抗原住民。他们见我在船只附近的小溪里装水，都面露嫌恶之色，略显不屑地劝我到远一些的大河取水，因为那里的水量"十分丰沛"。尽管如此，他们全都是好人，我只是觉得很奇怪，他们住在湿地上，居然没有死于风湿病，这很难得。

亚伦·埃里克岛

有关浪花号在安古斯托港一切幸与不幸的遭遇，以及我多次尝试出航却一再被迫折返避难的经过，我在此不想赘述。尽管她遇到重重险阻，一次次折返原地，但在四月十三日，她做出第七次也是最后一次努力，终于拔锚出港。说来也怪，我后来曾遇上好几倍于此的困难挫折，令我不得不迷信起来，觉得自己可能不该坚持在十三号出海，就算当天海上吹着顺风，也不该犯了禁忌。后来发生了许多匪夷所思的意外事故，譬如说有一次浪花号违背我的意愿，

[①] 杜森教授（Per Carl Hjalmar Dusen，1855—1926），瑞典植物学家及探险家，撰写了数本研究巴塔哥尼亚和火地岛植物的著作，书中尤其着重介绍苔藓类。

绕着一座小岛漂行了三圈，搞得我忍无可忍。原来是船桅被树枝绊住了。一定得把憋在心里的气发泄出来，我心想，否则可能会因牙关紧闭症而活活憋死。于是我像一个不耐烦的农夫对着他的马或牛吼着："你不知道你不会爬树吗？"可怜的老浪花号在海峡中什么大风大浪没见识过，但都能安然度过，我一想到她曾经的遭遇，又不禁对她心生怜惜。更何况她发现了一座小岛。她绕行的小岛在航海图上只是一个小点，我替它取名为亚伦·埃里克岛，这是我的一位颇有文学造诣的朋友的名字。我还在岛上立了一个标示牌，上面写着："请勿践踏草地"。这座小岛既然是我发现的，我应该就有权这样写。

现在浪花号终于载着我离开火地岛。虽然发生了惊险状况，船在离去时帆桁撞到下风处的岩石，所幸有惊无险。这起意外发生在一八九六年四月十三日，不过对浪花号而言，千钧一发的情况下逃过一劫并不算什么新鲜事。

那天，浪花号迎着东南风在海峡中航行，雪白的浪花环绕着她，那是该区当季第一股真正的冬风，浪花号首当其冲，在风向转变之前，她很有可能顺利通过皮勒岬。合恩角一带的风向来强劲，浪花号通过皮勒岬及最外侧的伊万吉利斯塔岩石堆外的疾浪后，风向果然发生了变化。我一直在舵轮前操控我的船，由于大浪起伏，我不敢采取笔直的航线。在波涛汹涌的海面上有必要改变行进的路线，我得用尽本事迎合在前方卷起的浪头，但当它们向船舷扑来时又得巧妙地避开。

又来到辽阔的太平洋

第二天,四月十四日早晨,我只看得见最高的山峰的山顶,浪花号朝西北方前进,很快地连高山也沉入海平线,消失在视线外。此时四下无人,我对着海豹、海鸥及企鹅高呼:浪花号万岁!"因为她已历尽合恩角的所有危险了。更何况她还载着一大批货物绕过合恩角,且不需抛弃半点货物。能碰上这样的好运道,怎能不令人欢欣雀跃呢?

我打开缩起的船帆,将船首三角帆完全张开,因为此处海面宽广,我可以让帆桁和龙骨与桅杆成直角。如此一来,海浪就被带到船侧后部,船在满帆的压力下也更稳健了。偶尔会有一道从西南方卷来的波浪横扑上船身,但并没有什么妨碍。太阳爬上略超过桅杆一半的位置时,风力加大了,清晨的空气有一丝冷冽,但稍后就变得暖和一些。我并没有把这种事放在心上。

到了傍晚,有一波比威胁我一整天的浪更大的、被水手称为"好天海"的巨浪冲向船首及船尾,冲击着站在舵轮前的我,这是最后一波把浪花号推离合恩角的巨浪。它仿佛把旧日的懊悔冲刷殆尽,我所有的烦恼现在全部抛诸船尾,夏日就在前方,全世界再度铺陈于前。风势柔和,我不用在舵轮前施展功力了。此刻是下午五点,我从前一天中午十一点开始掌舵,共持续了大约三十个小时。

现在,我应该脱帽致敬,因为我与上帝一同航行。浩瀚的海洋再度包围着我,海平线连成一条,不再被陆地打断。几天后,浪花号依然满帆航行,我第一次见她张起辅助帆。这其实只是小事一

第十章　119

桩，但随之而来的却是一大胜利。吹的仍是西南风，但风力已减弱，狂暴的海洋也转为低吟的海浪，一波波轻轻摇曳拍打着船舷，犹如愉悦地诉说着它们的故事。这些天来，浪花号向热带驶去，所有的事物都急遽地变化着。飞来了新种类的鸟儿；信天翁落在后方，越来越少见；开始出现体型较小的海鸥，在我的船尾啄食面包屑。

自皮勒岬出航的第十天，出现了一条鲨鱼，它是我这段航程中遇到的第一条麻烦的鲨鱼。我用鱼叉射中它，挖出它丑陋的巨颚。在此之前，我并不想杀死任何生命，但我一看见这条鲨鱼，同情心立刻随风消散。事实上，我在麦哲伦海峡放走过许多本可炖得香喷喷的野鸭，因为在那孤寂的海峡中，我不想杀死任何生命。

驶向胡安·费尔南德斯群岛

我从皮勒岬出航后，一路前行驶往胡安·费尔南德斯群岛[①]，十五天后，四月二十六日那天，这个具有历史意义的小岛终于出现在我眼前。

胡安·费尔南德斯群岛的蓝山高耸入云，远在三十英里外便可看见。我看见这座岛时内心百感交集，万分激动，不禁深深一鞠躬，把额头抵到甲板上。我实在找不到其他方式来表达我内心的感受。

[①] 胡安·费尔南德斯群岛（Juan Fernandez Island），南太平洋上的火山岛群岛，距离智利本土近700公里。该群岛是名作《鲁宾逊漂流记》的故事原型发生地。

浪花号驶近鲁滨逊被困的胡安·费尔南德斯群岛

一整天风势和缓,因此浪花号到晚上还未抵达胡安·费尔南德斯群岛。微风吹着她的船帆,她接近岛的东北侧海岸,后来风停了,一夜无风。我瞥见远处一座海湾中有一个小光点在闪烁,于是朝那个方向开了一枪,但并没有得到什么反应,紧接着,那光点一下子消失了。我整晚都听见海潮拍打岩壁的声音,才发觉海潮涨得很厉害,但从我的小船甲板上来看潮水上涨的幅度却很小。夜里,我听出山上动物的叫声越来越微弱,因而判定有一股海潮正把我的船带离岸边,越漂越远。虽然我的船看起来距岸边近得有些危险,但因岛上陆地极高,眼睛所见的表象是会骗人的。

天亮后没多久,我看见一艘船朝我划过来。她越划越近,我随手拿起放在甲板上的枪——只是想把枪放低一点,然而那艘船上的人却看到了我手里的枪,立即迅速掉头划回大约四英里远的岸边。船上共有六名划桨手,我从他们在桨架上摇桨的动作看出他们是受过训练的船员，来自一个文明的种族。但他们却误解了我持枪的用意，对我的看法自然不佳，因而赶紧逃走。我立刻冲他们打手势，费了好些工夫才让他们明白我并无意开枪，只是想把枪放进船舱里，并希望他们回来。对方弄明白我的意思后折返回来，很快就上了我的船。

这群人中有一人被其他人称为"国王"，他说英语，其他人则说西班牙语。他们通过瓦尔帕莱索①的报纸得知浪花号的航程，也都渴望了解关于她的消息。他们告诉我智利和阿根廷两国正在交战，但我身处当地时并不知道这件事。我告诉他们，根据我在智利时听到的最新报道，他们的岛已经沦陷了。（我三个月后抵达澳洲时，胡安·费尔南德斯群岛沦陷的消息在当地还是新闻。）

来到鲁滨逊的泊船点

我正好准备了一壶咖啡和一盘炸圈饼，那几个岛民谦让了一番后走上前享用，并且开始讨论。接着，他们的船便陪同浪花号以三海里的时速驶向小岛。被称为"国王"的男子掌舵，浪花号在他的操控下忽上忽下地打转，船身嘎吱作响，我还以为她再也没法稳定下来了呢！其他几个人同时卖力地划着桨。我稍后才知道，"国王"只是一种尊称，因为他在岛上居住的时间最长，无人能及——长达三十年！所以被大家尊称为"国王"。他告诉我，胡安·费尔南德斯群岛此时由一位有瑞士贵族血统的总督统治，我还听说这位总督

---

① 瓦尔帕莱索（Valparaiso），智利中部瓦尔帕莱索省的首府和港口，为智利主要港口和商业中心。

的女儿可以骑到岛上最野性难驯的山羊的背上。这位总督在我抵达时刚好和家人前往瓦尔帕莱索，带孩子去那里入学。"国王"每隔一两年就会离开群岛，他在里约热内卢娶了一个巴西女人，她为了追随他的财富嫁到这座偏远的小岛上。"国王"是葡萄牙人，本来生长在亚速尔群岛。他曾在新贝德福德多艘捕鲸船上工作，还是一艘船的船长。这些都是我们抵达停泊点之前，我从他那儿听来的。不久后海风又起，吹满浪花号的帆，这位经验丰富的葡萄牙水手领着她驶入海湾内的一处安全地点停泊，船就系在岛民村落旁的浮标上。

第十一章

胡安·费尔南德斯群岛岛民爱吃美国炸圈饼——鲁滨逊美丽的世外桃源——亚历山大·塞尔扣克的纪念碑——鲁滨逊的洞穴——与孩子在岛上漫游——在友善的和风吹拂下一路向西——在南十字星和太阳的引导下自由航行一个月——见到马克萨斯群岛——计算经度的经验丰富

胡安·费尔南德斯群岛岛民爱吃美国炸圈饼

浪花号停妥后，几个岛民又回去享用咖啡和炸圈饼，他们并不像我在麦哲伦海峡遇到的杜森教授那样嫌弃我的圆面包，这令我不禁感到沾沾自喜。其实圆面包和炸圈饼之间，除了名称之外并没有多大的差异。两者都用兽脂油炸，这也是它们最吸引人的特点，因为这岛上没有比山羊更肥的动物，而山羊又瘦巴巴的没有多少脂肪。于是，我颇有生意头脑地马上把提秤挂在帆桁上，准备将兽脂秤重出售，反正也没有海关人员跑来问我："你为什么要这么做？"就这样，岛民在日落之前都学会了做圆面包和炸圈饼。我卖的价钱并不贵，但他们付给我古钱币和一些稀奇的钱币，有些钱币是从海湾里的古代沉船里打捞上来的，也不知有多少年的历史。后来，我把这些钱币以高于面额的价格卖给古董商，赚进颇为丰厚的利润。我从岛上带走各种面额的货币，能找到的几乎全搜罗齐了。

鲁滨逊美丽的世外桃源

胡安·费尔南德斯群岛是一个可爱的地方。岛上山峦起伏林木茂密，山谷土地肥美，多条顺势而下的溪流水质清澈。岛上不见蛇类，除了不少猪和羊之外没有其他野兽，此外可能还有一两只狗。岛上的人不喝朗姆酒、啤酒或其他酒类，也没有半个警察或律师。本地的经济形态单一，岛民不受巴黎流行时尚左右，人人都按自己的喜好穿着。这里虽然没有医生，但大家都很健康，小孩个个漂亮。岛上共有约四十五名居民，成人大多来自南美洲大陆。有一位来自智利的女士，在纽波特应该算得上是美女，她为浪花号做了一面三角帆，而兽脂就是她的酬劳。胡安·费尔南德斯群岛真是个福地！亚历山大·塞尔扣克[①]当初为什么会离开这个好地方，我真是想不通。

以前有一艘大船在抵达该岛时，因为失火被困在湾头，又被海浪冲击撞上礁石，撞成了碎片。火熄后，岛民便捡拾船身残骸的木料，拿来当建材，盖好的房子自然呈现船只的外形。胡安·费尔南德斯群岛的"国王"马努尔·卡洛札的房子，除了外形像一艘平底

[①] 亚历山大·塞尔扣克（Alexander Selkirk，1676—1721），苏格兰水手，是英国小说家笛福（Daniel Defoe，1660？—1731）《鲁滨逊漂流记》（Robinson Crusoe）故事主人翁的原型。他曾加入海盗集团，1704 年与船长争吵后要求在胡安·费尔南德斯群岛登陆，独居至 1709 年才被接到英国。

"国王"的房子

船外,还把唯一的一扇门漆成绿色,装上晶亮的铜质门环。这扇漂亮的大门前面竖着一根旗杆,附近有一艘漆成红蓝两色的捕鲸船,那是"国王"老来的慰藉。

亚历山大·塞尔扣克的纪念碑

我当然怀着朝圣的心情,前往山顶上的老瞭望点,那是塞尔扣克当年守候多年、一直遥望远方的海面并终于盼到船只来搭救他的地点。那里有一片刻在岩石上的碑文,我抄下上面刻的字:

纪念

航海家　亚历山大·塞尔扣克

他来自苏格兰法夫郡[①]的拉戈，在本岛全然孤独地住了四年又四个月。他于一七〇四年自九十六吨重、设有十八门炮的辛克波特号下船登陆，于一七〇九年二月十二日被私掠船公爵号带离此岛。他后来在担任英国皇家海军军舰威茅斯号上尉期间，于一七二三年去世[②]，得年四十七。此碑文立于塞尔扣克的瞭望点附近，立碑者为皇家海军军舰托巴兹号司令官鲍维尔及舰上官兵，立碑时间为一八六八年。

鲁滨逊的洞穴

塞尔扣克停留岛上时住在一处位于湾头的洞穴，如今这处海湾名为"鲁滨逊湾"。这座湾头就在目前停泊登陆点西侧一处突出的岬角，有些船只会停泊在该处，但那里的停泊点相当不同。这两处停泊点都暴露在北风的吹袭下，但吹到湾头的北风却不太强劲。东侧的停泊点情况良好，船泊在那里很安全，但退浪有时会使海面波涛起伏，行船不易。

我乘小船前往鲁滨逊湾探访，在大浪之中有些吃力地在洞穴附近上岸。走进洞穴后发现里面很干爽，适宜人居。洞穴位于群山庇护下一处美丽的隐蔽点，暴风雨来袭时，有高山为屏障替它遮风挡雨，何况暴风雨侵袭岛上的次数也不多——此岛位于南纬35°30′，

[①] 法夫郡（Fife）：苏格兰东部的行政区，为一低地地区，区界北至泰伊湾口，南至福斯湾口，东濒北海，首府为格伦罗西斯。
[②] 古斯伯特·海登先生（Cuthbert Hadden）于 1899 年 7 月在《世纪杂志》（Century Magazine）撰文指出，此碑文记载塞尔扣克去世的年份错误，应为 1721 年。——原注

第十一章　　127

鲁滨逊居住的洞穴

就在信风带的边缘附近。此岛东西长约十四英里，宽八英里，高度超过三千英尺。它隶属于智利，距智利约三百四十英里。

胡安·费尔南德斯群岛过去曾是流放罪犯的地点，一些洞穴被当做关犯人的囚牢。这些潮湿阴暗的囚牢如今已不复使用，犯人也不再押送到此岛。

与孩子在岛上漫游

我在这座岛上最快乐的一天（虽不是我这趟航程中最快乐的一天），便是我在岸上的最后一天——但绝不是因为那是最后一天。

岛上的孩子全都和我一起出外采野果，好让我在航程中食用。我们找到了温桲、桃子及无花果，每种野果各采了一篮。要逗孩子开心并不难，这些小家伙出生后除了西班牙语之外，从没听到过其他的语言，他们听到我说英语，快乐的笑声响遍山间，还问我岛上每一样东西的英文名称。我们走到一棵果实累累的野生无花果树前，我教他们说这种树的英文名称，他们一边大声叫喊着"figgies、figgies"一边忙着采果，把篮子装得满满的。后来他们又指着一只山羊（西班牙文为"卡布拉"〔cabra〕），我用英语告诉他们那是"狗特"（goat），他们听了笑得在草地上打滚，简直乐疯了，他们觉得这个到岛上来的外地人居然把"卡布拉"叫成"狗特"，实在是滑稽透顶。

我听说在胡安·费尔南德斯群岛上第一个出生的孩子，如今已是美丽的妇人，也当了母亲。马努尔·卡洛札和远从巴西跟着他来到此地的妻子只有一个女儿，但小女孩七岁时夭折了，他们把她埋在当地教堂的小墓园里。那片大约半英亩大的墓园里散布着粗糙的火山岩，其间还有其他的坟丘，有些埋着在当地出世却夭折的孩子，有些埋着过往船只上病死的水手，那些水手来到岛上度过最后的日子，然后在此安息进入水手的天堂。

我发现岛上最大的缺点是缺少一所学校。岛上若成立学校肯定只有一小班学生，但是对那些热爱教学且喜爱胡安·费尔南德斯群岛遗世独立的宁静生活的人而言，若能在此地待上一段时间，也算乐事一桩。

第十一章　129

这人把"卡布拉"叫成"狗特"

在友善的和风吹拂下一路向西

　　一八九六年五月五日，我自胡安·费尔南德斯群岛扬帆出航。我在岛上品尝了许多美食，但没有一样比得上我去探访鲁滨逊住过的洞穴的旅程那般美好。浪花号出发后驶向北方，行经圣费利克斯岛，然后进入信风带，信风带边缘的风力相当和缓。
　　就算风力缓弱，一旦真正吹起来时却又强又猛，弥补了先前耽误的时间。浪花号以缩帆行进，有时缩一折，有时缩两折，在强风吹拂下航行多日，驶向西方的马克萨斯群岛，并在出航第四十三天抵达该地，然后继续航行。这段日子里我一直没闲着，但并不是站在舵轮前，我想绝对没有人能一直站着或坐在舵轮前驾船环绕世界。事实上，我的表现更加自在和自如——我会坐下来读书、缝补衣服，或心平气和地烹煮食物及用餐。我发现孤独不好，于是尽可能地从周围找寻伴侣，有时和宇宙为伴，有时和卑微的自我做伴。书籍一直是我的朋友，即使没有别的东西陪伴，我至少有书为伴。信风吹拂下的航程真是再轻松悠闲不过了。

我的船在信风的吹送下，一天又一天自由自在地航行，我在航海图上准确地标出船的位置，但都是根据直觉的推断，而非精心计算。一整个月以来，我的船一直保持正确的航线，但我却不曾靠罗盘帮忙。我每夜都能见到船舷正侧方的南十字星，每天早晨朝阳都从船尾方向升起，傍晚时又从船首落下。我不需要其他的罗盘来指引方向，因为这些全是真实的。每当我在海上待了很长一段时间，开始怀疑自己的推算是否正确时，我就查对一下高挂在天际的大自然时钟，确认一下，结果正确无误。

不可否认，生活会展现奇妙的一面。有时我一觉醒来，发现阳光已照进船舱，我听见海水冲击着船身，我和深邃的海洋之间只隔着一片船板，于是我问："一切还好吗？"一切真的很好，我的船依航线前进，她以世上前所未有的方式航行着。船侧海水的冲击声告诉我她正在全速前进。我知道没有人在掌舵，也知道在前方的"双手"操控下一切顺利，船上更不会发生叛乱事件。

在南十字星和太阳的引导下自由航行一个月

即使在信风带，研究海洋气象造成的现象仍相当有趣。我观察到，大概每隔七天，风力会加强，风向相对南极方向略偏几度，也就是说，从东南偏东变成了东南偏南，与此同时，西南方会涨起一股强劲的海潮。这一切显示，这风是从反信风的方向吹来，并且日复一日地吹个不停，直到风力减弱，再回到原来的东南偏东方向，这大概就是南纬十二度冬季信风的固定形态。我在这里顺着经线南下，一连数周之久。我们都知道，太阳是信风及全球风力系统的创造者，但我觉得海洋气象才是最为神奇迷人的。我从胡安·费尔南德斯群岛到马贵斯群岛途中，共经历了六次这种海风的大转变和海洋本身的悸动，这是远方吹来的强风造成的变化。了解支配风向的法则，明白自己清楚这一切之后，就能轻松自在地航海环绕世界一周，否则一看见天空出现一片云你就可能会吓得直发抖。信风带这种现象在"变风带"亦可见，且会呈现更为极端的变化。

　　横渡太平洋（即使在这种最有利的情况下），能让人持续多日接近大自然，体会海洋的浩瀚与辽阔。我的小船在航海图上的航线记号，已缓慢却稳定地延伸并横跨过太平洋，即使以最高速前进，她的龙骨在大海中做记号的速度仍然很慢。在离开陆地的第四十三天——对独自航海的人而言这是一段漫长的时间——天空显得清朗而美丽，月亮与太阳"遥遥相对"。我打开六分仪观看，经过三次观察后我发现，继长时间费劲地和月亮高度表比对后，可以确定浪花号所在的观测经度和我自己推算的经度差距还不到五英里。

见到马克萨斯群岛

　　这真是太好了！虽然这两个数据可能都有误，但我却有信心，认为两者都接近事实，再过几小时我就可以看见陆地了。结果真的如此，我来到了马克萨斯群岛最南端的努库希瓦岛，这岛轮廓分明，巍然矗立。经查证后实际的经度介于以上两者之间，这真是很难得。所有航海人都会告诉你，一艘船前一天与后一天的位置记录可能会有五英里上下的误差，另外有关月亮造成的影响方面，即使是研究月亮的专家所估算出的平均数值只要和实际数值的差距在八英里以内，都被认为是成功的计算。

我希望能在此说明，我的估算接近事实并非归功于我头脑聪明或计算认真。我已经说过，我主要是凭直觉来记录经度的。我一直在船尾拖曳一个回转计程仪，但计程仪却无法显示出海潮及航差[①]，而要考虑的因素又太多，所以需要参考一千次航程的相关数据来更正我推断的近似值。即使如此，再聪明的船长也会高声要求引导和警戒。

计算经度的经验丰富

我在浪花号上获得了相当独到的航海天文学经验。我的经验实在太丰富了，所以我觉得应该可以在此简略叙述一下。我方才提到的第一组观测结果，与我所估计的船只位置相去极远，居然偏西数百英里。我知道这不可能是正确数值，大约一小时后，我极其小心地做了另一组观测，结果却和第一组的数值差不多。我问自己，凭着我傲人的自信，为什么没法做得更好一点。于是，我开始找寻两

---

① 意为因潮流影响而偏离航线。

组数值之间的差异，结果找到了症结所在。这两组数值表中，有一栏我借以算出一项重要对数的数据并不正确。这无疑是我可证明的事，其差异正如我方才所陈述的。我更正数值表后，便满怀不受动摇的自信，带着我那只锡钟继续航行并迅速入睡。以上的观测结果当然满足了我的虚荣心，因为我体会到站在一艘大船的甲板上，吩咐两名助手观测月亮并记下接近事实的数值的那种神气威风的感觉。而我这个美国穷水手，很以自己只身在浪花号上取得的小成就为豪，即使这可能只是运气好也无妨。

此刻，我与周遭融为一体，天人合一，随着一股巨大的海潮前进，感受到造物者双手轻快的推动力。我明了这些动作的数学真相，更清楚地认识到正是天文学家通过经年累月、分分秒秒的精准测量列出其所在的位置表，才使得航海人即使在海上航行五年之久，也能在天文学家的协助下，算出地球任何一条经线上的标准时间。

计算当地时间就比较简单。当地时间和标准时间的差异在于经线代表的时间——我们都知道经度差一度时差四分钟。简而言之，这便是经线不需依赖天文钟来计算时间的原则。研究月亮的专家近年来虽很少运用天文钟，但他们的成就却极具教化意义，在航海界再也没有比这更令人敬佩且激励人心的了。

第十二章

七十二天未停靠港口——鲸与鸟——浪花号厨房一瞥——飞鱼当早餐——在阿皮亚受到欢迎——斯蒂文森太太来访——萨摩亚人热情好客——骑马奔驰被捕——有趣的旋转木马——帕巴塔学院的师生——遭海中仙女戏弄

七十二天未停靠港口

独处四十三天似乎是很长的时间。事实上，我在船上却觉得时间飞逝而过。后来我并没有前往可去可不去的努库希瓦岛，而是继续驶向萨摩亚群岛①，那里是我期望的下一个停泊点。这段航程又花了二十九天，加起来一共是七十二天。这段日子里，我没有感到半点沮丧，因为我有许多事物为伴。在我前往萨摩亚群岛的途中遍布着珊瑚礁，那些珊瑚礁让我忙得团团转，根本没时间寂寞，这大概也算是一种做伴。

---

① 萨摩亚群岛（Samoa Islands），南太平洋的岛群，大约位于南纬13°～15°、西经168°～173°之间。由萨瓦伊、乌波卢、图图伊拉等13个岛和珊瑚礁组成。人口主要是波利尼西亚人。

差点撞上大鲸

鲸与鸟

我从胡安·费尔南德斯群岛驶向萨摩亚群岛,一路上并未发生太多状况,第一件意外是我的船险些和一头大鲸撞个正着——它在夜里漫不经心地破浪前行,而我正在船舱下面。大鲸忽然转身闪避我的船,发出吓人的喷气声,它的动作在海上掀起一阵骚动,把我吓得冲上甲板,刚好被鲸尾甩起的水花淋得浑身湿透。这头巨鲸显然也吓坏了,它迅速朝东游去,我则继续西行。不久后,又有一头鲸也打从我的船边经过,看来是方才那头巨鲸的伴侣尾随在后。我在后来的航程中再也没有遇到鲸,也不希望再碰到它们。

每当我的船接近岛屿或珊瑚礁时,饥饿的鲨鱼便会凑到船边。我总是开枪打它们,就像射杀老虎一样心满意足,毕竟鲨鱼就是海中之虎。我认为对于一个水手而言,再也没有比碰上饥饿的鲨鱼更恐怖的事。

四周总有些鸟儿飞来飞去。偶尔会有一只鸟栖在桅杆上俯瞰着浪花号,或许还纳闷"这只鸟"的翅膀怎么怪模怪样的,因为浪花号此刻挂的是我在火地岛缝的主帆,那片船帆就像百衲衣一样,用多片破布东拼西凑缀补而成。南太平洋上的船只比先前少些,我横渡太平洋时,一连多日没有看到一艘船。

浪花号厨房一瞥

在这段漫长的航程中,我吃的食物通常是马铃薯、腌鳕鱼和饼干,我大概每周会做两三次饼干。我总是保有充足的咖啡、茶、糖和面粉。我航海时向来带着大批的马铃薯,然而在我抵达萨摩亚群岛之前却出了一个不幸的状况,害得马铃薯缺货,而马铃薯又是水手最珍视的美食。我在胡安·费尔南德斯群岛上认识的那个叫马努尔·卡洛札的葡萄牙人差点没把我的靴子也买走,还害得我在汪洋大海上没有马铃薯可吃。我一向自认是精打细算的生意人,并以此自得。但是这个从亚速尔群岛到新贝德福德来的葡萄牙人却让我吃了闷亏。他说想"改良品种",就用新鲜的马铃薯交换我从哥伦比亚号那里得来的老马铃薯。那些马铃薯总共约有一蒲式耳[①]重,是上好的品种。等我到了海上,才发现他的马铃薯块茎已经腐败不能吃了,表面还长满了细细的黄色斑纹,看上去很恶心。于是,我便

---

① 蒲式耳,英美制容量单位,用于计量干散颗粒物的体积。一英制蒲式耳合 36.368 升,一美制蒲式耳合 35.238 升。

第十二章

把那袋马铃薯的袋口扎紧，还是吃那剩下没几个的老马铃薯。心想等哪天我真的饿极了，胡安·费尔南德斯群岛马铃薯的味道也许会好一些。三周后，我再次打开那袋马铃薯，竟然从里面飞出几百万只小飞虫！马努尔的马铃薯全部变成了飞蛾。我急忙再次将袋口扎紧，整个扔进海里。这次我吃了大亏，自此再也不夸口自己会做生意。

马努尔手里有一大批马铃薯，因为他是个捕鲸人，捕鲸人总巴不得能多买些蔬菜，他还希望我告诉他胡安·费尔南德斯群岛外海鲸活动的情形，我照办了。我的确碰到了大鲸，不过是在距离胡安·费尔南德斯群岛很远的地方。

飞鱼当早餐

就像水手们常说的，要备大量的食物。即使在横渡太平洋的漫长航程中，我也弄到了相当多的补给品。我总能找到一些小店采买"奢侈品"——由于缺乏新鲜肉类，只能用鲜鱼来弥补。至少在信风带，飞鱼会在夜里展翅飞跃，它们撞上我的船帆便落在甲板上，有时两三条，有时甚至多达一打。除了满月夜以外，我每天早上只需走到背风处的甲板排水孔，就能拣到一大批渔获。有了鲜鱼，谁还吃那些罐头肉？

在阿皮亚受到欢迎

七月十六日大约中午时分，经过一番小心翼翼外加艺高胆大的

与萨摩亚少女礼貌的邂逅

辛苦操作，浪花号好不容易在萨摩亚王国①的阿皮亚下锚停泊。我系好船后，并没有立即上岸，而是张开甲板上的布篷，坐在篷下愉快地聆听萨摩亚男女动听的歌声，一直坐到夜幕低垂。

这时，一条独木舟划进港口，独木舟上坐着三名漂亮的年轻女子，她们把船桨横搁在独木舟上，其中一人向我发出纯真诚挚的问候："塔洛法，列（把爱献给你，船长。）。"接着她又问："这是你的船吗？"

---

① 萨摩亚王国，原为独立王国，19世纪中叶美、英、德三国相继侵入进行殖民争夺。现在，萨摩亚群岛以西经171°线为界，西为萨摩亚独立国，东为美属萨摩亚。萨摩亚独立国旧称"东萨摩亚"，首都阿皮亚，1899年沦为德国殖民地，1914年为新西兰占领，1962年宣告独立。美属萨摩亚旧称"东萨摩亚"，首府帕果-帕果，1889年起由美、英、德三国共管，1899年起根据三国协定，划归美国。

第十二章

我回答："塔洛法，是啊！"

"你一个人来吗？"

我又答："是的。"

"我不信，你有其他人，但你把他们吃了。"

其他人听见这句玩笑话忍不住笑起来，她们问我："你为什么大老远的来这里？"

"来听你们这些小姐唱歌啊。"我答。

"喔，塔洛法，列！"她们嚷着，然后继续唱起来。她们美妙的歌声在天空中回荡，飘到港口另一侧高高的棕榈树林，又再飘回来。不久后，六名年轻人划着美国总领事的船过来，他们也引吭高歌，击桨打着节拍。我和他们交谈，收获更胜和那三名少女闲聊。六名年轻人转达丘吉尔[①]将军的邀请，请我去领事馆用餐。萨摩亚领事馆的安排看得出女性的细心与巧思。原来，是丘吉尔夫人特别挑选这六名青年划着总领事的船来见我，交代他们穿上整齐的制服，还要求他们唱萨摩亚船歌，而丘吉尔夫人刚到这里的第一周就能唱得像原住民少女一样好。

斯蒂文森太太来访

第二天清早，斯蒂文森太太[②]登上浪花号，邀我次日前往瓦伊

[①] 丘吉尔（William Churchill，1859—1920），美国人类学家，专精于波利尼西亚民族学，1896 至 1899 年间担任美国驻萨摩亚总领事。

[②] 斯蒂文森太太，原名 Frances Vandegrift Osbourne（1840—1914），美国人，离婚后于 1880 年与以传奇式冒险小说《金银岛》(Treasure Island，1888) 闻名的苏格兰小说家斯蒂文森（Robert Louis Stevenson，1850—1894）结婚，一家人因斯蒂文森身体原因于 1888 年移居萨摩亚群岛，购买土地建了自己的居所，并命名其为"瓦伊利马"。

利马。我经过了多日的历险航程，现在面对这位聪慧的女士，当然十分开心。在这趟航程中有本书带给我许多快乐，而这位女士便是此书作者的妻子。她柔和的眼神仿佛能把我看穿，和我交换冒险的经历时更是炯炯有神，闪烁着光彩。她丰富的经验和逃生的故事令我惊异赞叹。她告诉我，她和丈夫驾着摇摇晃晃的破船，以各种方式航行于太平洋各岛屿间，还用怀念的口吻说："我俩志趣相投。"

我们聊完航海的话题后，她送给我四本装订漂亮的地中海航行指南，并在第一本的扉页上写道：

> 致斯洛克姆船长。这几本书曾被我丈夫一遍又一遍地读过，我非常肯定，将这些书转赠给他最喜爱的航海人，他一定会很高兴。
>
> 芬妮·斯蒂文森

斯蒂文森太太还送给我一大本印度洋航海指南。我怀着虔诚敬重的心收下这几本书，犹如亲手从"长眠于森林内"[①]的图西塔拉[②]手中接过来一般。啊，亚欧乐蕊[③]，浪花号会珍惜你的礼物。

斯蒂文森的继子奥斯本[④]先生陪我信步逛着瓦伊利马宅邸，告诉我可以在那张老书桌上写信。不过，我觉得这么做太唐突失礼。能走进大厅，踩在"说故事的人"斯蒂文森按萨摩亚当地习俗坐过

[①] 斯蒂文森死后葬于瓦亚山（Mount Vaea）峰顶。
[②] 图西塔拉（Tusitala）：斯蒂文森的萨摩亚名字，意为"说故事的人"。
[③] 亚欧乐蕊（Aolele）：斯蒂文森夫人的当地名字，意为"飞动的云"。
[④] 奥斯本（Samuel Lloyd Osbourne，1868—1947），曾和斯蒂文森合编了数本书，后曾担任美国驻萨摩亚副领事。

第十二章

斯蒂文森的家"瓦伊利马"

的地板上，我就已经心满意足了。

一天，我和几位地主一同穿越阿皮亚的大街，准备前往浪花号。斯蒂文森太太骑着马，我走在她旁边，奥斯本先生和太太骑着脚踏车紧跟在后，我们突然转过一处路口，发现遇上一大队原住民，前方是一支敲敲打打的原始乐队，后面跟着一群人，看上去像是在庆祝什么节日，又像是送葬的队伍，我们也弄不清究竟是怎么回事。几个壮汉用长竿挑着大包小包的东西，有些一看即知是一捆捆构树皮做的土布。有一组挑竿上的东西特别沉重，却看不出是什么名堂。我的好奇心油然而生，想知道那究竟是一只烤猪还是别的更恐怖的玩意儿，于是问斯蒂文森太太。她答："我也不知道这是婚礼还是葬礼，不过船长，不论是什么，我们似乎应该走到队伍的前面去。"

萨摩亚人热情好客

浪花号停泊在海中，我们坐上那条由格洛斯特小渔船改装而成的被漆成鲜绿色的救生艇,摆渡到浪花号上。我们几个人的体重,快把那条削掉一半的小船压沉了,海水已逼近船舷上缘,我得小心翼翼地划船以免侧翻。然而,这种惊险状况却逗得斯蒂文森太太大乐,我们摇桨之际她引吭高歌:"他们划着豆青色的小船出海。"① 我这才明了她说自己与丈夫"志趣相投"的真谛。

当我航行海上,离文明的核心越远,就越少听见"那些值多少,那些不值多少"之类的话。斯蒂文森太太谈及我的航程时,从来不曾问我能从航程中获得什么。我来到萨摩亚一个村落时,村长也没问我杜松子酒的价钱,更没问我:"你愿意为烤猪出多少钱?"他说:"钱,钱,钱!白人就只知道钱。"

"别管钱不钱的,塔波准备了酒,我们来喝个痛快,开心一下。"村里的少女主人被称为"塔波",这个村子的塔波是村长的女儿塔珞亚。"我们的芋头很好吃,快来吃吧。树上还有水果,日子过去就过去吧,何必要忧伤?反正还有几百万的日子会接着来呢!太阳下的面包果黄澄澄的,塔珞亚的衣裳都从布料树上来的。我们的好房子只花建造的工夫,门上从来不装锁。"

南太平洋岛屿上的日子如此优哉地流逝,与此同时,北半球的人却为了满足基本的生活需求而努力打拼。

大自然赐予岛民丰富的食物,他们只要伸手即可得到。如果种植香蕉树,种好之后只要留意不要长出太多棵来。他们有充分的理由热爱自己的乡土,并对白人的轭心生恐惧,因为一旦受其驾驭开始犁田,他们的生活就不再如诗似梦。

---

① 引自爱德华·利尔(Edward Lears)的诗《猫头鹰和小猫》(The Owl and the Pussycat,1871)。

凯尼村村长是一个高大威武的汤加男子，我只能通过翻译和他交谈。他很自然地询问我来此地的目的，我诚恳地告诉他，我在萨摩亚下锚停泊，为的是看这里的好男好女。村长闻言顿了好半响才说："船长远道而来就为了看这一点东西。不过呢，塔波应该和船长坐近一些。"塔珞亚听了便应一句："也克。"意思是："是的。"说着向我挪过来一些，所有的人都坐在席垫上围成一圈。我很欣赏村长的滔滔不绝，他简单明快的话令我十分愉快。他没有一丝高傲自大，颇有大学者或政治家的风范，是我在这趟航程中见过最谦逊的人。至于类似我们"五月皇后"的塔珞亚，还有其他担任塔波的女孩，外地客最好能聪明地尽快弄清这些热情好客岛民的风俗习惯，同时不要误解他们对客人表现出的过度热络，其实那只是对来客表示尊重。我很幸运来到萨摩亚群岛做客，并发现没有什么可以动摇我对天生美德的信念。

对一个不能入境随俗的人而言，萨摩亚若干风俗仪节或许会带来一些困扰。举例来说，我发现和众人分享公碗里的酒时，我应该把一些酒泼洒在肩上或做个假动作，然后说"请神共饮"，再把碗里的酒喝干。饮尽椰壳做的公碗里的酒后，我不能按我们的习俗客气地把公碗传给别人，而是应该有礼貌地将它抛过席垫，扔到塔波跟前。

骑马奔驰被捕

我在岛上犯的最大错误是骑着一匹小马来到某个村落，见路况不错就临时起意在村里策马奔驰起来。结果，我立刻被村长的副手喊住，我听到他生气的叫喊声，马上停下来，意识到自己惹了麻烦。虽然不知道自己闯了什么祸，但我立即做出请求原谅的手势，这是最安全的举动。稍后我的翻译员来了，经过一番漫长的协商交涉，才替我解了围。方才村长副手对我嚷嚷的话意思是："喂，喂，骑着野马乱闯的人！你不知道在我们父亲的村子里这样骑马是犯法的吗？"我一个劲儿地道歉，赶紧下了马，像仆役般拉着缰绳牵着马。但我的翻译员告诉我，这么做也犯了严重的错误，于是我又连忙赔不是。可是，他们还是把我带去见村长。好在我的翻译员颇为机智，半骗半吓地向村长说明我也是个长字级的人物（船长），正在出一项重要的任务，所以不能拘留我。就我的立场而言，我只是一个外地人，尽管如此，我明白自己还是应该被狠狠教训一顿。但是，村长露出一排整齐的牙齿笑了，看上去很开心，并准许我离去。

有趣的旋转木马

凯尼村的汤加村长后来也来拜访我，并带来构树皮土布和水果等礼物送给我。村长的女儿塔珞亚还送了一瓶椰子油给我保养头发，虽然有人可能会觉得我现在护发为时已晚。

我接受了村长的隆重款待，现在我却不可能在浪花号上回报他们同样的盛情。他的盛筵菜肴丰富，无所不包，有水果、家禽、鱼类和肉类，还有一只烤全猪。我为客人端上的却是我存量极多的腌猪肉和腌牛肉。傍晚，我带他们去城里新开的游乐场玩，那里有一座旋转木马，他们称之为"奇奇"，意为"戏院"。但是，由于经营这个游乐场的老板——我必须很伤心地承认——是两个吝啬的美国

第十二章

人，竟然在村长他们才坐着旋转木马绕了一圈后，就很不客气地把他们赶下来，然后换上一批新的游客。村长他们为了讨回公道，便把木马的尾巴扯了下来。我很以我的汤加朋友为荣，村长是所有人之中最棒的，他带的那批人真是厉害。至于那所游乐场，由于两个老板太过贪心，再加上三大强权在萨摩亚的代表急于推行新的法令，制订了一条严苛而不当的政策——对游乐场的门票课征百分之二十五的重税，生意越来越差。而这条课税法令被视为立法改革的一大打击！

岛民热衷造访浪花号的船首，因为在那里可以接触仪表器械，还可轻松地爬上甲板，然后沿着船侧走到船尾，再从船尾跳进水里游走——这是最简单轻松的方式。

纯朴的岛民穿着叫"拉瓦拉瓦"的泳衣，那是用构树皮做的布料缝制而成的，他们丝毫不会损坏浪花号。在萨摩亚这个夏日岛国，穿着泳衣的岛民来来往往，画面日常而又令人愉悦。

帕巴塔学院的师生

有一天，帕巴塔学院的教师苏兹小姐与穆尔小姐，带着九十七名女学生来到船上。女学生一律穿着白衣裳，每人衣襟上别着一朵红玫瑰，当然，她们都是理智地坐着小船或独木舟摆渡过来的。很难找到像她们这么快乐的女孩了。一登上船，她们就在老师的要求下唱起《莱茵河上的守望》，我过去从没听过这首歌。她们唱完后齐声道："现在我们起锚出航吧。"但我可不想那么快就离开萨摩亚。这批优秀的女学生离开浪花号时，每人手里都拿着一枝棕榈叶茎或船桨，或是其他有相同功能的东西，各自划着独木舟回去。她们全都泳技高超，我想要不是身穿细纱织就的假日服，她们肯定会跳进海里游回去。

遭海中仙女戏弄

在阿皮亚经常可以看到年轻女孩伴随着载有乘客的独木舟游泳，一同前往浪花号。伊顿公学①的老校友楚德先生便以这种方式上船来看我，他还开心地大喊："就算是国王也不见得享受过这种渡船待遇吧？"他说着便用实际行动配合这种尊贵的感受，送给陪他游过来的少女几枚银币，在岸上围观的岛民见状全都羡慕地叫嚷起来。一天，我划着自己的小船时不慎翻了船，当时正好有一群漂亮的女孩在旁边游泳，她们一把扶住我的船，我还来不及喘气，她们就拖着船绕着浪花号一圈又一圈地游，而我只能坐在船里，不知道她们接下来会怎么做。一共有六名女孩，一边三个围住小船两侧，我一点办法也没有，只能任她们捉弄。我记得其中有一位英国小姐，她比另外五人更卖力地推着船。

---

① 伊顿公学（Eton College），英国著名贵族中学，1440 年创办于英格兰南部城镇、伦敦之西的伊顿镇，只招收男生，毕业生多升入牛津或剑桥等大学。

第十二章　147

第十三章

　　萨摩亚王室与马雷托国王——向瓦伊利马的朋友道别——南下前往斐济——抵达澳洲纽卡斯尔及悉尼——浪花号上有人成了落汤鸡——船舰福伊号送浪花号一套新帆——抵达墨尔本——一条有身价的鲨鱼——改变航线——遭遇"血雨"——在塔斯马尼亚停泊

萨摩亚王室与马雷托国王

　　我在阿皮亚有幸见到来自马努阿群岛[①]已故的玛格丽特王后之父杨恩先生，玛格丽特王后于一八九一至一八九五年间称后该岛。王后的祖父是位英国水手，娶了马努阿群岛一位公主为妻。王后家族中目前唯一健在的人便是杨恩先生，他最后的两个孩子几个月前随着一艘岛屿商船出航，却葬身大海，一去不还。杨恩先生是一位笃信基督的绅士，他的女儿玛格丽特受过良好的教育，是一位教养极佳的淑女。我很难过在报纸上读到一则叙述她生平及去世的感性报道，这则报道显然是从一个未设基金会的慈善团体报纸摘录的。报道的大标题令人震惊："马努阿群岛的玛格丽特王后辞世"。这则消息在一八九八年已经不是新闻了，因为此时王后已经去世三年。

　　[①]　马努阿群岛（Manua Islands），萨摩亚群岛东部岛群，现属美属萨摩亚。

我和王室建立起良好关系，并拜会了马雷托国王。马雷托国王是一位了不起的统治者，他亲口告诉我，他每月的俸禄不少于四十五美元，最近又加了薪，因此他可以靠这片肥沃的土地生活，而不再被粗鄙的海滨白人流浪汉称为"鲑鱼罐头马雷托"。

　　我和翻译员走进王宫大门时，国王的兄弟，也就是副王，穿过一片芋田从后门悄悄进来，瑟缩地坐在门边听我向国王诉说我的经历。纽约一位有志于传教工作的 W 先生[1]托我在航海时，代他向食人群岛，当然也包括其他岛的国王致意。马雷托国王表示，他的子民一百年来不曾吃过一个传教士。国王接获 W 先生的口信后，似乎很高兴能直接从《传教士评论》[2]的发行人那儿得知此讯息，并托我转达他的问候。国王陛下离去后，我便和他美丽的女儿法穆莎米（意为"让海水燃烧"）公主交谈。不久后，穿着全副军装大礼服的德国总司令，即德皇威廉二世[3]亲自接见我，而我却蠢得没有事先呈递拜帖，也没想到德皇竟会如此隆重地戴着王冠接见我。几天

---

[1] W 先生：指 Adam Willis Wagnalls（1843—1924），芬克和瓦格纳尔出版社（Funk & Wagnalls Co.）的创办者暨总裁，同时是卢瑟兰教堂基督教新教路德宗的牧师；他也是本书第二十一章提及的梅布尔·瓦格纳尔（Mabel Wagnalls）的父亲。

[2] 《传教士评论》（The Missionar Review of the World），1878 至 1939 年发行的宗教期刊，1888 年起转至芬克和瓦格纳尔出版社旗下。

[3] 威廉二世（Wilhelm II，1859—1941），亦称"小威廉"。普鲁士王国国王和德意志帝国皇帝（1888—1918），实行专制统治。对外推行容克资产阶级帝国主义的侵略政策，大力发展海军。在近东和非洲扩张势力。强占中国胶州湾，出兵参加八国联军镇压义和团运动，干涉巴尔干事务，加深与法、俄、英矛盾。1914 年挑起第一次世界大战。1918 年德国十一月革命爆发后，逃亡荷兰。

第十三章　　149

后，我又去拜访法穆莎米公主，向她道别，也和马雷托国王见了最后一面。

阿皮亚这个赏心悦目的城市里有许多令人印象深刻的地方，我的记忆首先停留在伦敦传教士协会咖啡馆及阅览室后方的一所小学校，在那里，贝尔太太负责给大约一百名原住民孩子上英文课。你在别处再也找不到比他们更聪明的学生了。

一天，我去学校拜访，贝尔太太说："来，孩子们，让船长看看我们对合恩角知道多少，他已经驾着浪花号绕过合恩角了呢！"接着，一个约莫十岁模样的男孩灵活地上前，开始朗读巴兹尔·霍尔对合恩角的详尽叙述。他念得很好，后来还用工整的字体把这篇文章抄了一份给我。

向瓦伊利马的朋友道别

我特地向住在瓦伊利马的朋友告别，见到了头戴巴拿马帽的斯蒂文森太太，和她前往瓦伊利马宅邸。那里有好些男子在整地，她吩咐其中一人从她种了四年、长到六十英尺高的一丛竹子中砍下两根送给浪花号。我把这两根竹子当做备用的桅杆，并在返航途中，将一根竹子的根部做成船首三角帆的帆桁。我依照当地习俗，和这一家人用公碗喝了惜别酒后便准备出航。这是萨摩亚人相当重视的仪式，按照当地的方式进行。吹响的法螺声通知我们酒已备好，我们听了一起鼓掌。这场酒筵是为浪花号而举行的，根据本地习俗，这回轮到我先洒些酒在肩上，但我却忘了"请神共饮"这句话用萨摩亚土语怎么说，于是改说俄语和奇努克混合语①，因为我正好记得这句话用这两种语言怎么说。不过，奥斯本太太教我用地道的萨摩亚土语发音，于是我跟着她用土语向我的萨摩亚好友道一声："托法！"众人都祝浪花号一帆风顺。浪花号于一八九六年八月二十日扬帆出港，继续她的航程。群岛消失在船尾之际，我内心的孤寂感油然而生，为了填满这种空虚，我扯满船帆、加速航向可爱的澳大利亚，那片土地对我而言并不陌生。然而，一连多日我都梦到瓦伊利马矗立在船首。

南下前往斐济

浪花号尚未远离群岛，海上就突然刮起一阵信风。于是，我收起船帆。她第一天就航行了一百八十四英里，我估计有四十英里的航程是顺向洋流帮的忙。海面翻腾汹涌，我转向兜了一圈，取道合恩群岛及斐济群岛以北（而非原定向南的航线），并沿着群岛西侧海岸前进。于是，我行经新喀里多尼亚②以南，直接驶向新南威尔

---

① 奇努克混合语（Chinook Jargon），是一种由奇努克语、努特卡语、法语、英语等组合起来的混杂语言，现已几近失传。这种语言被认为是起源于居住在美国西北部哥伦比亚河流域的印第安人奇努克族和努特卡族。在19世纪，它曾经是濒太平洋西北地区的贸易语言，也是法院和报社的官方用语。从加利福尼亚到阿拉斯加，它的使用范围非常广泛。
② 新喀里多尼亚（New Caledonia），太平洋西南岛群。由新喀里多尼亚岛及附近的洛亚蒂群岛等小岛组成。周围为珊瑚礁环绕。1853年沦为法国殖民地，1946年成为法国海外领地。

第十三章

士[①]。经历四十二天的航程抵达澳洲的纽卡斯尔，这段日子大多处于狂风暴雨之中。

我在新喀里多尼亚附近遇上格外猛烈的强风，这股狂风吹沉了更南边的美国快帆船帕崔西恩号。还有，浪花号更接近澳洲海岸时，我并不知道这股狂风超级猛烈，将一艘来自新喀里多尼亚的开往澳洲悉尼的法国邮轮吹得严重偏离航线。当她抵达目的地后报告遇到了可怕的强风，并答复朋友的询问说："天哪！我们不知道浪花号那艘小船后来怎样了，我们先前看到她陷在狂风暴雨之中。"事实上，浪花号安然无恙，像鸭子般四平八稳地横躺在海上。她在鹅翅般的主帆翼护下，甲板干干爽爽。我后来听说那艘法国邮船的大厅淹水，积水还没过了乘客的膝盖呢！那艘船抵达悉尼后，他们还送给船长一袋黄金，以嘉奖他凭借高超的驾船技术和指挥有方使得船只安全靠港。可惜浪花号的船长得不到同样的奖励！我在狂风中于海鸥岩一带登陆，不久之前，蒸汽船凯瑟顿号就是载着许多乘客在此处沉没的，人船俱毁。我一连好几个小时都在礁石附近绕行，被大浪打得忽前忽后，最后终于克服难关。

抵达澳洲纽卡斯尔及悉尼

我冒着刺骨的强风抵达纽卡斯尔，当时正值暴风雨季。澳洲政

[①] 新南威尔士（New South Wales），澳洲东南部一州，东临南太平洋和塔斯曼海，首府为悉尼。后文提及的纽卡斯尔为该州港口城市。是英国在澳洲的第一个殖民地。1770 年，库克船长在植物学湾登陆，为之命名新南威尔士。

在悉尼港发生意外

第十三章

府领港员康明船长在港口酒吧和我会面，我的船被一艘蒸汽船拖进安全的停泊点。许多访客陆续上船来，首位访客便是美国领事布朗先生。浪花号在此备受礼遇，除了免缴一切政府税金外，数天后，一名领港员还驾着拖船拖着浪花号出海。我的船沿着海岸前行驶向悉尼，于次日一八九六年十月十日抵达目的地。

当晚，我的船停在曼利附近一处安全的小海湾，悉尼港的水警船协助我泊好船，然后从我的旧剪贴簿上搜集所需资料——水警似乎对我的剪贴簿很感兴趣。没有任何事物逃得过新南威尔士警方的法眼，他们的威名举世皆知。精明的警方人员猜测我可以提供若干有用的资料，因此抢先来见我。还有人说他们是来逮捕我的。[1] 呃，随他们说吧！

浪花号上有人成了落汤鸡

夏天的脚步渐渐近了，悉尼港里挤满了游艇。有些游艇前往浪花号停泊几天的谢尔科特，绕着饱受风雨摧残的浪花号参观。我到了悉尼后，立即受到朋友的欢迎。一连数周，我的船都停在悉尼港

---

[1] 悉尼的水警之所以对斯洛克姆感兴趣，起因于斯莱特（Henry A. Slater）的控诉。1883年，斯洛克姆在南非时聘雇斯莱特担任北方之光号的大副，但随后斯莱特却阴谋策动其他船员打算谋杀斯洛克姆。斯洛克姆知道这件事后，即将斯莱特监禁起来，直到航程结束。后来斯莱特移居悉尼，他听闻斯洛克姆将搭乘浪花号抵达悉尼，于是在报刊上发表了一些恶意的报道。斯洛克姆知道后，也在报刊上展开笔伐，还把他告上水警法庭，最后斯莱特被告知勿再闹事。

内不同的停泊点，有许多可亲的人来访，英国皇家海军军舰奥兰多号的官兵和他们的朋友经常上船来看我。一天，奥兰多号的指挥官费雪舰长和他舰上的部属，带着悉尼城里的一群年轻小姐，冒着倾盆大雨来访。即使是在澳洲，我也没见过这么大的暴雨。但这群军官和小姐是出来玩乐的，雨再大也浇不熄他们的兴致。不料，倒霉的事发生了。我的船上还有另一批访客，其中一位先生是某个大型游艇俱乐部的会员，他穿着正式的会员制服，上衣的铜纽扣重得简直能使他下沉。他快步离开湿漉漉的甲板时，没想到一个踉跄，整个人从头到脚栽进我放在一旁的一大桶水里，因为他个子矮小，立刻就沉入水中不见踪影，被救起时几乎快要淹死了。截至目前，这是浪花号整趟航程中最严重的"伤亡"状况。这位年轻人原本是前来恭维我的，谁知这起意外却搞得大家尴尬至极。后来，他所在的游艇俱乐部决定，浪花号不能获得正式承认，因为她没有美国游艇俱乐部的推荐函。然而，我居然从水桶里捞上来一个游艇俱乐部会员，这不是更令人尴尬和奇怪吗？

船舰福伊号送浪花号一套新帆

悉尼最典型的船只是一种轻巧便捷的单桅帆船，有着粗大的甲板横梁和强大的载帆力。不过，这种船常常翻覆，因为她们的船帆是维京海盗船式的帆。我在悉尼看遍形形色色的船只，从神气的蒸汽船到单桅纵帆船，还有较小型的单桅帆船和独木舟，各种船在海湾里快乐地穿梭。这里的每个人都拥有一艘船，澳洲的男孩若是无法买船，就会自己造一艘，这通常不是什么丢脸的事。浪花号在悉

第十三章

尼卸下那张在火地岛缝缝补补的百衲帆，换上漂亮的新帆——那是强斯顿海湾飞行俱乐部的福伊司令官赠我的礼物。福伊号当时正在参加悉尼港一年一度的绕港赛船会。他们秉持宽厚的澳洲精神，并不吹毛求疵，"承认"浪花号属于自己的俱乐部，因此认证了浪花号的各项记录。

在澳洲停留的时光飞逝而过，浪花号自悉尼出航时已是一八九六年十二月六日。我现在计划绕过卢文角，直接驶往非洲以东的毛里求斯，因此我朝那个方向沿着海岸往巴斯海峡[①]前进。

这段航程中除了变化多端的"强劲南风"，以及大浪起伏的海面，无甚可提之事。不过十二月十二日却是例外，那天吹着温和的东北海岸风。浪花号一早航行在平静的海面上，行经图福尔德湾，稍后经过班多洛角，陆地就在不远处。岬角上的灯塔微降旗帜向浪花号致意。海边一座农舍的阳台上站着几个孩子，看见浪花号经过，兴奋地朝她挥舞着手帕。海边虽然只看得见寥寥数人，但那场面却令人愉悦。我望见常青叶编的圣诞节彩饰，才想到圣诞节即将来临，于是遥祝那群快乐的人"圣诞快乐"，并听见他们对我说："也祝你圣诞快乐"。

我从班多洛角行经巴斯海峡上的克利夫岛，浪花号经过这座岛的下方时，我还和岛上的灯塔看守员互打信号。那天狂风呼啸，巨浪猛烈地拍打着礁石。

几天后，十二月十七日，浪花号接近威尔逊岬，再次寻求避难

[①] 巴斯海峡（Bass Strait），位于塔斯马尼亚岛与澳大利亚大陆之间的海峡，东西长约 300 千米，南北宽 128—240 千米，平均水深 70 米。英国航海家乔治·巴斯于 1798 年率领航海队第一次穿过海峡，遂以巴斯命名。

所。那里的灯塔看守员克拉克先生来到我的船上，指示我前往滑铁卢湾的方向——就在三英里外的下风处。我立刻顺风驶到滑铁卢湾，找到一处良好的停泊点，就在西风和北风吹不进来的小沙湾内。

沙湾里还停着一艘双桅渔船秘密号，以及一艘有捕鲸设备的蒸汽渡轮悉尼玛丽号。悉尼玛丽号的杨恩船长是个澳洲天才，聪明绝顶。他的船员全是沿海一家锯木厂的工人，他们上船后没有一个人见过任何活鲸，但他们却是天生的澳洲渔夫，具有本能与潜力。船长告诉他们，杀一头鲸和杀一只兔子差不多。他们相信他的话，一切都不成问题。他们的运气很好，航程中遇到的第一头鲸，一头丑陋的大翅鲸①，很快就成了他们的囊中之物。杨恩船长只射出一只鱼叉就结束了那头大怪物的性命，他们便把巨鲸拖回悉尼供人参观。悉尼玛丽号的英勇船员只对鲸类有兴趣，他们在此地停留期间，利用大部分的时间在沿海收集油料，准备驶往塔斯马尼亚外海。船员一听见"鲸"这个字，立刻兴奋得两眼闪闪发光。

我们在小沙湾里待了三天，聆听着外面呼啸的风声。这些天里，我和杨恩船长上岸探险，勘探了几处废弃的矿坑，满心期望能挖到金矿。

抵达墨尔本

我们的船在同一天早上出航，然后分道扬镳，像两只海鸟各飞

---

① 大翅鲸（hungback），俗称"座头鲸"，性情温顺，有洄游习性，以超长的胸鳍和超长复杂的叫声而闻名。成年鲸身长 11.5～15 米，分布于世界各大洋。

斯洛克姆船长把船驶出墨尔本港口内的雅拉河

前程。接下来的几天风势和缓，难得运气不错遇上好天气，浪花号于十二月二十二日抵达墨尔本湾，被蒸汽拖船赛跑者号拖进港里。

圣诞节是在雅拉河的一处停泊点度过的，后来又转往圣基尔达，在那里停留了将近一个月。

一条有身价的鲨鱼

浪花号在澳洲或这趟航程中的其他港口都没有缴纳港口税——巴西的伯南布哥除外，但是到了墨尔本海关却被课征吨税，毛重每

浪花号甲板上的鲨鱼

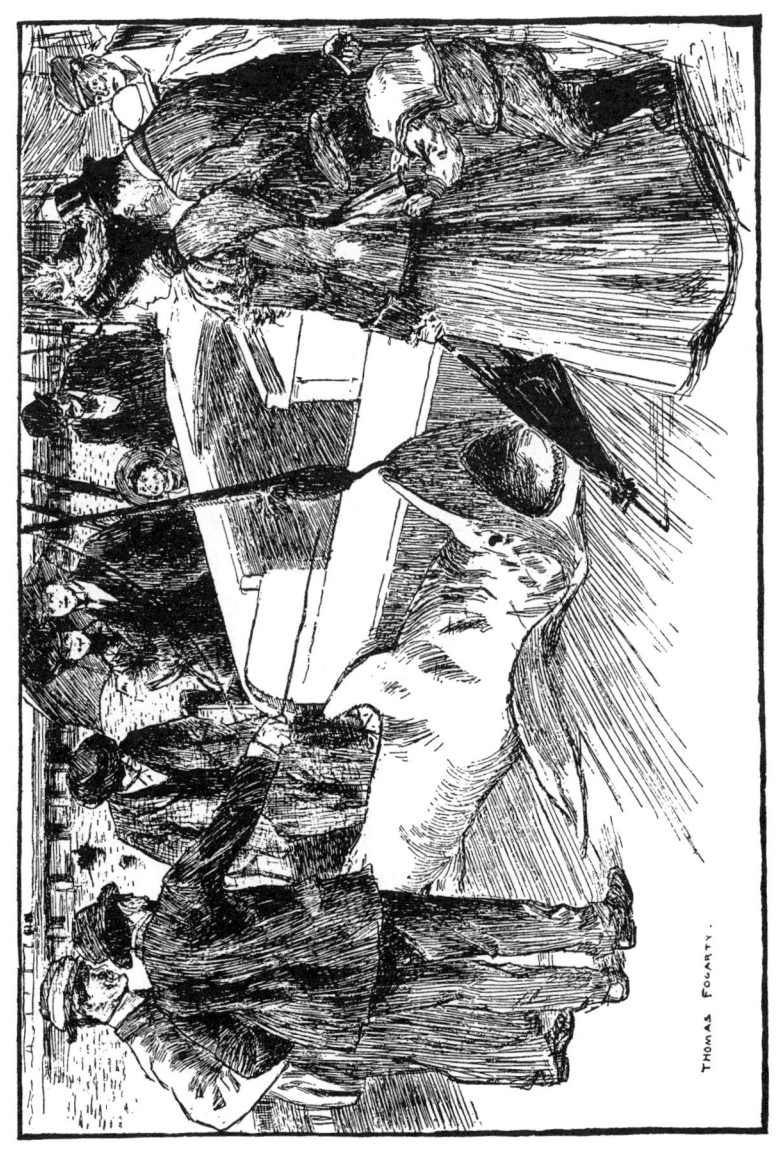

第十三章　159

吨的税金为六便士。海关向我收取六先令六便士的税金,这是取十三吨总数的税金,但我的船总重只有十二点七吨。我为了筹到这笔钱,向上浪花号参观的人每人收费六便士,这桩生意变清淡后,我正好捉到一条鲨鱼,这下生意又上门了,我向参观鲨鱼的人每人收费六便士。这条鲨鱼长十二英尺,肚子里怀了二十六条小鲨鱼,每一条小鲨鱼身长都超过二英尺。我用刀划开鲨鱼腹,让小鲨鱼滑进一条装满水的独木舟里,并经常换水,让它们存活了一整天。从我把那条丑陋的鲨鱼放在甲板上供人参观起,不到一小时所赚的钱就比浪花号的吨税税金还多呢。接着,我雇用了一个名叫汤姆·霍华德的爱尔兰好人。他对鲨鱼十分内行(包括陆上的和海里的),谈起鲨鱼来如数家珍,所以我请他来回答参观者的问题,顺便聊聊有关鲨鱼的话题。我发觉自己应付不了众人的问题,便把责任全推给霍华德。

我一大早去银行存钱,回来时发现霍华德被一群兴冲冲的参观者包围着,他正在向众人吹嘘鲨鱼的各项习性。那是一场很棒的展览,大家很想目睹鲨鱼的活动,我也很希望他们能一饱眼福,但是霍华德却吹牛吹过了头,我只好把他解雇了。这场展览的收入,加上我在麦哲伦海峡捡到的兽脂卖得的钱,让我发了一笔财。我把剩下的兽脂全部卖给了一个在萨摩亚制造肥皂的德国人。

改变航线

一八九七年一月二十四日,浪花号又被赛跑者号拖船拖出海港，在墨尔本和圣基尔达度过一段快乐时光后，离开霍布森湾，那里吹着的西南风仿佛永不止息。

在（南半球的）夏季期间，也就是十二月、一月、二月，有时也包括三月，东风吹越巴斯海峡，绕过卢文角，但由于从南极地带漂来大量浮冰，天气全变了，变得非常恶劣。因此我判断，若按照既定航线继续前行，恐怕不太实际。所以，我并未绕过寒冷且狂风大作的卢文角，而是决定在塔斯马尼亚停留，度过较愉快且更有利的一段时间，并等候合适的季节。届时，好风会自大堡礁①吹越托雷斯海峡，这是我最后决定航行的路线。走这条航线可以利用从不失灵的反气旋②，何况我还有机会踏上多年前曾经路过的塔斯马尼亚海岸。

遭遇"血雨"

我应该提一提在墨尔本时发生的一场狂猛风暴，这种格外强劲的狂风有时被称为"血雨"，那是澳洲多年来首次遇到威力如此强大的风暴。所谓的"血"是指来自沙漠里悬浮的砖红色细沙，一阵狂风暴雨将红沙冲刷下来，化为泥浆。红沙的数量极大，当时浪花号的甲板上正张着布篷，落在布篷上的红沙集中起来足足有一桶

---

① 大堡礁（Great Barrier Reef），澳大利亚东北海岸外的珊瑚礁，为珊瑚群岛的一部分，是世界最大的珊瑚礁，也是地球上最大的生物群体，沿着澳大利亚东北海岸绵延2000公里。1981年列入世界自然遗产名录。
② 反气旋，指气流以顺时针（北半球）或逆时针（南半球）方向朝四周流出而中心气压高于邻近的大气涡旋。反气旋内，气流辐散下沉，一般云雨少见，天气晴好。

第十三章

之多。风越吹越猛，我只好收起布篷，但桁木部分的船帆却暴露在外，从绳子到耳索都糊满了泥浆。

科学家很了解这种沙暴现象，这在非洲沿海也很常见。沙暴会从岸边吹袭到海上，延伸很长一段距离，覆盖住船只的航线。浪花号在这趟航程的初期就已经遇上过沙暴。如今，水手们不再对沙暴怀着迷信的恐惧，但是容易上当的陆居人一看到泼洒而下的第一滩恐怖泥浆难免就要大吼："血雨！"

在塔斯马尼亚停泊

浪花号从海上驶入霍布森湾时，荒凉的菲利普湾港风浪极大，她驶出海湾时风浪更大。但这里海域宽广，我的船在风帆满涨下，趁着好天气赶路。穿越海峡到塔斯马尼亚只要几个小时，一路风力强劲。我载着那条在圣基尔达捕获的鲨鱼，在鱼腹里塞满干草，再交给塔马湾头朗塞斯顿①维多利亚女王博物馆和美术馆馆长波特教授。接下来很长一段时间内，在博物馆里可以看到圣基尔达的鲨鱼展。哎！圣基尔达善良的人们对我产生了一些误会，当印着我捕获鲨鱼照片的报纸一送上报摊，圣基尔达的民众立刻气冲冲地跑去把有关鲨鱼的报纸全扔进火里烧了。圣基尔达是个海港，而我居然胆敢在那儿展出鲨鱼！不过，我的鲨鱼展并没有因此中断。

强风吹得浪潮高涨，浪花号便在朗塞斯顿河边的一座小码头停泊。她牢牢地停在那里，四周的水还不够沾湿脚，等她要扬帆出航

---

① 朗塞斯顿（Launceston），澳大利亚塔斯马尼亚州北部的港口城市，是该州的第二大城。历史悠久，是英国移民最早的聚集地。

在圣基尔达，向朋友说明浪花号自波士顿出发后的航行路线

第十三章

时，得挖掘船身龙骨下方的土地好让她浮起。

  我把浪花号留在这个舒服的停泊点，交代三个孩子照料她。至于我自己呢，则在山间闲逛，舒展一下筋骨，为未来的航程养精蓄锐。我踩着覆满青苔的岩石，在蕨类草丛间信步穿梭。我的船被照顾得很好，每次我回到船上都发现甲板清洗过了。三个孩子中有一个小女孩就住在路的对面，他们家是离我最近的邻居。小女孩在舷门前招呼访客，另外一对兄妹负责贩卖船货里的海洋珍品，而且还记账呢。他们三个是机灵又讨人喜欢的船员，有人大老远地跑来听他们讲述我的航海经历，以及"船长杀死深海怪物"的事迹。我只好保持距离以维持英雄的最佳形象——这倒正合我意，因为这样一来就可以自在地徜徉林间溪畔了。

第十四章

一位女士的来信——环绕塔斯马尼亚航行——船长在航程中首次发表演说——丰盛的补给品——浪花号在德文波特港接受安全检查——又回到悉尼——外行水手驾船失事——北上前往托雷斯海峡——珊瑚海上危险重重——澳洲海岸的朋友

一位女士的来信

一八九七年二月一日,我回到船上,发现一封信正等着我,那是一位支持者的来信,内容如下:

> 一位女士在信中附上五英镑钞票一张致赠斯洛克姆先生,以示她对独自驾着这么一艘小船横渡海洋、在遭遇危险时无人协助所需的勇气感到钦佩。祝你一切成功。

我直到今天都不知道这封信是谁写的,也不知道自己领了什么人的情,如此慷慨地赠予我一笔钱。我无法拒绝对方的好意与盛情,但向自己承诺一有机会就将这笔钱连本带息地转赠出去,结果我在离开澳洲之前就做到了。

环绕塔斯马尼亚航行

澳洲北部的好天气季节尚未来临,我驶向塔斯马尼亚的另一处港口,那里一年到头都是好天气。第一个地点便是美女岬,附近还有比肯斯菲尔德及大塔斯马尼亚金矿,这些地方我都分别去过。我看见许多灰扑扑不起眼的岩石被运出矿坑,然后被数百台碎矿机压成粉末。有人告诉我那些矿粉里有黄金,我相信他们的话。

我记得美女岬浓荫的林木和高大橡胶树林间的道路。新南威尔士总督汉普登勋爵和家人搭乘汽艇来此观光。浪花号停泊在登陆码头附近,当然升起了旗帜,说不定这带水域从不曾见过比我更不起眼的船挂着美国国旗。不过总督一行人似乎知道美国国旗为何在此飘扬,也清楚浪花号的行踪。我听见总督大人说:"向船长介绍我"或"向我介绍船长",不管他是怎么说的,我立刻被带到一位友好的绅士面前。汉普登勋爵对我的航程极感兴趣,不过,要说这些人当中有谁比总督更感兴趣,那便是总督的千金玛格丽特。总督大人与汉普登小姐离去时,和我相约于一九〇〇年巴黎世界博览会再聚首。他们还加了一句:"如果届时我们还健在。"我也针对自己补充一句:"海上的危险不算在内。"

浪花号自美女岬驶向塔马河口旁的乔治镇。我相信这个小村镇是白人初到塔斯马尼亚留下的最早的足迹,不过至今依然是一个小村庄,始终未见发展。

船长在航程中首次发表演说

我觉得自己游历世界，略有见闻，又看出此地的人对探险活动颇感兴趣，于是在路旁一处小会馆向我的首批听众发表有关航程经历的演说。有人从邻居那里搬来一台钢琴，我在琴声中走出来，还有个巡回演出的丑角在旁唱着《汤米·艾特金》。民众大老远地赶来，踊跃出席，小会馆为之客满，门票收入共约三英镑。小会馆的主人是一位好心的苏格兰女士，她不收我租金，所以我的演说从一开始就已经成功了。

我从这个安逸的小地方出航，前往默西河畔繁荣的港市德文波特。我沿着河岸西行数小时便抵达该地，那里已迅速发展为塔斯马尼亚最重要的港口。有许多大型蒸汽船驶入港内，运走当地的农产品货物，但港务长穆赖上校告诉我，浪花号是第一艘挂着美国国旗进入德文波特港的船只，此事也被列入该港的纪录之中。浪花号因为这项殊荣，享受了诸多礼遇，她从船首到船尾都罩着防尘布篷，舒适地停泊在港内。

丰盛的补给品

浪花号在行政首长的官邸"马鲁纳"那里出入时均受到海军官兵的欢迎敬礼，官邸女主人艾肯海德太太在自家出产丰富的果园里采了许多水果，自制各种口味的果酱与果冻送到我的船上，数量之多足够我返航后还有剩余呢。还有一位伍德太太也送给我好几瓶覆

一八九七年二月二十二日，浪花号在塔斯马尼亚的德文波特港罩上防尘布篷

盆子酿的酒。此刻在这里，我受到了前所未有的热忱招待。鲍威尔太太送了些印度酸辣酱到船上来，她说是按照他们以前在印度时使用的配方调制的。船上有丰盛的鱼类及兽肉，听得见火鸡的啼声，还有一大块帕尔多产的奶酪。尽管食物充裕，大家还是会问我："你怎么过活？你都吃些什么？"

此地优美的景致令我深深着迷，那些自然生长的蕨类植物和山坡上圆顶状的林木，样样都吸引着我，我很幸运地结识了一位致力于保存家乡美景艺术的绅士，他送给我多幅收藏画作的复制品，也有许多是真迹，让我带回去给朋友观赏。

我在另一位绅士的鼓励下，日后每到一个地方、在每一个场合都会提到塔斯马尼亚的好。这位绅士是澳洲上院议员麦考博士，他为我提供了许多有用的演说话题，但我在学习这项新课程时内心却有些忐忑不安，要不是听众好心且十分体谅，我是没法好好发表演说的。我的第一场演说结束后，这位亲切的博士来看我，语多夸赞。就和做其他的生意一样，我对演说也是未加考虑就一头栽了进去。他对我说："老兄，老兄，极度紧张不过是有头脑的表现，越有头脑的人就得花越多的时间克服这种苦恼。不过呢……"他若有所思地加上一句，"你会克服它的。"然而，我却自认为直到现在还未完全治好这个毛病。

浪花号在德文波特港接受安全检查

浪花号被拖到德文波特港的停船滑道，从顶部到底部仔细检查一遍，但丝毫未发现有被蛀船虫破坏的痕迹，其他各方面的状况亦佳。为了防止遭受蛀船虫的侵害，船底又多刷了一层铜漆，因为在她整修之前，我要驾船横越珊瑚海和阿拉弗拉海。我们做好一切准备，以防浪花号遭受各种危险。我虽期待离开这里，却对这个让我结交了许多可爱好朋友的国家恋恋不舍，心中不无遗憾。

若说我在这趟航程中心生过放弃的念头，那就是在此时此地；但因为那里并没有更好的机会给我，所以我便于一八九七年四月十六日拔锚再度出海。

那时夏季已经结束，冬天正从南方向上逼来，朝北方吹送一阵阵和风。一股冬风的前奏把浪花号吹过豪角，第二天更远至班多洛角，重复她北上的航线。这是一段很顺利的航程，和我漫长的返乡之路方向相反。我再度绕过班多洛角时，去年圣诞节向我道"圣诞快乐"的那些老友看见浪花号既兴奋又开心，我们再度交换信号，我的船依然紧挨着海岸，在平静的海面航行。

又回到悉尼

在前往杰克逊港的剩余航程中都是天空清朗的好天气。浪花号于一八九七年四月二十二日抵达悉尼，停泊在沃森湾湾头附近水深八英寻的海面上。从湾头到河岸边的帕拉马塔一带，各式各样的船只游艇比以往更为活跃地遨游碧海。说真的，那确实是一幅朝气蓬勃的景象，世界上的其他地方很难见到如此活泼生动的情景。

外行水手驾船失事

几天之后，海湾里巨浪滔天，只有牢靠的大船才能升帆航行。当时，我住在码头附近的一家旅馆里，疗养我在沿海患上的神经痛。那天，我正好瞥见一艘大蒸汽船的船尾从我的房间窗前经过，向前航行。紧接着，旅馆的侍者突然冲进我房里大叫着"浪花号撞上了"。我立刻跌跌撞撞地跑出去看，才知道我的船被一艘大蒸汽船撞上了，而且就是我方才在窗里瞥见船尾的那艘船——她的船首撞上了浪花号。所幸除了猛烈的撞击力道使船锚和锚链脱离锚链孔掉落外，并未造成其他任何伤害。结果我也没什么好抱怨的，因为那艘闯祸的蒸汽船船长停下他的船后，随即将浪花号拖进港口检查，确定她没有任何后遗症后，又命令一位军官和三名水兵把她开回海湾里的停泊点，船长还留下一张措词客气的短笺，表示他愿意负责修复这起意外造成的一切损伤。不过，浪花号在陌生人的操控下是多么无奈！她的老朋友，平塔号舵手驾船的技术绝不会如此笨拙。然而，我看见他们终于把船开进停泊点时简直高兴极了，神经痛也全好了——或许根本忘了神经痛这回事。那艘蒸汽船的船长具备地道的水手精神，言而有信，第二天即派遣代表柯立修先生前来，把掉落船锚及锚链的赔偿金交给我，还表达了他内心的不安。我记得对方当场付给我十二英镑的赔偿金，但我的幸运数字是十三，所以赔偿金增为十三英镑，这笔钱足够支付一切开销。

北上前往托雷斯海峡

我于五月九日再度出航，迎着强劲的西南风前进，强风勇猛地将浪花号吹送到史蒂文港。一开始风平浪静，随即又起浪涛，不过天气很好，而且一直持续了好些天，和几个月前我在此地经历的天气状况截然不同。

由于我有一整套此地海岸及大堡礁的航线图，所以胸有成竹，轻松自在。英国皇家海军军舰奥兰多号的费雪舰长曾穿越大堡礁水域，他从我要走这条航线起就对我提出忠告，但我并不后悔现在又折返此处。

经过史蒂文港、海豹岩和豪角后，一连几天前方风力微弱，我的船几乎纹风不动。不过，因为我数个月前曾自另一个方向绕经这些地方，若干地点的印象深烙在我的记忆中。现在我手边有一大批

第十四章

书籍，于是夜以继日地看书，此外就只是整理船帆或调整航向，要不就是躺下休息。与此同时，浪花号正一英里一英里地缓缓前进。我试着把我的情况与以前做环球航行的航海家做比较，这些前辈的航线和我先前自佛得角群岛或更早之前就采取的航线完全一样，但到目前为止我都无法得出比较的结果。他们所经历的艰苦困顿和浪漫的死里逃生（我是指那些逃过死亡和其他痛苦噩运的人）都不是我独自航行环绕世界一周的经验。因为我只诉说愉快的经验，直到最后我的探险活动竟变得平淡无奇、乏善可陈。

珊瑚海上危险重重

我刚看完几个最吸引人的古代倒霉船只的航海故事，船已接近麦夸里港。现在是五月十三日，接着，我在航程中遇上一艘失事的现代化船只，就泊在海边。我靠近一些，发现那是小汽艇阿克巴号，她大概比浪花号早三天自沃森湾出航，一出海就遇上了麻烦。也难怪她会出事，因为船员全是初出茅庐的新手。这次是她船东的处女航，而船东是个大外行。至于船长，虽然戴着特大的海员帽，看来神气十足，但在他接掌阿克巴号之前，只是马兰比吉河①上的捕鲸人。而领航员这可怜的家伙几乎是个聋子，活像插在土里的木桩，杵在那儿动也不动。这三个蹩脚的水手凑在一起组成了船员队伍，但三人对海洋或船只的了解程度，比新生儿认知世界的程度深不到哪里去。他们宣称计划驶向新几内亚，但是对于像他们这三个

---

① 马兰比吉河（Murrumbidgee River），蜿蜒于澳洲山区的小河，那儿最不可能找到鲸。——原注

"会起风吗？"

第十四章

毫无经验的新手来说，到不了目的地或许反而更好。

我以前就见过那个船东，那时他还未出海，但他当时就想和老浪花号比赛，看谁先抵达星期四岛。我当然拒绝了这项挑战，因为他们三个年轻的船员驾着一艘快艇，要跟我一个老水手驾的手工自制小船来比赛，未免太不公平了，更何况我才不会在珊瑚海上和人赛船呢。

现在，他们见到我便齐声高喊："喂，浪花号！未来的天气怎么样？会起风吗？你觉得我们是不是应该折回去修理？"

我心想，如果你们折回去，也不要修船。但我嘴上却说："把你们的绳索一端抛过来，我会把你们拖进港口，还有，"我告诫他们，"为了你们的性命着想，不要绕过豪角折回去，因为那里以南现在是冬天。"

他们提议用临时帆前往纽卡斯尔，因为主帆已被吹坏，变成丝丝缕缕的布条，就连辅助帆也被吹走了，松掉的索具随风飘荡。总而言之，阿克巴号毁了。

我朝他们喊："起锚，起锚，让我把你们拖到此地以北十二英里的麦夸里港。"

"不要，"船主嚷起来，"我们要回纽卡斯尔，我们来的时候就错过了纽卡斯尔，我们没看见灯光，当时雾并不浓。"他提高嗓门，似乎怕我听不清楚，但我却觉得他好像没必要凑到领航员耳朵旁大吼。我再次说服他们让我把船拖到附近的避难港，还告诉他们只消拉起船锚，再把绳索抛给我就好，一点也不麻烦。但是，他们竟连这样也不愿意，丝毫不明白这才是一条合理的航线。

"你们的水深多少？"我问。

"不知道,我们弄丢了测铅,锚链全用尽了,我们只好用船锚来测水深。"

"把你们的救生艇划过来,我给你们一个测铅。"

"我们的救生艇也弄丢了。"他们高声喊着。

"上帝真仁慈,否则恐怕你们连命也丢了呢。"最后我只能对他们说,"再见,祝你们平安。"

浪花号愿意提供的小小服务本可以拯救他们的船。

"请把我们的情况对外报告,"看到我站起来,他们又高声道,"就说我们的帆被吹走了,但我们毫不在乎,也不害怕。"

"那你们就没希望了,"我又说了句,"再见,祝你们平安。"

我答应他们会报告他们的情况,而且一有机会就这么做了,基于人道理由,我还报告了两遍。第二天,我告知朝那段海岸前进的蒸汽船雪曼号有关那艘小汽艇失事的情形,并说应采取人道救援行动,把那艘船拖离毫无遮蔽的海岸。但她并未被雪曼号拖走,原因也不是船主付不出拖船费——他前不久刚继承了数百英镑的财富,有的是钱。他们之所以要去新几内亚,就是想去那里考察一下,打算买下那座岛呢。我直到十八天后,也就是五月三十一日抵达安迪佛河畔的库克敦时,才得知阿克巴号的近况,我看到了这样一则新闻:

自悉尼出发,驶往新几内亚,共有三名船员的汽艇阿克巴号,五月三十一日在新月岬沉没,三名船员获救。

所以,他们花了好几天工夫终于失去了那艘汽艇。

第十四章　　175

澳洲海岸的朋友

我和阿克巴号和雪曼号的船员交谈后，接下来好些天的航程平静无状况，只有五月十六日那天，我和南孤岛上的人用旗语愉快地交谈。那是新南威尔士外海上一堆荒凉的礁石，在南纬 30°12′ 的位置上。

我的船靠近南孤岛时，岛上的人问："那是什么船啊？"我便把美国国旗升上杆顶作为答复。他们立刻打信号回复，升起英国国旗，然后迅速降下再升起作为敬礼。我由此看出他们认得我的船，而且对她了如指掌，因为他们没再提出其他问题。他们甚至没问我这趟航程"值不值得"，但却发出这项友善的讯息："祝你旅程愉快。"而我当时的确很愉快。

五月十九日，浪花号行经特威德河，从危险角接收到信号，那里岸上的人似乎很关切我的健康状况，他们问我是否"一切无恙"，我答说："是的。"

第二天，浪花号绕过大沙地角，赶上了信风，那是每次航程都值得一提的重点，现在信风已追随浪花号几千英里，不停地以强风或温和的夏季微风形式吹拂着，不过中间偶有间断。

岬角的尖端有一处二十七英里外便可遥见的明亮灯光。浪花号从这里经过驶往艾略特女士灯塔，那座灯塔像哨兵一般矗立在大堡礁入口的小岛上，我的船随后行至往北方的航线。诗人曾歌咏灯塔灯火，但他们是否曾在珊瑚海的暗夜里望见前方明亮的灯火？如果他们见过，那么他们的诗句才是真正的有感而发。

浪花号在紧张不安中航行了数小时，显然正迎着洋流逆向航行。我在几近疯狂的疑虑中，握住舵轮将船首转离海岸，随即看见前方海上的一道强光。我不禁高呼："圣剑在握！"继而欣喜地向前航行。浪花号现在置身一片受庇护的平静海面，自从她离开直布罗陀以后，还是第一次遇上如此风平浪静的洋面，和太平洋的起伏动荡大为不同。

也许太平洋并不比别的海洋更狂暴汹涌，但我却敢说它名不符实，很多时候并不太平。我认识一位作家，他曾对太平洋多有赞美，但他后来在太平洋上经历了一场海啸，此后态度完全改观。然而，若没有惊涛骇浪，海洋又有何值得诗人讴歌之处呢？浪花号终于来到珊瑚海上，此处海面或许尚属平静，但海中的珊瑚礁既粗糙又尖锐，非常危险。现在我相信自己处在珊瑚礁造物者的威胁下，因此小心谨慎地戒备，以防发生危险。

看哪！大堡礁和多色的海水上镶缀着一座座美丽的礁岛！在停泊许多安全的港口后注视着这些礁岛，我的视线为之迷乱。浪花号绕过危险角后，每天航行一百十英里，到了五月二十四日已进入惠森迪航道，当晚在礁岛之间穿梭航行。次日清晨朝阳升起时，我回首一望，不禁遗憾前一晚是在黑暗中行进的，因为船尾的景致变化多端，美得令人着迷。

第十四章

第十五章

抵达昆士兰的丹尼森港——一场演说——库克船长的纪念碑——在库克敦举行慈善演说——幸运逃离珊瑚礁——荷姆岛，星期日岛，柏德岛——美国来的采珠人——星期四岛上的庆典——送给浪花号的新旗——布比岛——横渡印度洋——圣诞岛

抵达昆士兰的丹尼森港

二十六日早晨，格洛斯特岛已近在眼前，浪花号傍晚停泊在丹尼森港，港口旁的山丘上有一座可爱的城镇鲍恩，那里未来将发展为昆士兰的水上活动及健康休闲胜地，城里到处都呈现健康的风貌。

一场演说

港口宽阔且安全，船只很容易进入，停泊点也很理想。浪花号抵达时，鲍恩城里很平静，直到第二天晚上，城里的人拨出一小时来，前往艺术学院听我谈谈这趟航程，这是城里最新的新闻事件。本地两家小报《回飞镖》和《努力，努力》为我宣传，一家小报在

前一天报道，另一家在后一天报道，这对编辑而言都一样，对我而言亦然。

这则消息以夸张的词句报道，并雇用了全澳洲"最棒的播报员"。但我应该好好责罚这个可怜的家伙，包括他的铃和人在内。因为他一到我和听众用餐的小旅馆门口，就铿锵锵地摇起他那把铃，再扯紧嗓门发出吓人的噪音。《回飞镖》事后报道，那人的声音简直可以把浪花号从波士顿到鲍恩航程里的死人全都吵"活"。

本地首长暨港务长、土地委员兼金矿看守人迈尔斯先生担任这场聚会的主席，我不知道他为什么要以一种夸大溢美的言词来介绍我，令我尴尬之至，难堪得很。老天知道，我上岸的头一个小时内，就认识了城里的每一个人。现在我熟知所有人的姓名，他们也都认识我了。迈尔斯先生能言善道，我设法引导他继续往下说故事，同时展示一些图片，但他却不肯照做。我可以将此解释为配合幻灯片的演说，图片很精彩，但那盏三十先令的投影灯却很蹩脚，里面只有一盏油灯。

第二天一大早，我在报纸尚未出刊前即出航，我想这是明智之举。事后得知，两家报纸都刊出正面性的报道，称那场聚会为演说，此外还替那位播报员美言了几句。

浪花号从丹尼森港起，一路在信风持续的吹送下前行，日夜兼程，丝毫不做停留，于一八九七年五月三十一日周一，抵达安迪佛河畔的库克敦。那天，我的船在距海岸五十英里处遇上一阵狂风。在这条平行的纬度上是信风吹起的高浪和分水岭，这在库克敦一带通常被归类为狂风。

我被告知在这条航线上要格外小心地航行，并且要时刻掌握自己的实际航线。经验丰富的皇家海军军官奉劝我走大堡礁路线，他写信告诉我，皇家海军军舰奥兰多号不论日夜都航行其间，但我若照做，一定会撞上珊瑚礁。

不知为什么，每天晚上要找停泊点可不容易。还有，我认为自从离开麦哲伦海峡后，每天早上出航的艰苦工作已经结束，此外我有最佳的航海图助力，使我得以夜以继日地航行。的确，在徐徐的海风吹拂下，加上目前的季节天气晴朗，通过大堡礁海峡的航线比行驶在交通繁忙的都市公路上还要轻松，危险性也更低。但我仍要奉劝有意走这条航线的人，不论白天还是夜晚都要小心珊瑚礁，要不就留在陆地上不要轻举妄动。

浪花号抵达库克敦的第二天早上，该镇的报纸报道："浪花号像鸟儿一般飞进港口，奇怪的是船上只见一个人在工作。"浪花号的表现好得没话说，当时天色将暗，她急着在天黑前找到停泊点。

库克船长的纪念碑

我在日落时分将船驶入港口，停泊在库克船长①纪念碑旁。第二天早晨，我便上岸去观赏这位伟大的航海家当年曾目睹的岩石，因为我此刻正站在水手的圣地。不过库克敦的人至今仍无法确定，

---

① 库克船长（Captain James Cook，1728—1779），英国航海家和探险家。在北海的船上当了几年水手后，于1755年投身海军，1759年成为舰长。他从大西洋经合恩角进入太平洋，对新西兰沿岸及澳大利亚东岸进行详测（1768～1771）；后又指挥"果决号"（Resolution）和"冒险号"（Adventure）完成南半球的大洋环球航行（1772～1775）。他第三次航行（1776～1779）的目的是探察一条大西洋与太平洋的西北通道或东北通道，但被迫折返，归途中发现了夏威夷岛，在与当地人的冲突中身亡。

浪花号离开澳洲悉尼时，升起福伊号指挥官赠送的整套新帆
（此图根据照片绘成）

第十五章

库克船长的努力号当年在环绕世界一周的航程中，前来此地进行修船的确切地点何在。有人说根本不在立纪念碑之处。一天早上，有一群人在讨论此事，我正好在场，有一位年轻的女士把我当做航海权威，非常客气地询问我对此事的看法，令我受宠若惊。我觉得库克船长若是决心到比较内陆的地点修船，且备有疏浚机的话，应该可以挖出一条水道，抵达目前纪念碑所在的位置，然后再把水道填满——因为库克船长几乎无所不能。那位女士似乎赞同我的想法，并继续追问这段历史性航程的经历，问我是否去过港口更内侧、库克船长遭杀害的地点。这下我被她问倒了，紧张得屏住呼吸，就在此刻，幸好有个聪明的小学生出面替我解围，他和所有的小男孩一样主动提供所需的信息，他说："库克船长根本不是在那里被人杀害的，女士。他是在哈夫利加被狮子吃掉的。"

此时，我不禁回想起多年前一段不快的往事。我记得那是在一八六六年①，当年我搭乘一艘老旧的蒸汽船索薛号从美国巴达维亚驶往悉尼，途中船停在库克敦采集治疗坏血病的山芥菜（辣根菜），并顺便卸下邮件。当时我就是船上的病患之一，因为那时我发着高烧，所以看也没看库克敦一眼，直到三十多年后驾着浪花号重回旧地，才一睹它的风貌。如今我看到许多来自新几内亚的矿工狼狈困顿地进入港口，有些人已奄奄一息，生命垂危，许多在中途丧命的人都已葬身大海。看见这些可怜的矿工还能无动于衷、不设法为他们尽点力的人，恐怕都是铁石心肠吧。

---

① 应为1861年，当时斯洛克姆本在英国船舰坦约尔号担任普通水手，却在患病后被留在巴塔维亚恶名昭彰的热病医院。后来索薛号的船长艾里将他从死亡边缘拉回来，将无助的他带上船。

在库克敦举行慈善演说

　　大家都对这些矿工产生恻隐之心，但这个小镇却因长期的慈善捐款而显拮据。我想到塔斯马尼亚的那位女士赠送给我的礼物，我向自己承诺那只是一笔贷款，但我现在却困窘地发现自己已把那笔钱投资出去了。不过，库克敦的民众还是想听有关航海的故事，以及当船员生病时，浪花号是如何渡过难关的。后来，他们开放了山上的长老教会小教堂，举行一场谈话会。到场的每一个人都做了发言，谈话会极为成功。这场聚会由库克敦镇长契斯特法官主持，所以自然十分成功。他就是将新几内亚岛并入大英帝国版图的人，他表示："我要兼并它时，并入了最好的一部分。"他的声明掷地有声，在老航海家听来极为顺耳。然而，德国见契斯特法官大有斩获后吵着也要分一杯羹，并且真的分得了一份。

　　我现在欠库克敦的矿工一份情，谢谢他们让我能够略尽绵薄之力救助他们，完成一项有意义的工作。而全镇的人更是托契斯特法官的福，才能有好日子过。于是，我于一八九七年六月六日启航，和先前一样朝北方驶去。

幸运逃离珊瑚礁

　　我于七日的约莫日落时分抵达一处很吸引人的停泊点，和灯塔船克莱蒙号并排停泊过夜。浪花号穿越大堡礁海峡期间，除了停泊丹尼森港和安迪佛河之外，就只在这里停泊。第二天（八日）晚上，我在一瞬间很后悔没有在天黑之前停泊，那样我便可以轻松地停在珊瑚礁的背风处。事情的经过是这样的：浪花号才刚通过 M 珊瑚礁灯塔船，把灯光抛在船尾，继而降帆全速前进，不料却猛然撞上 M 珊瑚礁北端，也就是我预期看到警示标志的地方。

浪花号猛的摇晃一下，紧接着撞上浅滩上尖锐的突起点，快到我都搞不清楚这一切是怎么发生的。那里根本没有警示标志，至少我没有看到。撞上珊瑚礁后，我根本没时间去找警示标志，而且可以肯定的是，不管有没有找到警示标志都已经于事无补。

荷姆岛，星期日岛，柏德岛

但是这么一来，我便决定前往格伦维尔角。我看见船身龙骨下方丑陋的大圆石，我的船正从上方迅速滑过，我暗自算了算，M 是第十三个字母，而我几年前曾提过十三仍是我的幸运数字。外界对格伦维尔角的居民评价不高，别人都劝我过门不入。于是，我从 M 珊瑚礁沿着附近岛屿的外围前进，因为外围比较安全。现在浪花号在午夜过后不久经过格伦维尔角尖端外的荷姆岛，转向朝西航行。不久之后，她遇上一艘南下航行的蒸汽船，那艘船在黑暗中探索前进，烟囱冒出的黑烟使夜色更加昏暗。

我从荷姆岛驶向星期日岛，船舷正对着岛，缩起船帆，我并不打算在天亮前行经更远处的柏德岛。风依然吹着，这两座岛地势较低，但周围却环绕着危险。一八九七年六月九日，周三，柏德岛就在前方，距我仅两英里半，我觉得已经相当近了。一股强劲的洋流把我的船往前推，但我并没有急于在夜间前进。我在此处看见这趟航程中第一条也是唯一的一条澳洲独木舟,这只独木舟从大陆来,张着一片破帆,朝这座岛前进。

夜里,有一条体型细长的鱼跳上甲板,今早我发现了它,便拿来当早餐。这条活蹦乱跳的鱼没有比鲱鱼大多少,各方面都很像鲱鱼,但足足是鲱鱼的三倍长。这倒好,反正我很喜欢吃新鲜鲱鱼。今天有许多食鱼鸟在附近飞来飞去,它们真是上帝在地球上最美好的创作。浪花号随海浪起伏摇摆,夕阳缓缓落入澳大利亚西方的山峦时,我的船驶入奥尔巴尼水道。

晚间七时三十分,浪花号已通过奥尔巴尼水道,驶入陆地的一处小海湾准备停泊,旁边泊着一艘采珠船塔拉瓦号,这艘船的船长走上甲板引导我泊船。我泊好船后,他立刻上了我的船鼓掌致意。塔拉瓦号是加利福尼亚州注册船只,船主琼斯船长是美国人。

美国来的采珠人

第二天早上,琼斯船长带着两对精致美丽的珍珠贝来到我的船上,那是我平生所见最完美无缺的珍珠贝。它们可能是琼斯船长最好的收藏,因为他是个真挚热情的水手。他再三向我表示,如果我愿意多停留几个小时,附近的索美塞特有几个朋友会来看我们,他船上有个负责在甲板上将贝壳分类的船员"预测"他们会来,大副也猜他们会来,连二副和厨子也如此猜测,结果那几个朋友真的来了。他们是贾丁先生一家人,贾丁先生经营畜牧业,在当地颇有名气,贾丁太太是马雷托国王的侄女,也是美丽的法穆莎米公主的堂姊妹。在阿皮亚时,法穆莎米公主也曾登上浪花号参观。贾丁先生是典型的苏格兰人，他和家人相守，心满意足地住在这偏远之地，累积生命中许多令人慰藉的美好事物。

塔拉瓦号是在美国建造的，难怪她的船员，包括那个叫吉米的男孩及所有人都很会猜测事物。但奇怪的是，船上唯一的美国人琼斯船长却从不会猜测。

我和塔拉瓦号上的船员及贾丁夫妇愉快地聊了一会儿后，便和众人道别，拔锚驶向星期四岛，我中午过后不久便行至托雷斯海峡，现在已可望见该岛就在海峡中央。浪花号在星期四岛停留至六月二十四日。由于二十二日是英国维多利亚女王登基六十周年纪念日，而我是此地唯一的美国代表，所以不得不留下来参加庆典。至于后来又多待了两天，套用水手的说法，那叫"热身"。

我待在岛上那几天过得很愉快，当地首长道格拉斯先生邀请我搭乘他的汽船，前往托雷斯海峡上的数个岛屿遨游。这趟行程是由植物学家曼松·贝莱教授带领的科学探勘活动，我们登上星期五岛和星期六岛漫游，我在岛上见识了许多种植物。教授的女儿贝莱小姐也随行，她向我介绍了许多名字很长的本地原生植物。

星期四岛上的庆典

二十二日是星期四岛上的大日子，那天不仅是女王登基六十周年纪念日，还举行了盛大的庆典。道格拉斯先生从大陆带了约莫四百名原住民战士和他们的妻儿来共襄盛举，使庆典散发着地道的本土风味。星期四岛上的任何活动都用高声呐喊的方式进行。这场庆典从任何标准来看，都是极成功的。庆典在夜间举行，表演者全身涂满绚丽的色彩，在熊熊燃烧的火堆前手舞足蹈，又蹦又跳。有些表演者还用彩绘装扮成鸟类或其他动物的造型，食火鸟和袋鼠等都是最佳代表。有个家伙像青蛙似的四处跳跃，有些人在身上画着骷髅图案，手执长矛威风八面地跳动着，准备攻击想象中的敌人。扮袋鼠的以轻松自然的优雅姿态跳跃舞动，看起来赏心悦目。众人的一切动作都配合着音乐的节拍，音乐包括歌声及乐器声。乐器只是一些木块，他们拿来互相敲击，还有圆盘状的骨头，握在掌心里敲击，发出低沉的声响。这是一场颇为有趣、令人大开眼界又有些神秘诡异的表演。

我在昆士兰看到的原住民战士大多柔软灵活、体格健美，但他们的容貌却令人生厌，而原住民女人甚至更令人不敢恭维。

我注意到，庆典当天除了美国星条旗外，公共场所不见其他外国国旗飘扬。美国国旗和英国国旗同时挂在道路两旁，许多地方都可见到大大小小的美国国旗。我和道格拉斯先生谈话时，特别提到他们重视美国国旗这点。他回答说："喔，这算是家务事，我们不把星条旗当外国国旗。"浪花号当然也挂起最好的旗帜，且把英国国旗和美国国旗挂得一样高。

送给浪花号的新旗

六月二十四日，浪花号做好一切准备，即将驶向印度洋，前方是一段遥远的航程。浪花号离开星期四岛时，道格拉斯先生送给她一面旗帜。现在浪花号几乎已经历经珊瑚海和托雷斯海峡的重重险阻，从这里开始，前方都是轻松且笔直的航线。信风依然吹拂着，

第十五章　187

由于信风季才刚开始，所以从现在起到马达加斯加海岸的这段航程，都不愁没有信风的助力。

现在是初冬，而我打算在仲夏之后抵达好望角。我曾在七月份航经好望角①，那时当地正值冬季中期。我指挥的坚固大船遇上猛烈的暴风，但却禁不起那强劲的风势。我希望现在不要遇上冬季强风，倒不是因为如今驾驶的是浪花号而非大船，担心狂风吹袭，而是因为我喜爱好天气。没错，在好望角一年四季都可能遇上狂风，但夏季狂风较少出现，即使有也不会持续太久。因为时间充裕，可以在沿途沿着各岛屿海岸航行，现在我计划驶向两千七百英里外的环礁岛基灵群岛。我清早自布比岛出发，决定在途中绕经高山盘踞的帝汶岛②。

布比岛

对于布比岛我并不陌生，不过也只行经过一次，而且那次我在蒸汽船索薛号上发着高烧。船行经布比岛时我已经好多了，所以爬上甲板远望此岛。就算拼了老命我也想要一睹布比岛的真容。当年行经该岛的船在岛上一处洞穴开设了几家小店，为遭遇船难者及疲累的旅人提供便利。索薛号的艾里船长是个好人，他派人划一条小

---

① 指1883年搭乘"北方之光号"航经好望角，当时遭遇了险恶的暴风雨，失去了舵首，还严重漏水，险些沉船。
② 帝汶岛（Pulau Timor），东南亚努沙登加拉群岛中最东与最大的岛屿。南隔帝汶海同澳大利亚相望。海岸陡峭，外绕珊瑚礁，航行不便。境内多山，最高点海拔2960米。行政上分为东、西两部分，西部属印度尼西亚，东部为东帝汶。

船载着一些物资送到岛上的洞穴杂货店。小店都很安全，小船回来时从那里的临时邮局带回十几封信件，这些信大部分是捕鲸船水手留下的，他们请求第一艘返家的船只为他们带走邮件并投递，这是这所奇特邮局多年来的做法。我们的船带回的信件有一些寄往新贝德福德，还有一些寄往马萨诸塞州的费尔黑文。

现在布比岛上有一座灯塔，还有定期的邮船经过，可以和世界各地联系，昔日留在岛上等候投递、命运难测的邮件已成过眼云烟。我并未登上这座小岛，但是靠得很近，和岛上的灯塔看守员交换信号。浪花号继续前行，随即进入阿拉弗拉海，接下来好些天，我的船都置身于乳白色的浪花和蓝绿色的海水之上。我很幸运地在下弦月时驶入阿拉弗拉海，这样我就能在漆黑的夜色中，目睹闪烁生辉的磷光。浪花号在海面掀起波涛，整片海面仿佛都燃烧起来，在那光亮映照下，就连甲板上的小东西也看得一清二楚，船尾后方的水痕更是宛如一道蔓延燃烧的火痕。

横渡印度洋

六月二十五日，我的船已通过一切浅滩沙洲与危险，在平静的海面上稳定地航行，但速度却稍微慢了一些。我拿出在胡安·费尔南德斯群岛做的三角帆，然后用萨摩亚的斯蒂文森太太送我的最粗大的竹子撑起帆篷。三角帆像一面旗般展开，竹子撑得笔直，浪花号的速度加快了。

几只鸽子今天从澳洲那儿飞来，飞向礁岛，它们在浪花号上空转弯，改变飞行路线。我还看见小一些的鸟儿朝相反方向飞去。我

第十五章　189

刚进入阿拉弗拉海时海水较浅，海面不时可见海蛇扭转身躯，随着海浪翻腾摆动。我的船继续前行，海水变深，海蛇也失去踪影，那片湛蓝的海水中再也看不到一条海蛇。

天气晴朗稳定时，我除了在船上阅读和休息之外几乎什么事都不做，以尽量弥补我在绕过合恩角时遭遇狂风巨浪的辛苦，我并未忘记那段艰难的日子，不过也因此让接下来要面对的好望角变得轻松简单。现在，我的航海日志几乎天天大同小异——比如六月二十六日和二十七日的记载：

六月二十六日，早上风势略强，后来吹着稳定的微风。

至中午的航行距离……130 英里
误差……10 英里
扣除误差后……120 英里
洋流加速度……10 英里
实际航行距离……130 英里

中午时分观测的纬度，南纬 10°23′。
经度如航海图所指示。

我很确定记这种航海日志不需要用什么脑子。六月二十七日的日志则内容较为详尽：

首先，今天有一条飞鱼跳上甲板，我用奶油煎了吃。

航行英里数为一百三十三英里。

误差和洋流加速度，根据猜测，大约扯平——就这样好了。

中午时分观测的纬度，南纬 10°25′。

一连数天，浪花号都与南纬 10°25′ 平行着西向航行，航线和头发一样直。即使她白天或夜里偏离过航线——是有这种可能，但说来奇怪，每到中午她又会回到相同的纬度。不过，最了不起的科学表现在计算经度上。我唯一的定时器——锡钟的分针竟然在这个时候掉了，但我将它修好后它又开始报时，对于这么漫长的航程而言，它的走时还算准确。

七月二日，帝汶岛在北方出现。第二天，我看见丹纳岛出现在远处的北方，夜里从岛上吹来一阵和风，飘散着香料的芬芳，总之那不是来自海岸的气息。

圣诞岛

七月十一日，船帆全部升起，大三角帆依然张开，大约中午时分，我在右舷一度看见了圣诞岛[①]。到了夜色降临前，那座岛已在船舷正对面，距离我的船仅两英里半。圣诞岛的地势看起来四周平坦，中央部分高高隆起。它的外缘像一条鱼似的平滑，海潮汹涌，卷起巨浪，浪头扑击岛岸，而岛却像一头沉睡的怪物，动也不动地浮在海面上。它的比例宛如一头鲸，我的船航行到它的头部旁，我

[①] 圣诞岛（Christmas Island），澳大利亚在印度洋中的领土，由英国威廉·迈纳斯船长于 1643 年圣诞节前夜发现并命名。

第十五章

还瞥见那里甚至有一个喷水孔呢！原来，有一块暗礁上穿了一个孔，海浪打来时贯穿那个孔，海水喷溅而出，像极了鲸在喷水，十分逼真。

我有好多年没看到这座岛了，但我仍记得当年我在坦约尔号上，那艘船的船长在某天早上忽然高声吆喝："你们哪个爬上桅杆，张大眼睛看看圣诞岛。"果然，爬到桅顶上就可以看见那座岛，那一刻我真的佩服了他一下子。那位马丁船长露了这么一手，立刻神气起来。船上的大副是一个人见人怕的厉害角色，虽然他之前走路也从不抢在船长前面，但那件事过后就一直谦恭地跟随在船长身后。我们抵达香港后，我才知道船上有一封寄给我的信。船长收到那封信后，我和他一起在船上待了几个小时，但你想他会亲自把信交给一个水手吗？当然不会，更何况我还是一个见习水手。我们上船后，船长把信交给大副，大副再交给二副，二副再一声不响地把信放在锚链绞盘上，好让我看见了自己拿去！

第十六章

> 小心翼翼地航行——一连二十三天航程里只有三小时掌舵——抵达基灵群岛——一章奇特的社会史——岛上的孩子成群结队来欢迎我——在海滩上清理浪花号并重刷船壳——用一罐果酱请伊斯兰教阿訇为我祈福——基灵岛是人间天堂——乘小船出海险些遇难——驶向罗德里格斯岛——被当成反基督者——一场演说——山上的修院

小心翼翼地航行

现在距离基灵群岛只有五百五十英里,但即使是那么短的航程,我也必须格外小心地保持正确航线,否则我可能会错过那座珊瑚环礁。

七月十二日,我在圣诞岛西南方约数百英里处,看见西南方出现高高飞起的反信风云,漂浮在普通云的上方。这几天来风势已经减弱了一些,但西南方却吹起比平常更强劲的风。冬季强风继续朝好望角的方向吹去。于是,我驶向上风处,每天前进二十英里。虽然洋流转变了方向,不过改变不大。循着这条航线,基灵群岛就在正前方。第一个绝对不会错的陆地征兆是，一天早上有一只白色的燕鸥飞来，故意绕着我的船拍动双翼，然后乘风朝西飞去。岛民称燕鸥为"基灵的领航员"。再往前去，我看见许多鸟在捕鱼，并争夺它们的猎物。我开始估算，然后跳起来爬上桅杆，才爬到一半就看见海平面后冒出几棵椰子树。虽然这景象在我的预期之中，但眼前所见仍令我像触电一般强烈震颤。我百感交集，颤抖着滑下桅杆，然后不由自主地坐在甲板上，内心激动莫名，不能自已。住在岸上舒适客厅里的人或许会认为我的表现太过软弱，但我叙述的可是独自航行大海的孤寂经历。

一连二十三天航程里只有三小时掌舵

我并没有碰舵轮，因为我的船在洋流及海潮的助力下，最后顺利地在海峡里找到了水路。海军军舰可能都办不到呢！接着，我收短船帆，操控舵轮，加速航行了几英里左右，来到登陆的港口，于一八九七年七月十七日下午三时三十分下锚停泊，距我自星期四岛出航已过了二十三天，这段漫长的航程共计两千七百英里，相当于横渡大西洋的距离。这趟航程真令人愉快啊！在这二十三天里，我在舵轮前的时间加起来总共不超过三小时——包括我驶进基灵港口的时间在内。其间，我只用绳索把舵轮固定，任由船向前航行，不管风从船舷对面吹来还是在船尾停止，都没有什么差别，反正我的船一直照航线前进。到目前为止，整趟航程的任何部分都不及这段航程这般顺利圆满。

抵达基灵群岛

根据菲茨罗伊①海军上将的说法，基灵群岛位于南纬11°50′到12°12′，东经96°51′到96°58′。这座珊瑚礁群岛于一六〇八到一六〇九年间，被基灵船长发现，当时他服务于英国东印度公司。南基灵群岛由七八座礁岛及小岛组成，根据珊瑚礁岛发展的历史推断，这些小岛日后会连成一整座岛，所以是未来大岛的骨干。北基灵并无港口，人迹罕至，因此不甚重要。南基灵是一个奇妙的小世界，拥有一段浪漫的历史。这里偶尔会漂来被狂风海啸吞噬的桅杆，或是一棵远从澳大利亚漂洋过海而来的树木，要不就是一艘不幸遇难的船只的残骸，最后才出现人踪。甚至还有一块岩石也漂来基灵群岛，石块被一棵漂浮树的树根紧紧卡住，夹带而来。

一章奇特的社会史

基灵船长发现这座环礁岛后，此地第一位知名的访客是罗斯船长，他于一八一四年间驾着婆罗洲号，驶往印度途中登陆此岛。罗斯船长两年后带着妻子、岳母戴莫克太太及八名水手工匠重返此地，想将这座礁岛据为己有，却发现一个名叫亚历山大·海尔的人

---

① 菲茨罗伊（Robert Fitzroy，1805—1865），在1826—1830年小猎犬号南美洲处女航时，因原船长半途自杀而跃升为临时船长，是达尔文参与的小猎犬号第二次探险之旅（1831—1836）的指挥官。

已经定居在此，将这里当成伊甸园般的世外桃源，还设了一座后宫，养着一批从非洲沿海带来的马来女人。说来也巧，当初将海尔和他的女人载来礁岛的正是罗斯船长的亲兄弟，而这位兄弟并不知道罗斯船长想要占领这个小世界的计划。于是，海尔便和他的女人留在那里，好像原本就打算来此长期定居一样。

罗斯船长初次登陆环礁岛时，曾在其中一座霍斯堡岛的旗杆上升起英国国旗。两年后，那面破旧的英国国旗仍在风中飘扬，他带领的水手立刻兴冲冲地展开入侵这个王国的行动，企图占领这里的一切，包括那群女人在内。这四十名女人只靠一个男人指挥，根本不是八名健壮水手的对手，又怎能将他们赶回海上。

从此以后，海尔就没有好日子过了。他和罗斯无法像邻居一样和睦相处。这些礁岛太小又靠得太近，不适合两个性格南辕北辙的人共同居住。海尔有的是钱，本可在伦敦享受优渥富裕的生活，但他曾担任婆罗洲一处偏僻殖民地的总督，过不惯文明社会单调又乏味的生活，于是和他那四十个女人留连在珊瑚礁群岛，在罗斯船长和他壮硕的水手威胁下逐渐与世隔绝。最后，他和妻妾待在今日被称为监狱岛的小岛上，和蓝胡子[①]一样将妻妾关在一座城堡里。礁岛之间的水道很狭窄，水也不深，而那八名苏格兰水手都穿着长统靴。海尔心情十分郁闷，想借酒浇愁，或寻求其他奢侈品的慰藉，却是愁更愁。岛上第一个圣安德鲁节庆典后的第二天，海尔在盛怒之下不愿和罗斯船长说话，于是写了一张字条给他："亲爱的

[①] 蓝胡子是法国诗人夏尔·佩罗创作的童话故事的同名主角，因其胡须的颜色而得名。在故事中，他将几任妻子先后杀害，并锁在城堡的房间里。

浪花号在基灵群岛停泊时，重漆水线部分的船壳
（此图根据照片绘成）

罗斯：我以为我送甜酒和烤猪给你的水手，他们就不会踏进我的花园。"船长看了怒不可遏，站在岛中央大吼回去："喂，监狱岛上的人！海尔，你难道不知道甜酒和烤猪不合水手的口味？"海尔事后表示，船长的吼声之大，简直都传到爪哇岛去了。

海尔的王国不久之后便瓦解了，那些女人相继离开监狱岛，投奔罗斯，接受他的保护。海尔则转往巴达维亚，在那里抑郁而终。

第十六章　197

岛上的孩子成群结队来欢迎我

我登陆后的第一印象是，杀婴的罪行并未传到基灵群岛。只见好几百个不同年龄和身高的儿童聚集在码头上，罗斯先生解释道："孩子都是来欢迎你的。"这里的人都很害羞，但他们不论老少，只要见了人走来或经过他们家门前，没有不招呼问候的。他们像唱歌似的向人问好："你要走了吗？"另一个会回问："你要一起来吗？"

在海滩上清理浪花号并重刷船壳

我来到这里很久之后，孩子们还是对我那艘"一人帆船"抱着既怀疑又害怕的心理。多年以前，本地有一名男子被狂风吹到海里，人们便一传十、十传百地谣传那人的肤色可能由黑变白，现在乘着这艘帆船回来了。好一阵子，我的一举一动都受到本地人的密切注意。他们对我吃的食物特别感兴趣。一天，我一边用煤焦油混合其他东西涂刷浪花号的水线部分船壳，一边配着很稀罕的黑莓果酱吃着晚餐，接着我听见身边一阵骚动，有人尖叫一声后大伙一哄而散，孩子们边跑边大叫着："船长在吃煤焦油！船长在吃煤焦油！"但他们很快就发现，这种和煤焦油一样的东西美味极了，而且我带了很多。有一天，我把一片面包涂满厚厚的黑莓酱，请一个机灵的孩子吃，我听见他们窃窃私语："咔嚓，咔嚓！"意思是鲨鱼咬断了我的手，因为他们观察后认为我的手残废了。于是，孩子便把我当成英雄,而我的手指头竟不够让那些两眼晶亮的小孩拉着,带着他们四处逛。在此之前,每次我朝孩子们伸出手说:"来!"他们就羞怯地退缩到最近的房舍里,然后说"丁金"(天很冷)或"乌将"(要下雨了)。但现在,他们已相信我并不是那个失踪黑人的灵魂回来了。于是,我在岛上交了许多朋友,不管雨天还是晴天。

这件事情之后的某一天,我想把船拖进水里,却发现她陷在沙里动弹不得,孩子们见了都拍着手叫起来,说有一只大螃蟹夹住了船的龙骨,十一二岁的小奥菲莉亚还在浪花号的航海日志上写下一首短诗:

　　　　一百个壮汉使劲转动绞盘,嘿哟!
　　　　缆索都缠成两股了;
　　　　但船还是动也不动;
　　　　原来啊,孩子呀,
　　　　告诉你一件顶奇怪的事,
　　　　船的龙骨被一只大螃蟹夹住了。

用一罐果酱请伊斯兰教阿訇为我祈福

不论是否真是如此,但众人决定用一罐果酱为酬劳,请伊斯兰教阿訇沙玛艾明祈求真主穆罕默德保佑我的航程一路顺风,并敦促那只大螃蟹松开船龙骨。如果真有大螃蟹夹住龙骨,待它真的松开后,我的船便能乘着下一波浪潮浮起来。

第十六章

七月二十二日，英国皇家海军军舰伊凡吉尼亚号抵达此地，法官安德鲁·利奇先生和几位法院人员都在船上，他们在海峡中的各殖民地巡回督查。基灵群岛是英国属地，他们来此听取民瘼，若有法律诉讼案件即负责审理。他们发现浪花号被拖上海滩，系在一棵椰子树上。然而自海尔迁离基灵群岛以来，岛上并无任何诉怨事件，因为罗斯家族的人对待岛民亲如家人。

基灵岛是人间天堂

如果世上有天堂乐土，那就是基灵群岛。其实我们的情形并不需要找律师，但还是要设法解决，因为港口里有两艘船，一艘大军舰和浪花号。结果不但不用打官司，而且还要举行舞会，所有可以下船的人员都上了岸。岛上的男女老幼全都参与这场盛会，总督宅邸的大厅里挤满了人。凡是站得起来的人都翩翩起舞，小娃儿们被放在角落里，他们躺成一堆，心满意足地旁观着。我的小朋友奥菲莉亚和法官共舞。两把小提琴奏出悠扬高亢的音乐，一再拉着旋律优美的老歌《我们不到清晨不回家》。结果我们真的通宵欢舞，直到第二天清晨才回家。

基灵群岛的女人不用包办所有的粗重活儿，和我在这趟航程中所到的许多地方不一样。火地岛的女人若看见基灵群岛尊贵的男人爬上椰子树，一定会乐不可支。基灵群岛的男人除了会手脚灵活地爬树，还会制造精巧的独木舟。在我的整趟航程中，到目前为止，就属此地人们的造船手艺最佳。许多独木舟成品放在基灵岛的棕榈树下加工，从早到晚都能听到锯子的嗡嗡声和铁砧的叮当声。第一代的苏格兰移民遗传了北国血统的坚强与稳定的习性。没有任何慈善组织能像高贵的罗斯船长和他的子孙一样为岛民奉献这么多心力,而罗斯船长的后代也继承了他的勤勉与节俭。

小猎犬号的船长菲茨罗伊曾到过基灵群岛,他表示这里许多事物都反其道而行,"在这些奇特的小岛上,螃蟹吃椰子,鱼吃珊瑚,狗会抓鱼,人骑着海龟,贝壳是危险的陷阱,此外海鸟在树枝上栖息,还有许多老鼠在棕榈树顶做窝"。

乘小船出海险些遇难

我的船整修好了,我便决定把基灵岛出名的三角巨螺搬上船,那是我在附近的海湾发现的。就在那里,还望得见村庄的地方,我却险些送命,浪花号也差点折损唯一的船员——倒不是我踩进贝壳陷阱,而是因为一时大意,在乘小船横渡港口时忽略了一些细节。我曾航行七海,在每一片海洋留下踪迹,甚至环游世界都不曾像横渡这座环礁湖般如此接近死亡。问题就出在我太信任和我同行的一个黑人,而他说不定也很信得过我,把一切全交给我。总之,我后来发现自己和一个粗心大意的非洲黑人乘着一艘张着破帆、就快散架的平底独木舟,被强风吹过海峡中央,继而被吹到海面上无助地漂浮,即将迷失在大海上。我们的前方是一片汪洋,风又从后方吹来,将独木舟越吹越远,这时我更焦急地发现,船上居然找不到半条划桨!船上虽有一个锚,但绳索长度不够绑住锚架,而那时我们已漂浮在深水区。幸亏我们走运,船上还有一根木棍,我们使尽浑身力气,把木棍当做船桨一个劲地划水,再趁着风向略转之际,终于把独木舟划进浅滩，然后脚踩着海底，奋力将独木舟推上沙滩。如果和这个非洲黑人漂到大海上，下风处最近的海岸也在三百英里外，船上没有一滴水，只有一个瘦巴巴的饥饿黑人——在此情况下，不难想象浪花号的船长兼船员很快就会一去不回了。不消说，我再也不敢冒这种风险了。后来我改坐一艘安全的船去采集三角巨螺，共采了三十个。我把它们堆到舱底，占掉三吨压舱水泥的空间，我不得不把压舱的水泥扔到海里，

斯洛克姆船长漂流到外海

空出位置，也好让整船的重量减轻一些。

驶向罗德里格斯岛

不论是何种力量或其他的因素将浪花号羁绊在基灵群岛，到了

八月二十二日，这种力量终于松手，浪花号张满船帆再度出航，朝返乡的目标前进。我的船在环礁湖周边遇到了一两波大浪，继而穿过闪亮耀眼的珊瑚礁。早在天黑之前，基灵群岛和岛上数以千计的纯洁灵魂都被留在后方，逐渐消失踪影。然而，我的内心却离情依依，对此地满怀最深的眷恋。

海面起伏颠簸，浪花号迎风吃力前行，驶向罗德里格斯岛。这座岛的确切方位是在西南方，略为偏南，距离是一千九百英里，但我却偏朝上风向航行，借助海潮的力量及其他下风效应加快速度。我的船一连数天按此航线缩短帆篷前进。我当然厌倦了没完没了的动荡海面，更讨厌一上甲板就被浪花溅得浑身湿透。在这种恶劣天气下，浪花号的航行进度有些落后，至少我认为这使得计程仪的数据产生差异。浪花号自基灵群岛出发十五天以来，计程仪记录的航行英里数和我自行估计的数据相差了一百五十英里。于是，我密切注意陆地的踪影。这天日落时分，我看见右前方有一团云一直停留在某个定点，而其他的云却飘浮移动，这种现象代表着某种意义。到了午夜，浪花号继续航行，我发现傍晚时分那团静止的云的下方出现了一个黑色物体。虽然还距离很远，但这绝对错不了：那个黑影便是地势颇高的罗德里格斯岛。我收回拖曳式计程仪，其实我现在使用计程仪多半是出于习惯而非需要，因为我早已摸清了浪花号的性能与速度。在航程中有一点再清楚不过，那就是浪花号能够正确且安全地完成目标，值得信赖。不过，我也明白，为了她好，我还是会持存疑态度。因为我发现，太过自信、自认无所不知的船长，往往最容易造成船只遇难，并导致最大数量的人员伤亡。引起计程仪的数据产生偏差的原因通常是船只与大型的鱼发生撞击，计

第十六章　203

程仪的四片旋转叶片里有两片被撞弯扭曲，很可能是被鲨鱼撞的。现在，我确定了浪花号的位置，于是安心地躺下休息并静静思考，觉得好过多了。天亮时，罗德里格斯岛已在船舷正侧方，仅约三英里外。那座岛屿矗立在印度洋远方，像一片漂浮的陆地，看上去天色昏暗，天气不佳。上风处不适合停泊，但背风处有一座良港，于是我将船驶近港口。一个领航员出现并带领我的船穿越珊瑚礁间的狭窄水道，进入内港。

被当成反基督者

说来奇怪，我停留过的一些海岛的岛民似乎都认为有些事实并不真实，同时却硬是把不可能的事当作铁一般的事实，此地的情形亦然。这座岛上的神父几天前就对他的信徒预言，会有一名反基督者到来。当他们看见白如洁羽的浪花号乘风驶入港口时，全都跑到海滩上围观，接着，发现船上只有一个人后惊呼："上帝保佑我们，是那个人，他乘着船来了！"依我之见，那个人最不可能乘船前来。然而，这个消息立即传遍全岛。罗德里格斯岛总督罗伯茨先生鉴于全城骚动、人心惶惶，赶紧跑来一探究竟。有个老妇人听说我来了，马上跑回家把自己锁在屋里。后来，她又听说我竟走上大街，更是吓得把房门堵死。我在岛上停留了八天，她硬是大门也没出过一步。罗伯茨总督和他的家人不像岛民那么心怀畏惧，他们来到浪花号停泊的码头，其他人见状于是跟进。总督的几个儿子立刻接管了浪花号的救生船，总督大人除了盛情接待我，还请我为他们造一艘和我的救生船一样的平底独木舟。

我在这片乐土的第一天宛如置身童话仙境。我一连多日研究航海图，估算何时会抵达此岛，就像希腊神话里进入"极乐岛"的人，在经历漫长的航程后总算抵达终点站。这段航程因欠缺许多必需品而令人困扰，但此后我将不虞匮乏。看哪，我的船到达后，安稳地停泊在罗德里格斯的码头上。我上岸的第一晚便应邀到总督的宅邸赴宴，桌上摆放着细致的餐巾和雕刻玻璃酒杯，而我眼前仍浮现出船上的大麻纸巾和摔断把手的马克杯。但是，此刻，我已不在起伏动荡的海上，而是置身于一间明亮的大厅，周围全是聪明机灵的宾客，正在和岛上的总督共进晚餐呢！我不禁高呼："阿拉丁，你的神灯呢？我在格洛斯特收到了别人送的渔人提灯，这灯所照见的事物可比你那盏老旧的油灯强多了。"

一场演说

第二天，我在港口接待访客。罗伯茨夫人和她的孩子率先上船，他们说是来和浪花号"握手"的。现在，除了那个可怜的老妇人以外，没有一个人害怕上船来。她坚称那个反基督者如果没上岸的话，就是被关在浪花号里了。那天晚上，总督现身说法娱乐众人，他邀请"世界毁灭者"上来谈谈自己，结果由他发言，滔滔不绝地详述海上的艰险（他表示有感于我们这些凡人太过软弱，若他是造物者，会把海洋变得平静一些）。他还利用明暗的光线在墙上展示航程中到过的地方与国家的图片（这些地方和他想要创造的完全不同），而他所见到的那些人，包括原住民和其他人，常常呻吟着："邪恶的世界！邪恶的世界！"总督大人讲完之后说了一些感谢的话，然后散发小片的黄金。

山上的修院

　　第二天，我陪伴总督大人和他的家人前往位于山上的圣加布里埃尔。当地的好神父在修院里盛情而隆重地款待我们，我们留下来做客直到次日才离开。我临走前，神父对我说："船长，我拥抱你，不论你信仰何种宗教，我都祝你的航程顺利成功，我们的救世主耶稣也会永远与你同在！"神父的话令我感动莫名，我只能回答他："我亲爱的神父，如果所有的宗教都能如此自由大度，我想世上就不会有那么多流血事件了。"

　　现在，在罗德里格斯岛要取得量多且纯净卫生的水相当方便，因为罗伯茨总督已在村庄上方的山间建了一座蓄水池，还接上水管通到码头。我前去参观时，蓄水池内的水达到五英尺半的高水位。早些年间，岛上民众饮用井水，或多或少因井水不洁而引发过若干疾病。岛上的牛肉量多且价格公道，番薯更是既多又便宜，我花了四先令买了一大袋番薯，放在干燥的船舱里，保存情况出奇地好。还有水果，产量最多的是石榴，我花了两先令买了一大袋，数量多到要用驴从果园里驮出来。对了，果园里的石榴树都是野生的呢。

第十七章

在毛里求斯的健康证明——在歌剧院回顾航海经历——新发现的植物以"斯洛克姆"命名令我深感荣幸——载着一群年轻小姐出海遨游——在甲板上露营——在德班受到热情欢迎——斯坦利先生善意地反复盘问——三个布尔人智者搜集地球是平面的证据——离开南非

在毛里求斯的健康证明

我在物产丰饶的罗德里格斯海岛度过悠闲的八天之后，于九月十六日扬帆出航，十九日抵达毛里求斯，大约中午时分在检疫港停泊。医生对我集合"所有船员"接受健康检查的做法颇为满意，浪花号当天稍晚就被医生的汽艇拖走。医生本来还有些怀疑，但他检查了我的所有证件，看到我整个航程所到各处港口的健康证明上都注明我的船上仅有一名船员后，这才相信我的话。他发现我尽管独自航行了这么远的路程，健康情形仍相当好，于是二话不说就开给我入港许可证。不过，浪花号在入港之前还有另一项正式的拜会活动。原来，罗德里格斯岛总督除了交给我一封普通邮件外，还亲切地给了我几封私人介绍信函，要我和他的几个朋友会面。第

浪花号在毛里求斯港口

一位便是在港口邮局服务的詹金斯先生——一个好人。他的船驶到我的船边时,我对他大声地说:"詹金斯先生,你好吗?"他回答:"你不认识我吧?"我回答:"怎么会?"他又问:"你的船从哪儿来?""从世界各地来。"我郑重地回答。"你一个人独自航海吗?""是啊,有何不可?"他又狐疑地问:"你真的认识我?"我朝他大喊:"三千年前,那时你和我的工作比现在的工作要热门(其实我们现在做的也很热门),不过当时你姓詹金森,如果你后来改了姓，我也不怪你。"詹金斯先生很有耐心，明白我是在跟他开玩笑。这笑话也对浪花号有所帮助，因为有个说法是：如果有人在天黑后上船，魔鬼就会立刻要他的命。所以，我大可安心离开浪花号，不必担心她夜间遭窃。结果，我的船舱还是被窃贼闯入，不过是在大白天。小偷只偷到一箱熏鲱鱼，而且后来就被港口官员兰德森逮个正着，人赃俱获，小偷也被关进牢里。这令其他小偷闻风丧胆，因为他们害怕兰德森的程度更甚于魔鬼撒旦。就连负责白天在船上看守的人阿约布也不肯受雇在晚间上船守夜，即使留到太阳下山时也不行。他大声地说："先生，没这个必要嘛。"他说的一点儿也没错。

我到了毛里求斯后深深吸了一口气，浪花号羽翼般的船帆也暂时休息，目前是好天气的季节。如果航程中有些艰险的话，据经验丰富的航海老手估计，到此时也已经经历了十分之九，但我仍时刻牢记回美国的旅程依然长路迢迢。

在歌剧院回顾航海经历

毛里求斯亲切善良的人们让我感到富足和快乐。他们把充当歌剧院的船海滩号布置一番，供我使用。这艘船只有甲板，没有船底，却和教堂一样坚实稳固。他们让我自由使用这处场地，向众人述说我的海上冒险经历。市长先生在海滩号的舵楼上把我介绍给总督大人。接着，又在同一地点向领事坎贝尔将军介绍我——在此之前，坎贝尔将军已向总督大人介绍过我。我和大家都熟识之后，也到了该再度扬帆出海的时候。我简直不知道自己是怎么说完我的航

第十七章

海经历的。那天晚上十分闷热，我身上却穿着裁缝专门为我缝制的外衣，差点没被闷死，真是恨不得掐死那个裁缝。和气的总督见我费心穿戴整齐，努力让自己看起来像是住在岸上的人，于是邀请我前往位于雷杜特的政府建筑参观，我在那里结识了许多新朋友。

新发现的植物以"斯洛克姆"命名令我深感荣幸

气候恶劣的好望角现在仍是冬天，可能还有狂风呼啸。我决定在气候较为温和的毛里求斯多看看，走访罗斯希尔、居尔皮普和岛上其他地方。我和罗德里格斯岛总督的父亲老罗伯茨先生及他的朋友欧罗林神父和麦卡西神父共度了一天。我在回浪花号途中路过摩卡附近一间规模庞大的花草温室，并驻足参观。温室的负责人那天早上刚发现一种新品种的耐寒植物，见我来访竟直接将这种植物命名为"斯洛克姆"，令我感到十分荣幸。他说，这个名字让这种植物立刻有了一股拉丁味，也省得他费事为它命名。这位亲切的植物学家似乎很高兴见到我。在不同国家，有一些事情的差异还真是大啊！我听说当时马萨诸塞州波士顿有一位先生，居然花了三万美元才把一种花命名为他妻子的名字，而且还不是什么大型花卉。然而，不用问也知道，"斯洛克姆"这种植物的花比甜菜还大呢！

载着一群年轻小姐出海遨游

我在摩卡和雷杜特及其他地方都受到热忱的招待，有一回承蒙七位小姐盛情款待，我向她们表示不知何以为报，只能以自己的寒酸方式回报，请她们登上我的船出海遨游。她们听后异口同声地嚷着："正合我们的意！正合我们的意！"于是我便像摩西[①]一般谦恭地问："那请你们约个时间吧。"她们马上喊道："明天！"接着，她们又征求长辈的同意："我们可以去吗，姨妈，可以吧？我们去了以后一整个星期都会乖乖听话的！好啦，亲爱的姨妈！"归根结底，毛里求斯的女孩也和我们美国的女孩一样，而她们亲爱的姨妈更和美国所有的好姨妈差不多——听了之后连忙说："我也要去！"

这时，我却苦恼起来，因为我刚想起来"明天"有一个和港务长威尔森船长共进晚餐的约定。不过，我告诉自己："浪花号很快就会驶进大风大浪的海域，这些小姐开心地玩一会儿后肯定会晕船，我们就可以提早返航，这样我就赶得及赴晚餐的约会了。"结果第二天的情况大大出乎我的意料。我们出海后一直航行到几乎快要看不见毛里求斯的远方，那些女孩站在甲板上又叫又笑，根本不怕汹涌海面的颠簸摇晃，而我一直守在舵轮前极力应付最恶劣的天气，同时向那位姨妈吹嘘着有关海蛇和鲸鱼的种种。我说完这些怪物故事后，那位亲爱的女士只是轻描淡写地提起她们带来的一大篮食物，因为我跟她们说过船上的存粮少得可怜。结果，她们带来的食物足够我吃上一周。

[①] 摩西（Moses），《圣经》中犹太人的古代领袖，承传神的律法。据《出埃及记》记载，摩西带领在埃及为奴的犹太人迁回迦南（今巴勒斯坦、叙利亚和黎巴嫩沿海地区）。

第十七章

在甲板上露营

　　浪花号越是想让这些年轻女孩晕船,她们越是开心地拍着手嚷嚷:"好好玩哦!""浪花号乘风破浪的姿态真美!""我们的岛从远方看过去好美啊!"接着,她们齐声大喊:"继续向前!"我只得照办。大约又前进了十五英里,她们才不再兴高采烈地大叫"继续向前"。这时,我将船转向返航,一心盼望能及时返回路易港赴约。浪花号很快便接近毛里求斯岛,沿着海岸飞快航行。但是,我犯了一个错误——不应该在返航时沿着海岸前进。因为,当我们来到通博湾时,我的乘客立刻被那里的美景吸引了,她们又叫起来:"噢,我们在这里下锚啦!"我想,这世上没有一个水手会拒绝这个要求。于是,我顺着她们的意思在十分钟后下了锚,岸边岩石上站着一个年轻人,他朝我们挥舞着帽子高喊:"浪花号万岁!"我的乘客又说:"姨妈,我们可不可以沿着海岸在浪里游泳?"就在此时,港务长的汽艇出现了,它是来接我们的。然而,那时浪花号已来不及在当晚驶进路易港了。不过,汽艇正好可以载女孩们去游泳,可是,她们又决定不离开浪花号。与此同时,我用船帆在甲板上搭了一座遮篷方便过夜,并由一名孟加拉国男仆准备晚餐。那晚,浪花号和她的贵客在通博湾过夜。第二天清晨,天上的星星尚未完全消失,我刚醒来就听到甲板上传来祈祷声。

　　上午,港务长的汽艇又出现了,这回是威尔森船长亲自出海来找我。他获悉我们的处境,想设法将浪花号带回港口。事后,我听一位朋友说,港务长当时很热心地说:"我会找到浪花号,把她带进港口。"我听了感动不已。结果，他在船上见到了那群快乐的乘客。她们像老水手一样会升帆，还会整理船帆。这些女孩可以清楚地说明什么是"舱口罩棚"，你们真该看看她们给船首三角帆戴帽子的模样。她们也能像最老到的深海水手般投掷测铅，我真希望能有机会再回到毛里求斯！她们之中任何一人都拥有使浪花号流连不去的魅力。不论哪一艘船都不曾载过比她们更棒的乘客。

这趟航程在路易港造成了轰动，因为年轻小姐出港遨游这种事几乎前所未闻。

浪花号在毛里求斯时受到特殊待遇，可以免费停泊在军方码头，港口当局还为她做了彻底的整修。我由衷地感谢其他友人赠予我许多航行中的必需品，其中包括好几袋知名老农场出产的糖。

在德班受到热情欢迎

适宜航海的季节已经来临，浪花号装备齐全，于十月二十六日出航。我的船在微风的吹送下前行，毛里求斯岛慢慢后退。到了第二天，我仍可看见摩卡附近的普斯山。次日，浪花号航到留尼汪岛的加莱，一个领航员过来并提到我的船，我递给他一份毛里求斯的报纸，然后继续航程。因为当时巨浪滚滚，不适合停泊登陆。我从留尼汪岛规划了一条直航马达加斯加岛的圣玛丽角航线。

浪花号现在越来越接近信风带边缘，那股强大的风力将她的船帆吹得满涨，一路吹送她从澳洲桑迪岬航行了数千英里，然后风力一天天减弱，直到十月三十日风力完全止息，海面风平浪静，我置身于一个寂静无声的世界。傍晚时分，我卷起船帆，坐在甲板上，

第十七章

享受夜晚广阔无边的静谧。

十月三十一日，吹起轻柔的东北偏东风，浪花号在中午前后行经圣玛丽角。十一月六日、七日、八日和九日，她在莫桑比克海峡遇上一阵来自西南的强风。除去在合恩角的惊险经历外，浪花号在此处尝到了最大的苦头。这股狂风来袭前雷电交加，十分恐怖。浪花号从这里开始直到抵达非洲东海岸，途中遭遇一连串的狂风，船被吹往不同的方向，但她终于在十一月十七日抵达纳塔尔港。

纳塔尔港是有"花园殖民地"美称的德班[①]的商业中心，德班整座城市就像一片绵延不断的花园。断崖信号站的信号手在浪花号还在十五英里外时就报告她的动向。海风令人神清气爽，浪花号距港口不到八英里时，信号手又说："浪花号正在缩帆，主帆在十分钟内卷起收妥，全部工作都由一个人完成。"

上述报道在三分钟后印成新闻，登上德班的一家日报。我抵达港口时，有人将这份报纸递给我。我无法证实我花了多少时间收帆，因为我先前说过我的时钟的分针不见了。我只知道自己尽最快的速度完成了这项工作。

我提到的这家报纸评论我的航程时指出："从过去几周海岸一带狂风肆虐的情况来看，浪花号从毛里求斯到纳塔尔港的航程必定十分艰辛。"毫无疑问，那是不论哪条船的水手都会称之为狂风大作的恶劣天气，但这并未给浪花号带来太大不便，顶多像迎风航行一样速度较慢而已。

我经常被人问起如何独自一人驾驶船只，这个问题或许由德

[①] 德班（Durban），南非东部海港城市，原名纳塔尔港，1835年改现名。位于印度洋西岸，如今是著名的国际会议之都。

班的一家报纸给出了最好的答案。我不想在这里重复报纸编辑的话，但一般人都过分高估了驾驶像浪花号这种小船所需的技术与力气。我听到一个自称水手的人表示："那得要三个人才做得了这么多事。"我却以一己之力完成这些工作，而且一遍又一遍轻松愉快地完成了。我还听到别的人说些类似的话，说我会操劳过度累死。但是，德班的这家报纸是这样报道的：

>本报昨天曾简短报道，单人驾驶的浪花号正在进行环球航行，并于昨天下午抵达本港。浪花号颇为顺利地驶入纳塔尔港。船长将船驶过主码头后驶进水道，在小港湾内的老船先锋号附近下锚停泊，快得不让人有机会登船。浪花号自然引发本地民众极为强烈的好奇心，大批群众在港口亲眼目睹她的到来。斯洛克姆船长以高超的技术驾船在船只密布的水道上穿梭前行，令人大开眼界。

浪花号抵达纳塔尔港时，遇到的水手都不是缺乏经验的新手。她驶到港外时，一艘性能与技术均佳的领航蒸汽拖船出来迎接她，带头穿越沙洲。当时风势颇强，很难安全地拖着浪花号前进。我观察那艘蒸汽拖船，发现前进的技巧是沿着水道的上风面，趁着卷浪的尾端前进。

我发现德班有两家颇有进取心的游艇俱乐部。我和两家俱乐部的所有会员都碰了面，并和皇家纳塔尔号的斯普拉德布劳船长，以及纳塔尔殖民地首长艾斯科贝共乘冲劲十足的游艇佛罗伦萨号出航。游艇的活动船板在岸边的泥滩里翻犁，艾斯科贝先生告诉我，

约书亚·斯洛克姆船长

斯普拉德布劳船长会在那里种植马铃薯。

佛罗伦萨号一边犁泥滩，一边还跑了第一。我们乘佛罗伦萨号出航后，艾斯科贝先生又提议由他驾驶浪花号绕过好望角，并暗示他玩克里比奇牌的牌技出名地厉害，可以在船上玩牌打发时间。但斯普拉德布劳却警告我说："你可能还没绕过好望角，就把船给输掉了。"其他人或许觉得，纳塔尔的行政首长不可能在好望角海面上玩牌戏，还玩到把浪花号都赢走。

斯坦利先生善意地反复盘问

我在南非发现我的美式幽默丝毫未打折扣，因而感到相当自豪，我听到的最棒的美国故事正是行政首长告诉我的。有一天，我在皇家饭店与国会议员桑德森上校和他的儿子，还有提平上尉等人一起吃饭，稍后还认识了斯坦利先生[①]。斯坦利先生刚从比勒陀利亚来，是知名的探险家，还用尖刻的笔调撰文把德兰士瓦共和国总统

---

① 斯坦利（Henry Morton Stanley，1841—1904），出生在英国，曾加入美国籍，后又归化英国。非洲中部的探险家，因 1871 年在坦噶尼喀湖（Lake Tanganyika）附近营救英国非洲探险家、传教士利文斯通（David Livingston，1813—1873）而声名大噪。后致力于在刚果地区探险，并发展该地区。

克留格尔批评得一文不值。① 但这并不代表什么，因为每个人都可以痛批克留格尔，而世上再也找不到任何人比克留格尔更有雅量能忍受别人的揶揄，就连土耳其苏丹也做不到。上校介绍我和斯坦利先生认识，我知道他以前也有过航海经历——我想是在尼安扎湖一带，于是赔着小心，想在经验丰富的老手面前表现出自己最好的一面。斯坦利先生把我从头到脚仔细打量一遍，然后说："你真是有毅力的好榜样！"我不客气地回他一句："我也只需要毅力而已。"他接着问我的船有没有阻水区，我向他说明我整艘船全部防水，全都是阻水区。他又问："万一她撞上礁石呢？"我回答："如果她在途中撞上礁石，那阻水区也救不了她，所以一定要避开礁石。"斯坦利先生顿了半晌后又问："万一旗鱼用它的尖剑嘴刺穿船壳，那该怎么办？"我当然考虑过在海上可能碰到这种危险，还有被闪电击中的可能。有关他的旗鱼问题，我是这么回答的："首先一定要保住那支尖剑。"第二天，上校又邀请我和这几位用餐，好再多聊聊这个话题，于是我有幸再度和斯坦利先生会面，但这回这位出名的探险家就没有再向我提出航海方面的问题了。

三个布尔人智者搜集地球是平面的证据

　　虽然听到学者及政界人士说世界是平的真的很奇怪，但是事

---

① 斯洛克姆抵达南非时政情紧张。布尔人是南非荷兰移民后裔，19世纪中叶在南非建立德兰士瓦共和国和奥兰治自由邦。德兰士瓦共和国的首都位于比勒陀利亚。克留格尔（Stephanus Paulus Kruger，1825—1904）是德兰士瓦共和国的总统（1883—1900），布尔人。1899年10月英国发动战争，布尔人战败，1902年媾和。德兰士瓦和奥兰治被英国吞并，1910年并入英国自治领南非联邦。

第十七章

实上真的有三个布尔人受到克留格尔总统的重视,已着手进行一项研究来支持这个论点。我在德班期间,这三人自比勒陀利亚赶来找我搜集资料,我告诉他们,我的经验无法证实他们的论点,他们听了似乎有些不悦。我建议他们召唤若干黑暗时期的鬼魂协助进行研究,然后就上岸去了,留下那三个智者仔细审视浪花号在世界航海图上的航线,不过他们看不出任何端倪来。因为那张航海图是用墨卡托投影法①绘制的,注意看,这种投影法绘制的地图是"平面"的。第二天早上,我遇到其中一个布尔人穿着神职人员服装,携着一大本《圣经》,和我平常所看的《圣经》没有什么不同。他一见面便缠着我说:"如果你敬重《圣经》,那就一定要承认世界是平的。"我反驳:"如果《圣经》站立在平面的世界上——"我才刚开口,对方立刻情绪激动地大叫起来:"什么!"他怒气冲冲,大惊小怪地吼着:"什么!"那狠劲仿佛想用标枪将我射穿。我连忙跳起来闪开,躲避那想象中的武器。如果这位受到误导的狂热分子当时手中真的持有武器,那浪花号的船员很可能当场就成为殉道烈士了。第二天,我看见这人迎面走来,便朝他鞠了个躬,用双手比出弧线,他马上摊平双手,做出游泳的动作回敬我,意思是"世界是平的"。我从非洲出航,进行环绕世界的最后一段航程之前,收到这三位德兰士瓦共和国地理学家寄来的一本小册子,里面详列着从各方搜集到的说法,用以证明他们的论点是正确的。

我在这里轻描淡写地勾勒这些博学之士无知的一面时,仍不

---

① 墨卡托投影法(Mercator Projection),地理学家杰拉杜斯·墨卡托于1569年发明的一种等角的圆柱形地图投影法。用这种方法所投影出来的地图经纬线互相垂直,尤其适用于航海图。

得不万分敬佩他们刚毅不屈的气概。我见过许多德兰士瓦人和布尔人，他们都十分值得敬重。众所周知，他们是最强悍的战士，对潦倒落魄者十分慷慨，一如面对敌人时那般英勇。但只有那些老顽固才真的冥顽不灵，他们寿终正寝时，或许我们自己仍未全然摆脱顽固守旧的成见。德兰士瓦共和国相当重视教育，有能力负担者均接受英文与荷文两种教育，然而英文教科书的关税极重，较贫穷的人基于生活需要，只能学习德兰士瓦荷文，因而认定世界是平的。

离开南非

我在德班参观了多所公立学校，很高兴在那里见到许多聪明的孩子。

可惜花无百日红，一切美好的事物终有结束的时候，一八九七年十二月十四日，浪花号的"船员"在纳塔尔港度过一段快乐时光后，又把救生船搬上甲板，乘着晨间吹向海洋的陆地风扬帆出航。陆风吹送着我的船驶离沙洲，正如澳洲那儿的人所说，她"再一次靠自己了"。

第十七章　219

第十八章

古代航海家绕过"暴风角"——惊涛骇浪的圣诞节——浪花号在开普敦停留三个月——克留格尔总统的奇怪诠释——浪花号上的贵客——椰丝充当门锁——英国皇家海军上将来访——驶向圣赫勒拿岛——陆地在望

古代航海家绕过"暴风角"

现在,好望角是最主要的目标。从桌湾起,我便可依赖强大信风的助力,浪花号将能迅速返回家乡。自德班出航的首日一切平静,于是我坐下来思索这些日子以来发生的事和即将结束的航程。我正驶向桌湾,距离约八百英里,途中经过波涛汹涌的海面。早期的葡萄牙航海家具有坚忍的毅力,他们花了六十九年的时间努力要绕过好望角,但最远只到达阿尔戈阿湾,接着船员便发动叛乱。他们在一座现在名为圣克鲁斯岛的小岛登陆,虔诚地竖起一座十字架,并发誓若船长欲继续向前航行,他们就割断他的喉咙。这些船员认为越过这座小岛便是世界的边缘,他们也相信世界是平的,唯恐若再向前航行,他们的船便会从世界的边缘坠落。他们强迫迪亚士船长[①]按照原先的航线返航,他们全都归心似箭。十年后,葡萄

[①] 迪亚士船长(Bartolomeu Dias,约1450—1500),葡萄牙航海家,于1488年绕过非洲南端,返航途中发现好望角。

牙航海家达·伽马[①]却成功绕过当时被称为"暴风角"的好望角，在圣诞节那天发现了纳塔尔，所以这一天也被称为"纳塔尔日"。从此处通往印度的航线十分平顺便捷，因而建立了葡萄牙在印度洋上的霸权。

惊涛骇浪的圣诞节

绕过好望角吹来的强风现在已相当频繁，平均每隔三十六小时就会吹一阵，但这一阵阵的风都差不多，顶多在顺风时将浪花号沿着航线往前吹一点，逆风时又将她吹回去。一八九七年的圣诞节，我的船来到好望角的尖端。这一天，浪花号差点船首朝下直立起来，我有充分的理由相信她会在晚上完成这项特技表演。那天一大早，浪花号便异乎寻常地剧烈摇晃起伏，我一定要记下这件事。当时，我正在船首斜桅那里收船首三角帆，她忽然钻到水里三次，我也跟着泡进海里。这算是我的圣诞礼物吗？我浑身湿透，气得要命。以前我在其他海域从不曾在这么短的时间内（大约三分钟）泡进过水里一次。这时，一艘大型英国蒸汽船行经我的船旁，向我发出信号："祝你圣诞快乐。"我想这艘船的船长大概是个幽默的人，他自己的船也剧烈起伏到连推进器的螺旋桨都已经露出水面。

两天后，浪花号已赶上被强风耽误的里程，在顺风下和之前那艘蒸汽船苏格兰人号一同经过厄加勒斯角。厄加勒斯角的灯塔看

[①] 达·伽马（Vasco da Gama，约1469—1525），葡萄牙航海家，距离迪亚士发现好望角10年后，于1497年率领探险队出发，发现绕好望角抵达印度的海路。1524年派驻印度任总督，卒于科钦。

第十八章　221

守员也和浪花号交换信号，他后来还特意寄信到纽约，恭喜我完成环游世界的航程。他似乎认为两艘型式截然不同的船只同时经过他驻守的岬角，是一件值得作画纪念的大事，于是着手完成这幅油画——我是从他的来信中得知这一切的。在那样寂寞的灯塔站独处，人的内心会变得敏感，甚至诗意起来。浪花号经过多处海岸时都感受到这种情绪，并接收到许多善意的讯息，令我对全世界心存感激。

浪花号经过厄加勒斯角后，西方又吹来一阵强风，她连忙驶入西蒙湾避风，风力减弱后才继续绕过好望角。据说，"鬼船的荷兰水手"如今仍在这一带航行。之后的航程看起来十分平顺，几乎已告完成。我知道，从现在起，往后的一切航程或几近一切的航程都将风平浪静。

我在此跨越天气分隔线。分隔线以北天气晴朗平静，以南湿气重且多风暴，经常出现变幻莫测的强风。浪花号经历一连串的恶劣天气，终于行至桌山下平静的海面。她在那里停留了一夜，直到和煦的阳光从陆地升起，海上吹来一阵微风。

浪花号在开普敦停留三个月

蒸汽拖船敏捷号出港寻找船只，在狮臀外海驶近浪花号，把她拖进港。海面波平如镜，浪花号在开普敦外海的海湾下锚停泊，在那里待了一天，只为了避开港内繁忙的商业活动。好心的港务长立刻派他的蒸汽拖船来，要把浪花号拖进码头的停泊点。但我宁愿在此盘桓一天，享受平静海湾的静谧气氛，并欣赏两座岬角之间狭长水道的景致。第二天早上，浪花号驶进奥福雷干船坞，在那里停留了三个月，交由港口当局照顾。我则利用这段时间游历各地，遍游西蒙镇至比勒陀利亚等地，这些都要感谢当地政府为我免费提供前往南非各地的火车票。

克留格尔总统的奇怪诠释

我游览金伯利①、约翰内斯堡②及比勒陀利亚的旅程十分愉快。我在比勒陀利亚还会见了德兰士瓦共和国总统保罗·克留格尔先生。总统阁下本来相当热诚地接待我，但为我引见的朋友拜尔斯法官却说错了话。法官提到我正在进行环绕世界的航程，这种不甚明智的说法大大冒犯了这位可敬的领袖（对于这点我们均深感遗憾）。克留格尔先生闻言立即厉声纠正拜尔斯法官，提醒他世界是平的。总统阁下说："你说环绕世界不是当真的吧？那根本就是不可能的！你指的应该是在世界里航行。不可能！不可能！"他呵斥一番后就没再开口跟法官或我说半句话。法官看着我，我看着他，两人面面相觑，法官自知处境难堪，克留格尔先生则怒目瞪视我们。我的法官朋友满脸尴尬，但我却怡然自得，这件事比任何事更逗我开心。出自保罗大叔之嘴的金句又多了一条——他说过很多脍炙人口的名言。关于英国人，他曾说："他们先拿走了我的上衣，又拿走

---

① 金伯利（Kimberley），南非北开普省城市。位于约翰内斯堡西南450公里左右的位置。有个据说是地球上最大的人工坑穴，深1097米，直径约500米，原为钻石矿坑。
② 约翰内斯堡（Johannesburg），于1886年建城，现为南非第一大城市，著名的"黄金之城"，地处世界最大金矿区。

第十八章　223

开普敦《猫头鹰报》1898 年 3 月 5 日刊出一则漫画,内容和斯洛克姆船长游比勒陀利亚有关。图中人物是德兰士瓦共和国的克留格尔总统,图上方写的是:克留格尔眼中的世界

224 一个人环游世界

了我的裤子。"他还说过:"炸药是南非共和国的基石。"只有没脑子的人才会说克留格尔总统很无趣。

浪花号上的贵客

我抵达开普敦后不久,前段时间刚从德班来到此地的克留格尔总统的朋友桑德森上校①邀请我参观新地葡萄园,我在那里认识了许多和气可亲的人。总督大人米尔纳爵士②还抽空带领一群访客登上浪花号。总督大人在甲板上参观一圈后,走进船舱里找了一个箱子坐下,穆丽尔夫人坐在一只小桶上,桑德森夫人坐在舵轮旁,上校则拿着照相机,爬进救生船里为我的船和她的贵客拍快照。同行的还有一位天文学家吉尔博士③,他邀请我第二天到著名的开普敦天文台参观。与吉尔博士相处一小时,就如同置身于群星之间一小时。他发明的星球摄影颇具盛名。博士还带我参观天文台内的大型天文钟,我也向他展示了浪花号上的锡钟,我们讨论海上标准时间的话题,以及如何在没有任何时钟的协助下,在小船上测出正确时间的方法。稍后,还听到宣传说吉尔博士将主持一项座谈会,讨论浪花号的航程。单凭吉尔博士的名气就足以保证座谈会一定座无虚席。果然,座谈会现场爆满,好多人还挤不进场呢!这场成功的座谈会让我获利颇丰,赚够了所有港口税及返航的一切开销。

---

① 上校是总统极要好的朋友,好到劝他暂且不要佩枪。——原注
② 米尔纳爵士(Sir Alfred Milner, 1854—1925),1897 至 1905 年间担任开普殖民地总督和英国驻南非最高行政长官,布尔战争的关键人物。
③ 吉尔博士(Dr. David Gill, 1843—1914),苏格兰天文学家,他是专业天文学家中率先使用天文摄影术的改革者。

浪花号停泊在开普敦，斯洛克姆船长、米尔纳爵士
（图中央戴高帽者）及国会议员桑德森上校在船首交谈

我在金伯利和比勒陀利亚转了一圈后，发现浪花号在船坞里一切安好。于是，我又返回学术研究风气颇盛的著名大学城伍斯特和惠灵顿，继续以殖民地贵宾的身份游历各地。这些大学里的女士很想知道一个人怎么能够独自航行世界一周，我则预言未来将由女航海家取代男航海家。如果男人一直不停地说我们"办不到"，总有一天会被女人取而代之。

椰丝充当门锁

我在非洲平原上穿越绵延数百英里富饶但仍荒凉的土地，辽阔的平原上只见灌木丛及大批放牧吃草的羊群。这些羊的身躯都很长，树丛之间的间隔大约和一只羊的长度差不多，但还是有足够的空间供羊群活动。此时我不禁产生一股冲动，渴望在这片土地上立足，因而在这片荒芜的大地上徘徊不去。然而，我并没有留下来种植森林或垦地种菜，而是重返停泊在奥福雷码头的浪花号，她就和我离开时一样，一切就绪，正在那里等待着我。

经常有人问我，我的船停泊不同港口时，我经常下船多日，也未请人看守，为什么船只及船上的物品却不曾遭窃。其实道理很简单：绝大多数时候，浪花号都身处安全的环境之中。在基灵群岛、罗德里格斯岛及其他许多地方，我只需在船舱门闩上系上一条椰丝，昭告主人不在，就能保障船上物品的安全，甚至不会有人对她投以觊觎的目光。可是，当我来到接近家乡的一座大岛时，就需要用沉重的大锁捍卫我的财物。我抵达那座岛屿的头一晚，原本放在甲板上未加覆盖的东西竟不翼而飞，堆放着这些物品的甲板仿佛被大浪冲刷得一干二净，空空如也。

英国皇家海军上将来访

皇家海军上将罗森爵士携他的家人来访，宾主尽欢后，浪花号在好望角的社交活动便告一段落。罗森上将过去号令南非分遣舰队,目前指挥规模庞大的海峡舰队。他对小小的浪花号及她绕过好望角的行动表现出极大的兴趣,因为他对好望角并不陌生。我必须承认罗森上将提出的问题令我欣喜,尽管我和他指挥的船有天壤之别,但他的建议却令我受益良多。

驶向圣赫勒拿岛[①]

一八九八年三月二十六日,浪花号从南非出航,离开那片空气纯净的遥远国度,她在那儿度过了一段愉快且收获丰硕的日子。蒸汽拖船老虎号把浪花号拖出奥福雷船坞的停放点,带她驶出海面。清晨的和风吹满了浪花号的船帆,拖船松开拖绳后很快消失了踪影,留下浪花号乘着大浪上下起伏。塔布尔山和好望角高峻的山岭一览无遗,眼前的美景暂且纾解了海上的单调。一位环绕世界的航海家老前辈——我想应该是德雷克爵士,初见这片山海相依的壮丽景色时,不禁脱口赞叹道:"这是我环绕地球整趟航程中见到过的最美、最壮观的岬角风景。"

眼前的景色确实美丽,但是没有人愿意长时间地观赏不变的风景。接着,我很高兴地发现,海浪变短且起伏波动,这是要起风的前兆。第二天,果然起风了。海风吹来前,海豹整天在浪花号四周嬉戏,到了傍晚,它们张着大眼睛看着她,因为她收起了帆,不再像一只缩着翅膀的懒鸟。现在,海豹与浪花号分手,不再与她为伍。浪花号迅速前航,不久后,好望角最高的山峰便消失在视线

[①] 圣赫勒拿岛(St. Helena),南大西洋火山岛,为英国海外领地,距离非洲西南海岸1920公里。拿破仑一世被流放至此并于1821年死于岛上。

夜以继日地阅读

外，世界也为之改变，从全景式的景象变为光明在望的返乡航程。鼠海豚、海豚和其他鱼类一天能游上一百五十英里，它们一连好几天都陪着浪花号。风从东南方吹来，正合浪花号的意，她以最快的速度稳定地航行，而我则埋头看那几本在好望角停留时别人送给我的新书，夜以继日地看个不停。三月三十日是我的斋戒日，我沉湎于书本中，忘了饥饿，忘了海，也忘了风，满心以为一切都没有问题，谁知一阵卷浪忽然扑上船尾，冲进船舱，刚好打湿了我正在看的那本书。显然，此刻应该缩短船帆，我的船才不会跟跄前进。

三月三十一日，东南风依然持续地吹。浪花号的主帆缩起一折，三角帆全部张开，再加上一张用瓦伊利马的竹子撑起的飞三角帆。与此同时，我正津津有味地读着斯蒂文森写的《内河航行记》。我的船再次平顺航行，船身几乎没有起伏动荡，在白色浪涛中跳跃，四周围绕着千来只鼠海豚——这群活泼的小家伙一直陪伴在她的前后左右。浪花号又回到老朋友飞鱼的身边。它们是有趣的海洋居民，像箭一般射出海面，张着宽宽的双翼在风中伸展着优美的弧线，然后向下坠落，落至浪头上，沾湿双翼，接着继续另一次飞行。飞鱼使漫长的日子充满乐趣，在天气晴朗的海上，最令人赏心悦目的画面，便是有趣的飞鱼此起彼落地飞跃着。

陆地在望

在这么生机蓬勃的海上航行是不会感到寂寞的。更棒的是，阅读精彩的游记更添乐趣。我此刻置身浪花号上，宛如置身阿瑞塞莎号般悠闲自在。浪花号就这么轻轻松松地向前航行，每天都前进很长一段里程，不知不觉中，已是四月十一日。那天一大清早，我被一种罕见的鸟叫声吵醒，但我立刻听出那是鲣鸟的叫声。刺耳的嘎嘎叫声仿佛在呼唤我走上甲板，又好像在对我说："船长，陆地在望。"我跌跌撞撞地冲出去，一点也没错，大约二十英里开外的前方，浮现在微弱的晨光中的正是圣赫勒拿岛。

我的第一个冲动便是高声呼喊："噢，真是海上的一个小点啊！"这座小岛只有一万五千米长，八百多米高。我伸手从贮藏室里拿出一瓶红葡萄酒，一口气长饮了一大口，祝我那位隐形的领航人——平塔号的舵手身体健康。

第十九章

拿破仑被放逐的小岛——总督官邸闹鬼房间的客人——游览古迹"朗伍德"——山羊咬碎咖啡豆荚——浪花号上的动物都没好结果——我对小狗有成见——老鼠、波士顿的蜘蛛和自相残杀的蟋蟀——阿森松岛

拿破仑被放逐的小岛

浪花号在詹姆斯镇外海下锚停泊时已是近午时分,所有人都立即跑到岸边,向该岛总督斯滕代尔爵士致敬。我上岸时,总督大人对我说,如今已很少有环球航海家到他的岛上来,所以他竭诚欢迎我,并安排我先在詹姆斯镇的"花园厅"演说,向该镇民众讲述我的航程,然后再到总督官邸"农庄大宅"——在两三千米外的山上,和总督及驻防军队与其友人聊聊我此行的经历。我们可敬的领事普尔先生对我的情况做了大致的介绍。

总督官邸闹鬼房间的客人

我受到总督的盛情招待,在"农庄大宅"里住了好几天。大宅里有一个称为"西厢"的房间闹鬼,管家奉总督之命,安排我住

进那个房间。总督大人不放心，稍后还亲自过来看我是否住对了房间，更把他所见所闻的鬼故事全都告诉我。他说他只见过其中一个鬼，最后还祝我好梦，并希望我能有幸遇到西厢幽灵的拜访。结果，在那个寒意袭人的夜晚，我一直点着蜡烛，用毯子蒙住头，不时掀开毯子往外偷瞄，担心或许会和伟大的拿破仑面对面撞个正着。然而，我看到的只有家具，还有钉在床对面房门上方的马蹄铁。

圣赫勒拿岛是一个悲剧之岛，在科西嘉①的一片哀泣声中，这些悲剧已不复见。我拜会的第二天，总督带我取道马车路，顺着弯弯曲曲的道路遍游岛上。有一段路绕着山脊和山谷蜿蜒，在短短数十米的距离内竟弯成一个完美的 W 形。这些道路虽然陡峭难行，但路况颇佳。我思及当初修建道路时不知耗费多少劳力，不禁肃然起敬。山上的空气冷冽，令人精神振奋。我听人说，由于此地已不再因小罪而绞死犯人，所以不再有人命丧于此，除非是因年老体衰自岩顶上坠落身亡或是被山上滚落的巨石砸死！在圣赫勒拿岛一度盛行巫术，就和美国人在马瑟牧师时代迷信巫术一样。时至今日，岛上的犯罪行为少之又少。我停留岛上期间，斯滕代尔总督还因该岛一年内未发生移送法院审理的刑事案件而受到表扬，司法官员颁赠给他一副白手套以兹嘉奖。

游览古迹"朗伍德"

我从总督官邸返回詹姆斯镇途中，和一位美国同乡克拉克先生

---

① 科西嘉（Corsica），科西嘉岛位于地中海，距离法国大陆 170 公里，是法国最大、地中海第四大岛屿，盛产橄榄油和葡萄酒，为拿破仑的出生地。

一同驾车,前往拿破仑当年在岛上的居所"朗伍德"。负责管理该处的法国代理领事莫里洛先生,把"朗伍德"打理得十分整齐,建筑也维修得很好。莫里洛先生和家人定居于此,他的妻子和已成年的几个女儿都是土生土长的本地人,仪态教养均佳。她们长年居住此地,生活得心满意足,但从未见过圣赫勒拿岛海平线以外的世界。

四月二十日,浪花号再度准备出航。我上船前和总督及其家人在城堡共进午餐。斯滕代尔夫人一大早就从"农庄大宅"那里送来一个大水果蛋糕,让我带上船去。那个水果蛋糕又大又厚,我一直省着吃,但还是没能如愿吃得更久一些。我在西印度群岛的安提瓜喝第一杯咖啡时,吃完了最后一块蛋糕——这已经是难得的纪录了。这次启航前,我在芬迪湾那座小岛上的妹妹也烘了一个蛋糕给我带上船,那个蛋糕保存的时间和这个差不多,大约是四十二天。

午餐后,一份皇家邮件送上船,准备寄往我的下一站阿森松岛。接着,普尔先生和他的女儿登上浪花号道别,还送给我一篮水果。我的船起锚时已是傍晚,我朝西方航行,万分不舍地离开那些新朋友。然而,清新的海风再次吹满我的船帆,我注视着"农庄大宅"闪烁的信号灯——那是总督向浪花号告别的信号,直到圣赫勒拿岛消失在船尾的夜色中。午夜时分,灯光终于消逝在海平线下。

山羊咬碎咖啡豆荚

早晨来临时,我并未看见陆地,这一天和过去那些天一样,只不过出了一个小状况。斯滕代尔总督送了我一袋咖啡豆荚,而那位美国朋友克拉克不知怎地鬼迷心窍，居然弄了一只山羊给我带上船。结果，那只山羊竟把装咖啡豆荚的袋子咬破，把带荚的咖啡豆嚼得满地都是。克拉克还说，动物不仅能吃，还能像狗一样和我作伴。我很快就发现我的旅伴——这只长角的"狗"应该被牢牢绑住。我犯的错误是没有用铁链把它拴在主桅杆上，而是只用一条不太牢靠的草绳绑着它，因此付出了惨重的代价。除了第一天，这只山羊还没习惯海上的生活，情况还算好，接下来的日子我就不得安宁了。它咬坏了咖啡豆之后，或许又因放牧的天性大发，有如恶魔化身般，大大威胁到船上一切事物，从船首三角帆到船尾吊柱都惨遭蹂躏。它可真是我在这趟航程中碰到过的最凶悍的海盗。有一天，我正在船首忙着工作，心想那畜牲已经被牢牢绑在甲板上的抽水泵旁，应该没问题吧？谁知山羊又开始捣蛋，闯到船舱里吃了我的西印度群岛航海图。天哪！船上根本找不到任何绳索能够抵挡那只山羊可怕的牙齿！

浪花号上的动物都没好结果

事情打从一开始就摆明了，让动物上船总是没有好结果。上次，我从基灵群岛带来一只树蟹，它把一只大螯伸出笼子外，立刻把我挂在一旁的航海外衣撕成碎布条。它成功地撕毁外衣后大受鼓舞，又把笼子撞开、逃进我的船舱，把舱内的所有物品破坏殆尽，最后还企图摸黑伤害我。我本想把那只树蟹活着带回家，但这太难了。接着，山羊又吃了我的草帽，害得我在抵达港口上岸时没有帽子可戴。而这最后一击决定了它的命运。四月二十七日，浪花号抵达阿森松岛,那里由一艘军舰驻防,该舰的水手长登上了我的船。他才刚跨出他自己的船,那只造反的山羊便爬进去,挑衅甲板长和他的船员。我请他们立即把这可恶的畜牲带到岸上去,他们正求之不得!于是,它落入一个最优秀的苏格兰水手手中,毫无脱逃的机会。我注定要再度孤寂地航行,但这些经历并未对我产生不良影响,相反地,我通过在海上的沉思冥想,慈善关怀的本性日益显露。

我在荒凉凄清的合恩角一带航行时,发觉自己除非出于自卫,否则不愿伤害世上任何一条生命。而在我航行时,这种隐士性格越发明显,甚至到了提起杀动物来吃都会反感的地步。尽管之后我曾在萨摩亚享用过炖鸡,但当有人建议我带几只鸡到船上,好在航程中宰来吃时,我的内心却相当排斥这种做法。斯蒂文森太太听了我的反应深表赞同,表示如果把在航程中与我为伴的动物杀掉食用,此举无异于谋杀或同类相残。

我对小狗有成见

至于宠物嘛,在浪花号如此漫长的航程途中,船上也没有足够的空间容纳一只纯种大狗,而我又总是把杂种狗和狂犬病联想在一起。有一次,我亲眼目睹一个优秀的德国青年死于这种可怕的疾病,几乎在同时又听说另一位保险公司的年轻绅士也因狂犬病丧生,而他才刚和我签下保险合约呢!我还见过整船的人爬上帆索以躲避因狂犬病发作而在甲板上奔窜的疯狗。所以我认为,浪花号的船员绝不能冒险带狗上船。由于这种成见在我心中根深蒂固,所以每当别人问我"你怎么不带只狗"时,我总是不耐烦地回答:"无论如何，我绝不想和狗同在一艘船上太久。"我敢说猫是安全无害的动物，但这在船上却不管用，再说猫是最不会与人亲近的动物之一。没错，我停留基灵群岛时，是有一只老鼠溜上我的船。到了罗德里格斯岛时又有一只老鼠和一只蜈蚣混进船舱。不过后来其中一只老鼠被我赶下船，另一只则被我活捉。事情的经过是这样的：第一只老鼠给我带来无穷的困扰，于是我做了一个捕鼠器，等着它上钩。但是，那只狡猾的老鼠并不上当，就在捕鼠器做好的那一天，它竟然逃上岸去了。

老鼠、波士顿的蜘蛛和自相残杀的蟋蟀

根据传统，发现老鼠上船是最令人安心的迹象，所以我明知在罗德里格斯岛有一只老鼠上了船，却对它相当包容。不过那小家伙有一次却不守规矩，逼得我对它采取行动。一天夜里，我在航行中睡着了，那只老鼠居然跑到我身上，而且先爬到我最敏感的额头上。我一向睡得很浅，一有动静便会惊醒。它撒野还没撒到我的鼻子，我就大叫一声："老鼠！"然后抓着它的尾巴，把它扔出甲板天窗，直接扔进了海里。

至于那只蜈蚣，我本来并不知道它的存在，直到这只全身长满脚又有毒的可恨虫子和那只放肆的老鼠一样爬到我头上，在我的头皮上狠狠咬了一口，把我给痛醒了。这也超过了我能忍受的范围！一开始被咬伤中毒的部位很痛，我在伤口抹了几次煤油后就没什么大碍了。

从那时起有好一阵子，再也没有生物打扰我的孤独，我的船上甚至连只小虫也没有，除了那只来自波士顿的蜘蛛和它的太太。它们现在已经生了一窝小蜘蛛,组成一个家庭。一直到我航行至印度洋上的最后一段航程,才有数以百计的蚊子随着雨水从天而降。那桶雨水才在甲板上晒了五天的太阳,接着便开始出现嗡嗡嗡的声音。我立刻辨认出那种声音——从阿拉斯加到新奥尔良,那声音听起来都一样。

后来在开普敦,有一天我在户外用餐,忽然被一阵蟋蟀的叫声吸引,我的东道主布伦斯柯贝先生自告奋勇要抓一对蟋蟀送我。第二天,果然有一对装在盒子里的蟋蟀送上船,盒子上还写着"布鲁托和史坎普"。我把它们连盒子放在罗盘针箱上,一放好几天,直到我出航。我并没有留食物给它们,因为我从没听说过蟋蟀也要吃东西。结果,布鲁托似乎残害了它的同类,因为几天后我打开盒盖,发现可怜的史坎普只剩下一对翅膀,而且还化成碎片、铺满盒底。就连布鲁托的情况也不妙,只见它腹部朝上,全身僵硬地仰卧着,再也发不出叫声。

阿森松岛

那只山羊被放逐到阿森松岛上,该岛被称为"石舰",是南非分遣舰队的后勤站,颇具战略价值。它的位置在南纬 7°55′,西经 14°25′,处于东南信风带正中央,距利比里亚海岸约八百四十英里。阿森松岛由火山群组合而成,自海床拔地而起,最高点高出海平面八百五十九米。岛上最高处云气缭绕,土地面积有限但极为肥沃,居民在那里种植蔬菜,并在一位来自加拿大的绅士管理之下,进行少量的科学化农业运作。另外,那里还放牧数量不多的牛羊,

第十九章

以供应驻防军队所需。岛上还建有大规模的贮水设备。简而言之，这座由火山灰和火山熔岩构成的小岛物资丰裕，固若金汤，足以抵挡外来攻击。

浪花号抵达不久后，我便收到该岛指挥官布拉克斯兰舰长的信函，感谢我从圣赫勒拿岛带来的皇家邮件，并邀请我前往不远处的驻军总部与他和他的夫人、姊妹共餐。不消说，我自然立刻接受舰长的盛情。我上岸时，已有一辆马车在码头等候。驾车的水兵咧着嘴笑得很开心，他小心翼翼地赶着马匹上山，来到舰长的宅邸。那份恭谨仿佛将我奉为海军大臣兼总督呢。回程时，这个水兵也同样小心谨慎地驾车下山。第二天，我前往位于云端的山顶参观，仍是同一批人来接我，还是由那个水兵驾马车。当时这座岛上可能没有人比我更能走路，那个水兵也清楚这一点。最后我提议两人交换："让我来握缰绳，以免马儿奔跑。"他听了大叫一声："大石舰啊！"一边大笑起来，"这匹老马跑起来不会比乌龟快多少的，如果我不赶着它前进，我们绝对到不了的。"一路上我大多步行爬上那些高陡的石阶，我的向导是个地道的水手，因而和我交上朋友。我爬上岛上的最高点，与那位来自加拿大的农人沙克先生和他的姊妹会面。他们住在岩石堆中间的一幢房子里，像兔子般生活得舒适惬意又安全。他带领我参观农地，还带我穿过一条隧道去看另一片农地，这两片农地被山隔开，用隧道相连。沙克先生表示他已损失许多牛羊，这些牲口都是从陡峭的岩石及断崖上跌落摔死的。他还说，有一头母牛有时会用牛角抵撞别的牛，把对方撞落山崖，然后若无其事地继续吃草。看来这座岛上农场里的动物也和宽广世界的人类一样，觉得这里太狭小了。

四月二十六日，我还在岸上，大浪滚滚而来，船根本不可能出海。所幸我的船停泊在大浪打不到的深水码头，十分安全。我也置身最舒适的房间，聆听驻防军官述说精彩的故事。二十九日傍晚，海面平静下来，我上船做准备，打算次日一大早出航。在码头登船时，舰长和他的部下都和我热情地握手道别。

出于严谨的态度，我邀请各界人士到海上进行彻底的调查，查明浪花号上究竟有几个船员。其实很少有人怀疑这一点，或许更少会有人真的上船调查。但我为想这么做的极少数人设想，希望确认一项事实，即我先前说过的，驾驶单桅帆船环绕世界并不一定需要一人以上的船员，而浪花号上确实只有一名船员。预先安排好由伊哥斯上尉执行这项任务，他一早在我出航之前登船熏蒸消毒，经检查认定船舱底部不可能藏着其他人，并证明浪花号抵达阿森松岛时船上只有一个人。这份证明和其他许多由领事馆、卫生机构及海关开立的官方证明一样，看似多余，但听说我这趟航程经历的人或许并不清楚这些单位的作业，也不了解船只具备各项证明，尤其是健康证明的重要性。

上尉开出证明后，浪花号愉快出航，很快驶离被海浪冲击的礁石。清爽怡人的信风吹送着她，飞也似的循着航线前行。一八九八年五月八日，浪花号穿越她于一八九五年十月二日启航时的航线，朝反方向返航。浪花号于夜间经过费尔南多-迪诺罗尼亚岛，不过由于位于该岛以南数英里外，所以我并未看见该岛。我知道浪花号已经环绕地球一周，虽然是我独自一人完成这项历险行动的，但并没有因为行动缺乏实用性而感到气馁，相反，我对自己说："不论发生什么事，这趟航程现在已列入纪录。"就是这么一回事！

第十九章

第二十章

巴西圣洛克角外海洋流助我——令我一头雾水的美西战争——行经恶魔岛的监狱——浪花号又见到北极星及特立尼达的灯塔之光——格林纳达感人的欢迎词——对友善的听众演讲

巴西圣洛克角外海洋流助我

五月十日,海上情况发生重大变化。若说在此之前我对自己的经度方位存疑,现在这项疑虑已告消除。陌生而久被遗忘的洋流拍打着我的船舷,发出悦耳的声响。那声音吸引了我,我静坐着聆听这自然的乐声,浪花号继续循航线航行。根据这波洋流,我确信她现在已远离圣洛克角。按照我们老水手的说法,信风的作用下产生了这股洋流,洋流在此处向前流动,受制于巴西、圭亚那和委内瑞拉海岸,不过,也有人说它受制于"门罗主义"①。

信风风力加强,持续吹了好一阵子,洋流目前的流速达到最大值,大约一天四十英里。这更增加了浪花号计程仪的数据,一连好

---

① 门罗主义(Monroe Doctrine),1823年12月2日美国总统门罗在致国会咨文中提出。主要内容为:宣布任何欧洲强国都不得干涉南、北美洲的事务,提出"美洲是美洲人的美洲"的口号。目的是反对当时英国和俄、普、奥三国同盟插足南美洲,使美洲置于美国的控制之下。

几天每天都行进一百八十英里。虽然我离巴西海岸只有几里格,而且正处于巴西洋流之中,却看不见巴西海岸。

令我一头雾水的美西战争

我并不知道美国上月已与西班牙宣战,也没有意识到我很可能在这片海域碰上敌人并被俘。我在开普敦时许多人就曾告诉我,他们认为这场战争无可避免,还说:"西班牙人会逮住你!西班牙人会逮住你!"面对这些说法,我只能说:即使他们逮住我,对他们也没啥好处。即使在"缅因"号灾难引发的狂热下,我也没想到会爆发战争。说真的,在五月十四日之前,我几乎不曾认真考虑过这件事。那天我的船刚越过赤道以北,在亚马孙河的经度附近,我先是看见一根飘着美国星条旗的桅杆,从我的船后方渐渐升起,然后一座碉堡似的军舰迅速冒出海平线,是俄勒冈号!这艘军舰驶近时,我看出她打出"CBT"的旗号,意思是:"附近有任何军舰吗?"就在这几面旗子下,出现了一面看起来比浪花号主帆还大、我见过的最艳丽的西班牙国旗。吓得我做了好几次噩梦呢!

一直等到俄勒冈号超越到我的前方,我才看清楚那些旗号。因为她距我两英里远,而我又没有望远镜。我看清对方旗号后便打出"没有"的旗号,因为我并未看见任何西班牙军舰,也没有刻意寻找任何西班牙军舰。我最后打出的旗号是:"我们一起行动,互相保护。"但克拉克舰长似乎认为无此必要,又或许他们没有认出我船上的小国旗,总之,俄勒冈号匆匆向前驶去,我后来才知道她是去寻找西班牙军舰了。俄勒冈号行经浪花号时,她的大国旗对着我

俄勒冈号军舰行经浪花号

降下的国旗,以优美的姿态三次降下又升起。我们两艘船都是数小时前刚刚越过赤道。那天晚上,我深思良久,想着浪花号好不容易克服海上的一切难关,至少是将近一切的难关,没想到现在却面临战争的险境。不过,坚强的希望最终战胜了我的恐惧。

行经恶魔岛的监狱

五月十七日黎明,浪花号脱离一场风暴,驶向位于下风处的船首两个方位刻度的恶魔岛①。风依然疾疾吹向海岸,我的船行经那座岛屿时,我可以清楚地看见岛上深灰色的建筑。但是,那片荒凉的地方没有任何旗帜或生命的迹象。

当天晚些时候,一艘法国三桅帆船出现了。她斜兜着风转向,驶往法属圭亚那的首府卡宴,很快落到下风处。浪花号也迎风航行,一边使劲扯着帆,以确保右舷与海岸保持足够的距离。由于夜晚涨起大潮,船身太过接近海岸,现在我开始祈求风向转向。但我在大海上已享受过顺风的助力,于是自问:如果此刻海风完全转向吹进我的船帆,而那艘法国船却往另一个方向驶去,我怀着这种私心不要紧吗?那艘船已经迎着洋流逆向前进,若再加上风力不足,一定会相当吃力。因此,我只能在心中默念:"上帝啊,就请保持现状吧!现在千万不要再帮助那艘法国船,因为情况一旦对她有利,那我就惨了!"

---

① 恶魔岛(Devil's Island),隶属萨吕群岛,位于南美洲东北部,在法属圭亚那沿海。自19世纪下半叶至20世纪上半叶,一直是法国流放罪犯的地点,因此声名狼藉。

我记得小时候，有一个船长经常在聚会时说，有一次他祈祷海风转向，海风竟真的如他所愿，从东南风转为西北风。那船长是个好人，但他的说法是否尊崇了掌管风与浪的阿奇泰克神的意思？再说，我记得为他转向的风并不是信风，而是本来就会随时改向的风。只要你祈祷得够久，它就会为你转向。或许，船长的兄弟的希望正好相反，对顺风感到满足。天下事本来就不能尽如众人之意①。

浪花号又见到北极星及特立尼达的灯塔之光

我在浪花号的航海日志里，用很大的字体写下"一八九八年五月十八日"这个日期，接着做记录："今晚，在北纬 $7°13'$ 的位置，我将近三年来第一次看见北极星。"第二天，浪花号又航行了一百四十七英里，我认为其中三十五英里的行程应归功于助她前进的洋流。五月二十日，约莫日落时分，位于奥里诺科河外海的多巴哥岛②出现在西北方，距我约二十二英里。浪花号正迅速地朝返乡的目的地前进。当天晚上，我的船沿着多巴哥岛海岸轻快地航行。海风依然阵阵吹来，我却被左舷不远处突然出现的亮闪闪的碎浪吓了一跳。于是立刻调转船首方向驶离海岸，然后斜兜着风调整方向，驶向多巴哥岛。不久后，我发现自己离陆地太近，便再次调整

---

① 我领受墨尔本主教的教诲，他拒绝特别安排一天祈雨，而建议他教区的信徒在雨季期间节约用水。同样的道理，航海的水手应妥善利用海风，尽可能看风使帆，使自己处于有利境况。——原注
② 多巴哥岛（Tobago），位于西印度群岛南端的大西洋上，是特立尼达和多巴哥的第二大岛，因其形状狭长像一支雪茄烟并且岛上盛产烟草而得名。特立尼达岛位于其西南方，是该国最大的岛。

方向驶离海岸，可是仍未脱离险境。情况很明显，不论我的船朝哪个方向驶去，即使可以避开礁石，都必须时刻如履薄冰。于是，我焦虑地提防着，一边逆着洋流航行。船身重心一直不稳，摇摇晃晃的。这种情况持续了好几个小时，而我一直盯着那固定出现的闪光，它的频率如海潮般稳定地起落，而且看起来越来越近。那显然是一座珊瑚礁，这一点我绝不怀疑！而且，还是一座极为险恶的珊瑚礁。更糟的是，前方可能还有其他珊瑚礁，形成一道海湾，洋流冲进去的强劲力道可能会把我的船掀翻，浪花号可能因此撞上礁石而沉没。我从少年时代以后就不曾航行过这片海域。这时，我不禁悔恨不已，那天竟让船上的山羊吃了我的航海图。我立刻从记忆中搜寻相关的海洋资料，有关船难和珊瑚暗礁的种种，以及海盗停泊在其他船只不敢接近的珊瑚礁港湾等记载。但我就是想不起关于多巴哥岛的一星半点的记录——除了《鲁滨孙漂流记》里提到的触礁沉船，但那并不能为我提供多少关于珊瑚礁的数据。我只记得鲁滨孙一直保持火药干燥。我急得放声大喊："她又高涨起来了，现在那闪光多么接近啊！最后那波碎浪简直要冲上船啦！不过浪花号，你一定可以撑过去的，老女孩，现在它已经正对船舷了！再度过一波大浪！噢，再来一次，你的龙骨和肋材就保住啦！"我拍着她的舭横木，以她最后奋力跃出危险的表现为荣。那一波超前的大浪把她推得不能再高，我在浪头顶端往前看，立刻看清珊瑚礁的全部真面目。接着，我倒坐在一堆绳索中，惊诧得张口结舌，但不是因为沮丧，而是欣喜得无法言语。阿拉丁的神灯！我的渔人大提灯啊！原来是三十英里外特立尼达岛上的灯塔大灯发出的闪光愚弄了我。灯光照在海浪上，把我骗得好惨！现在灯光照射的范围正渐渐沉入海平线，那景象多么辉煌耀眼！不过，亲爱的海神啊！我长年在海上生活，而且经常置身珊瑚礁群，此后只要我还活着，都要对那座珊瑚礁发表郑重宣言！接下来的一整夜，我眼前一直出现假想中的珊瑚礁，却不知道浪花号何时会撞上真的珊瑚礁，于是调整方向尽可能维持原来的航线直到天亮，而这一切全都是因为我少了一张航海图！我真的恨不得剥下那只圣赫勒拿岛山羊的皮，把它钉在甲板上。

格林纳达感人的欢迎词

现在浪花号朝格林纳达岛[①]驶去，我从毛里求斯带了一批邮件要送往该岛。五月二十二日大约午夜时分，我的船抵达格林纳达岛，二十三日黎明时驶入内港，在圣乔治外海下锚。从好望角出航到停泊于此，一共航行了四十二天。这段航程很顺利，我再次向平塔号的舵手脱帽致意。

布鲁斯夫人在路易港时曾致函浪花号，告诉我格林纳达是个可爱的海岛，希望我回程途中能去那里拜访。浪花号抵达时，我发现格林纳达的人正热烈期盼她的到来。我疑惑地问："这是怎么回事啊？"当地的人回答："喔，我们听说你到了毛里求斯，和我们以前的老总督布鲁斯爵士会面后，知道你要到格林纳达来。"经过这一番感人的介绍，我又认识了好些值得交往的人。

---

① 格林纳达岛（Grenada），格林纳达是哥伦布以西班牙南方城市格林纳达命名的加勒比海岛，位于东加勒比海向风群岛的最南端，全境包括格林纳达岛和格林纳丁斯群岛的南部。有"香料之国"的美称，是仅次于印度尼西亚的第二大肉豆蔻生产国，首府是圣乔治。

浪花号于五月二十八日自格林纳达出航，沿着安的列斯群岛①海岸下风航行，于三十日抵达多米尼克。我到了那里一时搞不清楚状况，竟然在检疫所下锚停泊。我到现在还是没有这些群岛的航海图，即使在格林纳达也找不到我需要的航海图。结果不但碰上令人失望的情况，而且还可能因停错地点而被罚款。由于检疫所和商业水道上都没有船只停泊，我看不出停在哪里有什么区别。但是来了一位黑人老兄，可能是副港务长之类的，他认为我停错了地方，命令我改停别的停泊点。坦白说，我已经观察过那个停泊点，并不喜欢那个位置，因为那里风浪较大。我并没有马上升帆将船移走，只说等我有了航海图便会立刻离开，并请他拿张航海图给我。那人却坚持道："我告诉你！在你拿到任何东西之前，你一定要先离开！"他还故意提高嗓门，好让岸上的人全听见，接着又添了一句："而且是现在！"可是，浪花号的船员依然端坐舷墙，并未起身升帆。岸上的人见了开始痴痴窃笑，这位老兄便大发雷霆起来，用更高的音量吼道："我告诉你，这里是检疫所！"我回他一句："没关系，将军，反正我本来就想接受检疫。"这时，岸上有人高声帮我助阵："就是啊，老大，没错，你是得接受检疫。"但也有别的人大声叫副港务长"把那个白人垃圾赶走"。这岛上支持和反对我的人大约各占一半。那位老兄闹了老半天，见我想接受检疫，只得作罢，派了

---

① 安的列斯群岛（Anilles Islands），西印度群岛中除巴哈马群岛以外的全部岛群。位于南美、北美两大陆之间，由两组岛群组成：大安的列斯群岛（包括古巴、海地、波多黎各和牙买加诸岛），小安的列斯群岛（包括维尔京群岛、背风群岛、向风群岛和委内瑞拉以北海面上许多岛屿）。小安的列斯群岛多为火山岛。多米尼克（Dominica）及下文提及的安提瓜岛均位于小安的列斯群岛。

第二十章　　247

个自以为了不起的黑白混血人员过来。那人很快来到船边,全身的制服浆得硬邦邦的。他直挺挺地站在船上,随着船身的起伏忽高忽低的——看起来还真像是号人物!我一见他的衣领出现在我的船舷上方,立刻大叫:"航海图!你有航海图吗?"他用呆板的声调颇为庄重地回答:"没有,先生,我们岛上不长航海图。"我一点也不怀疑他的话,于是立刻起锚——其实我一开始就想这么做。接着,我驶向安提瓜的圣约翰,一路上在海峡中万般小心地航行,于六月一日抵达圣约翰。

对友善的听众演讲

浪花号总是有好朋友为伴。现在,她来到了圣约翰港,在港口入口处受到港务人员蒸汽拖船的迎接。背风群岛的总督弗莱明爵士也在船上,他对我相当客气,下令相关人员把我的船拖进港口。第二天,总督大人及夫人,偕同布尔舰长来访。法院特准我在安提瓜免缴一切费用,就和在格林纳达时一样。在这两个地方,都有素质很高的听众坐满大厅,听我述说浪花号遨游七海、遍访多国的经历。

第二十一章

准备回家——进入无风带——布满马尾藻的海面——三角帆支索遭强风吹落——在法尔岛外海遇上飓风——四万六千多英里的航程终告结束——浪花号重返费尔黑文

准备回家

一八九八年六月四日,浪花号在美国领事馆办妥手续,她的单人航海甚至环绕世界的执照最后一次发还给她。美国领事亨特先生把执照交还给我之前,像开普敦的罗伯茨将军一样,在那份证件上写下对这趟航程的短评。依照正常的文件流程,这份证件现在应该存放在华盛顿特区的财政部。

一八九八年六月五日,浪花号驶向母港,首先直接前往哈特勒斯角。六月八日那天,她顶着太阳由南向北航行。那天,太阳的赤纬是 $22°54'$,浪花号所在的经度和中午前一样。许多人都认为在太阳的正下方一定热得不得了,其实不然。事实上,只要海上有微风轻浪,温度就还在可以忍受的范围内,即使位于太阳正下方亦是如此。在纬度较高的城市和沙滩上,气温往往反而更高。

进入无风带

浪花号现在快乐地航行在返乡途中,和往常一样一帆风顺。不久,她突然驶进了马纬度无风带①,船帆因而无力地下垂静止。我几乎已经忘了这个无风带的存在,或者说以为这只是个神话而已。但现在,我发现它的存在千真万确,并且很难穿越。这也没什么好奇怪的,毕竟我经历了海上的重重艰难险阻,如非洲海岸的沙暴、澳洲的"血雨",以及回程中的战争风险等,如果没有碰上无风带,那就漏掉了一项自然体验。反正此刻能用充满哲理的思考方式来想这件事倒也不错,否则我们的耐心可能在港口入口处就磨光了。浪花号被困了整整八天,这八天里,我每晚都在甲板上点蜡烛看书。四下里一丝风也没有,海面变得平静而单调。一连三天我都看见一艘张满帆的船停在海平线上,一动也不动。

布满马尾藻的海面

一束束地散布在海面或被风吹成长条状的马尾藻,现在全都聚在一起成了一大片,许多大小各异的奇怪的海洋生物穿梭其间。其中最有趣的是我捉到的一只小海马,我把它放入瓶中养着带回家。六月十八日,西南方开始吹起一阵风,那些马尾藻又被吹散成束状或长条状。

---

① 马纬度无风带(Horse Latitudes),又称"副热带高压带",位于南北纬30度附近,这一地区缺云少雨,风也极少出现。

就在这天，很快吹起了足够强劲的风，浪花号正处于猛烈的墨西哥湾流的中央，在起伏的大浪上像鼠海豚一般跃动。她似乎想弥补前几天耽误的时间，所以只接触浪头的顶点。但船身猛然震动了一下，索具开始松脱，首先是主帆的系索脱落，接着装有升降索滑轮的斜桁尖端也折断了，必须赶紧缩帆整修。我马上跑到甲板上开始工作。

三角帆支索遭强风吹落

六月十九日的情况还不错，不过二十日早晨又刮起强风，海面巨浪滔天，船身剧烈颠簸，把船上的物品甩得乱七八糟。我正考虑是否要缩帆时，船首三角帆支索竟在桅杆顶断裂，一股脑儿地落进海里。看着满张的船帆坠落，那种感觉怪异极了——它原本所在的位置现在空荡荡的。好在事发时我在船首，于是立即回过神来，趁着第一波大浪涌起时捞起断落的帆具，再晚一步船帆就会被扯裂或卡在船底。我只花了不到三分钟的时间就搞定这些，累得膝盖发僵。不过，我并未患坏血病，再说现在离家只有一小段路，我估计自己应该可以在无需医治的情况下完成航程。没错，我的健康状况良好，可以在甲板上轻快灵活地跳跃，但是我能爬上爬下吗？海神这回严厉地考验着我——船帆支索全部被吹落，桅杆就像一枝芦苇茎一般光溜溜的很难爬。幸好，我多买了一副滑轮，船上另有备用的绳索。于是，我把支索重新升上桅顶拉紧，很快地把三角帆再次升上去，准备继续驶上回家之路。如果浪花号的桅杆底座不够牢固，支索断裂时它很可能也会跟着折断。不过，我造船的做工扎

第二十一章

实，我的船永远牢固可靠。

在法尔岛外海遇上飓风

六月二十三日，我终于被猛烈的强风和动荡翻腾的海面折腾得筋疲力尽。我已经好些天没看见任何船只了，实在期盼至少偶尔出现一艘帆船能和我做伴。至于海风吹过帆索发出的呼啸声，还有海浪不断拍打船舷的声响，我觉得倒还好，反正我和浪花号早就习以为常了。不过，现在的风浪声却太大太嘈杂，而且持续太久了！那天中午，西北方刮来一阵寒冷的暴风雪。在六月底的墨西哥湾流上，浪花号竟然遭到冰雹侵袭，云层间透出闪电，而且不只一两下，几乎闪个不停。不过，我在顺风的助力下日夜赶路，驶向海岸。六月二十五日，我的船在法尔岛外海遇上飓风。这场飓风一小时前才雷电交加地席卷纽约市，房屋被吹垮，连根拔起的树木在空中飞舞，就连停泊在码头里的船也被吹断缆绳，互相碰撞，灾情严重。这是我在这趟航程中遇到过的威力最强的风暴，幸好我及时看出情况不妙，赶忙把甲板上的物品全部收好，把船帆全部降下。即便我已经做好应变准备，飓风来袭时，船身仍被吹得来回猛晃，横桁不由自主地左右摇摆。不过，船首挂着船锚，船身努力稳住并转向，终于奋力挣脱风暴。在飓风的势力范围中，我除了旁观之外束手无策。在如此猛烈撼人的暴风肆虐下，赤手空拳的我又能如何？我航行于马达加斯加沿海时曾目睹一场雷电交加的风暴发生，但这场飓风更加威力惊人。这一次的闪电持续更久，雷电从四面八方落向海上。到目前为止，我的船仍驶向纽约，但飓风离去后，我起身升起船帆，调转船头方向，想找一个安静的港口好好思考一下。于是，我缩短船帆，驶向长岛海岸。我一边坐着想事情，一边注视渐次出现的沿海船只的灯火。这趟航程即将结束，旅途中的一幕幕情景不知不觉地浮上心头，我也再次哼起曾经一再哼唱的曲调。我发现自己一直反复唱着几句歌词，那是我在费尔黑文造浪花号时，一个笃信基督的善良女人经常唱的歌。我将再次听见这首歌——仅此一次，用低沉庄重的歌声唱出这充满隐喻的歌词：

我迎着风浪上下颠簸起伏，
但我的小船依然不惧
呼啸的狂风和滔天巨浪。

这场飓风过后，我再也没有见到过平塔号的舵手。

四万六千多英里的航程终告结束

我驾着浪花号出航环游世界，历时三年多，对我而言这段经历有如阅读一本书，一页一页地往下翻，越看越觉得有趣，直到现在看到最后一页，趣味更胜之前。

曙光来临，我看见海面由深绿转为浅绿。我投出测铅，从十三英寻深处传来回响。不久后，我在法尔岛以东几英里之处看见陆地，然后乘着微风沿海岸前行，驶向纽波特。飓风过后天气晴朗，浪花号在中午刚过不久时绕过蒙托克岬。到了天黑时分，朱迪斯岬也已经横在船尾。接着，浪花号驶向比弗特尔。航行在继续，她现在需要再通过一道难关——纽波特的港口布有水雷。浪花号紧贴着岩石前进，那一带的海域如果吃水过深，不论敌方我方的船舰都无法进入，而她也未惊动水道内的巡防船。这很惊险，但只要船贴着岩石而不要靠近水雷，就还算安全。浪花号低低掠过巡防船德斯特号旁，我对这艘船很熟悉。接着，听见船上有人叫起来："那里有一艘船！"我立刻亮起灯，随即听见一声欢呼："嗨，浪花号！"那是来自朋友的呼喊，我知道朋友是不会向浪花号开火的。现在，我降下主帆，绕了一圈，寻找指示内港的信号灯。最后，我的船终于安全地驶进港湾，在经历三年两个月又两天，完成四万六千多英里环绕世界的航程后，于一八九八年六月二十七日凌晨一点下锚停泊。

浪花号的船员安好吗？我好不好？这趟航程令我获益匪浅，甚至还让我长胖了，因为我比当初从波士顿出发时整整重了一磅呢。至于年龄嘛，虽然过了三年多，但我的人生反而像倒退了一样，我的朋友都说："斯洛克姆变年轻了！"的确如此，我感觉至少比在造浪花号时为了采木材第一次从树上摔下来时年轻了十岁。

我的船虽然经历了漫长的航程，状况却比从波士顿启航时更佳，依然像颗坚果般扎实坚固，和海上最好的船一样牢靠。她没有渗过一滴水，连一滴都没有！在我抵达澳洲之前，船上的抽水泵很少使用，离开澳洲之后更是一次也没有用过。

浪花号重返费尔黑文

浪花号停在母港时，登船来宾签名册上的第一个签名正是那个一直说"浪花号会回来的"的人①留下的。浪花号虽然归来,但还未真正心满意足,直到我将她驶回诞生地,更遥远的马萨诸塞州费尔黑文。我自己也渴望重返那最初的地点,正如我先前所说,从那里开始,我变年轻了。于是,浪花号在七月三日乘着和风,以华尔兹舞步般优美的姿态绕过海岸,顺着阿库希奈河驶向费尔黑文。到了费尔黑文后,我把她系在岸边的杉木桩上,让她停泊于此。我已经把她带到离家最近的地方了。

若说浪花号此行并未发现新大陆,或许是因为如今已没有更多新大陆可供人发现了。再说,她并不想刻意寻找新世界,也不想特意挑战海上航行的艰险。海洋一直被形容得太过险恶,能安然抵达前人已发现的陆地是一件好事,但是浪花号发现:只要掌控管理得当,即使在最惊涛骇浪的海上也没有那么危险可怕。没有任何国王、国家或任何财物因浪花号的航程而被课税,她已完成所有的任务。

不论做什么事情,成功的秘诀便是要彻底了解自身的工作,并做好万全准备以应对紧急状况。我回顾这项小小的成就,发现只要准备一套简单的木工工具、一只锡钟和一些地毯钉(不用太多),就能加强先前提到的设备,发挥极大的功效。不过,最重要的是我曾受过几年教育,勤奋研读海神的律法,并且每次出海时都谨遵这些律法,结果当然很值得。

现在,我并不想用繁琐详细的科学数据、理论或演绎法,让朋

---

① 指梅布尔·瓦格纳尔(Mabel Wagnells),1895年浪花号启航前(瓦格纳尔当时24岁),她曾登船参观,是最后一批参观者之一。之后,斯洛克姆写这本书时,她是最重要的支持者。这本书正是献给她的。

第二十一章　255

浪花号再次被系在费尔黑文岸边的老树桩上

友们不胜其烦，我只想简单说一句，我已竭尽所能地用自己简单直白的语言讲述完这个冒险故事。现在，我已经把船泊好，卷起饱经风吹雨打的绳索，暂且把浪花号安全地留在港湾里。

后　记

我所知的她的来历——浪花号的船体线图——自动航行的性能——索具设计图与航行装置——空前的航行技术——敬告有志航海者的结语

由于我不敢在经验丰富的水手面前献丑，所以在本书（已准备在《世纪月刊》连载）前面各章中，并未详述建造浪花号的细节，也未详尽说明我粗浅的航海技术。以前我毫无驾驶小型船只的经验，因此无从知道我们在港口内及海岸附近见到的轻舟快艇能不能有像浪花号一样或者超越她的表现，比如，用绳索捆住舵轮航行。

我知道没有其他船用这种方式环绕世界，但我不敢说其他船办不到，也不能说有很多人希望用这种方式航行却没有驾驶过使用这种索具的船只。然而，我很高兴有一位专家[1]断言我绝不可能办到。

我所知的她的来历

我驾驶的浪花号是一艘全新的船，是根据一艘同名的船打造的。据说那艘老船最初是一艘采蚝船，大约一百年前行驶于特拉华

---

[1] 1899年底1900年初有位匿名作者一直在《纽约时报》（*New York Times*）上发表文章，质疑浪花号自动航行的特性。

州沿海一带。海关并无记录显示她是在何处建造的。她以前的船东在康涅狄格州的诺恩克，后来又转往新贝德福德。当皮尔斯船长把她交给我时，其实她已经终其天年，且如我早先所说，被停放在费尔黑文的一片野地上。老船的船体线图应该是北海渔船的样式。我在重建浪花号时，用一片片的木材与厚板逐一拼成船体，并将她的干舷（从吃水线到甲板之间的船舷）在船中部增加十二英寸，前方加长十八英寸，后方加长十四英寸，因而拉长了她的舷弧（船舷的弯曲度），我认为这有助于她成为更好的深水船。我不打算在这里重述重建浪花号的经过，这一部分我已在本书第一章详细讲述过。不过，我得在此附加说明，浪花号完成后全长三十六英尺九英寸，宽十四英尺二英寸，船舱深四英尺二英寸，净吨位九吨，总吨位十二点七吨。

浪花号的船体线图

我很高兴自己能根据对船身结构极其有限的经验绘制出浪花号的船体线图。为了获得正确的相关数据，着实费了不少工夫。浪花号从纽约驶往康涅狄格州的桥港，在花园市游艇俱乐部的监督下被拖吊出水面，再极为仔细地测量每一部位，以获得正确无误的结果。罗宾斯船长负责制作模型。那些驾驶游艇的年轻人喜欢乘着"海上莲花"出游，自然对我的船没什么好评。他们有权持有自己的看法，而我也坚持己见。不过有一点例外，他们对浪花号较短的船首和船尾倒颇为赞许，这种设计的优点在波涛汹涌的海上表现得最为突出。

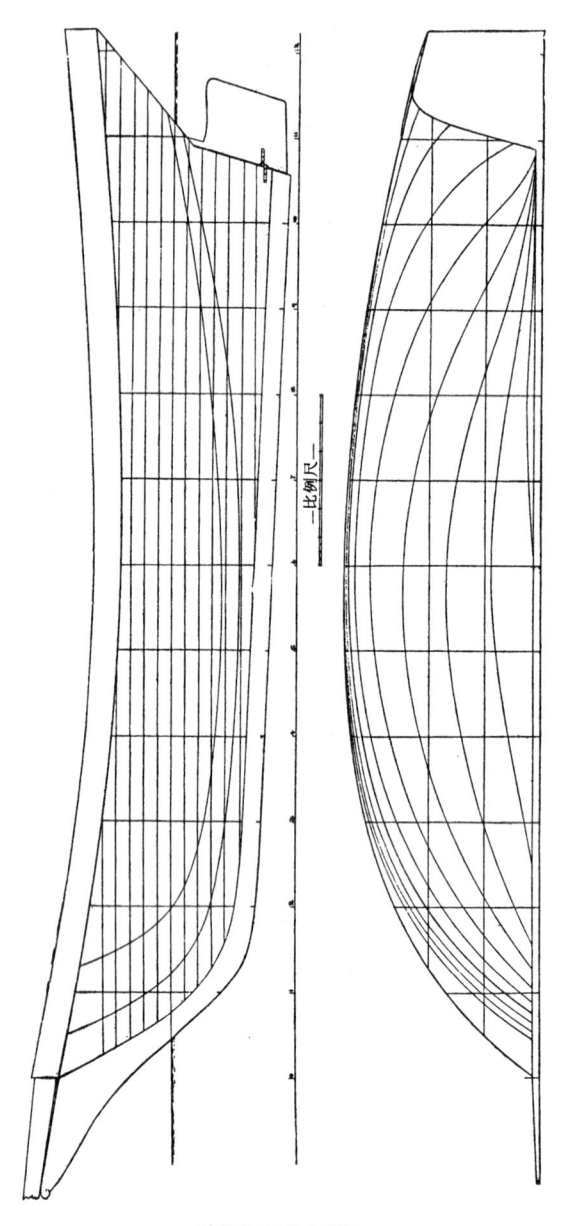

浪花号的船体线图

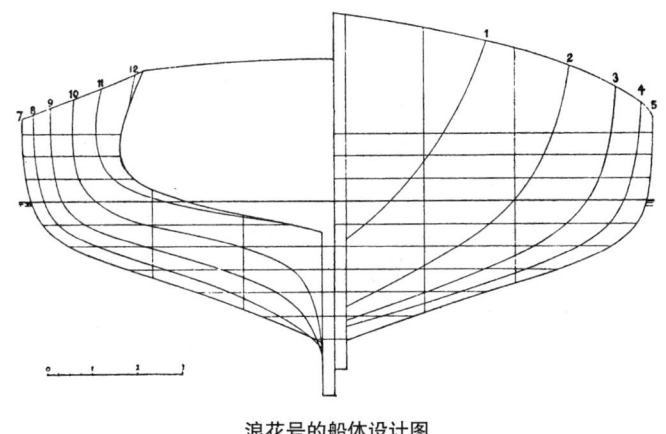

浪花号的船体设计图

浪花号甲板的若干部分或许可以改用不同的设计，而不对船只航行造成实际的影响。我找不到理由为何船舱不能建在船尾，而非要建在船中央不可，就像放在浪花号上的那条小船。把船舱建在船中央会使舵轮和船舱出入口之间的空间过于狭小。有些人甚至指出我应该修改船尾的形状，这一点我就不敢说了。船身吃水到了最深的程度后，她的冲劲仍然很强，而过度削圆船尾会降低吸附力。

平时只在平静海域航行的水手问我："她怎么没有水线以上的突出船首呢？"他们会这么问是因为从不曾在东北强风中横渡过墨西哥湾流，也不知道在各种天气状况下什么样的船首表现最好。为了你的性命着想，远洋的船千万不要建造扇尾状的突出船首。一个水手在造船时，要能预计到造好的船可能会面临怎样的状况，好好地检查她的每一部分，我就是用这种态度对待浪花号的，而她也没有骗我。

浪花号甲板设计图

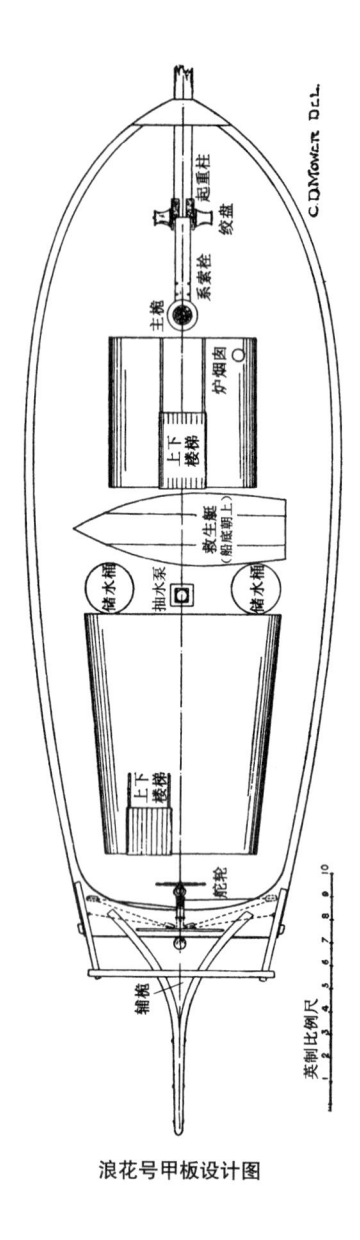

自动航行的性能

依靠单桅帆船的索具，浪花号从波士顿出发到穿越麦哲伦海峡的这段航程中，经历了最为变化多端的天气状况。当时使用的小帆船索具经过改良，减小了相当沉重的主帆的面积，因而在强风下的掌舵质量略有提升。风在后方时，用不到辅助帆，所以要卷起来。她的船桁移开，风从船的侧后方吹来，浪花号便可准确地保持航线。我很快就发现舵轮或船舵的角度需要做多少调整才能维持航线不变。一旦找到最合适的角度后，便用绳索绑住舵轮以固定角度。如此，主帆即可推动船身前进，而张在船中央或角度略偏的主三角帆，便能产生极大的稳定作用。如果风势更

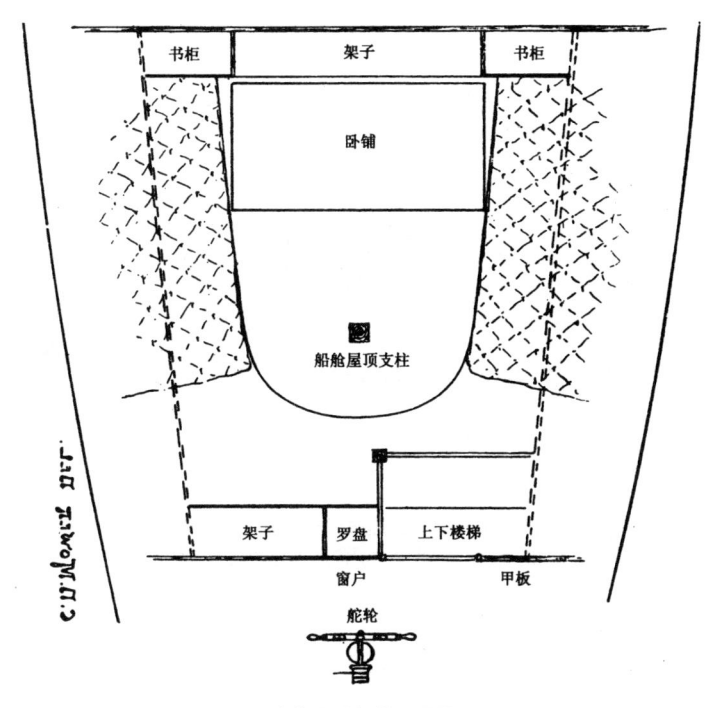

浪花号后船舱平面图

强，我有时会升起最前方的飞三角帆。那面帆也装在船首斜桅上，将帆在船中央拉平，即使强风中也很安全。在斜桁上安装结实的收帆索也是必要之举，如果没有收帆索，要在风中降下主帆十分困难。舵转角度则要视风的强度及方向而定。这些要领很快就能从实际的操作练习中归纳出来。

简而言之，当我的船升起全部的帆迎着微风航行时，很少或者说根本不需要转动舵轮。风力增强时，我会走到甲板上检查，如果舵转角度不够，我会转高一个舵轮握柄，重新捆绑固定或用小环索套住，然后离开。

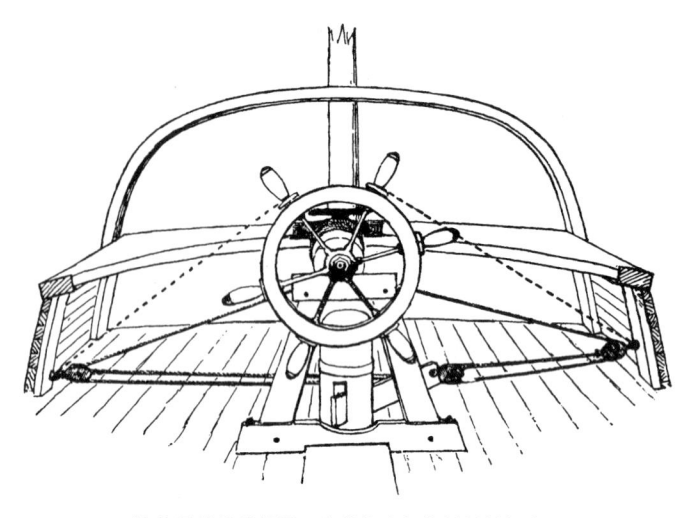

浪花号的舵轮装置。虚线代表捆绑舵轮的绳索，
捆绑时将绳索一端拴在舵轮最上面的两根握柄上

索具设计图与航行装置

我很乐意回答大家在各种情况下提出的问题，但显然无法在本书中一一回答。我只能在此告诉各位，从身体力行中可以学到很多，如果你热爱航海，常识是仅次于经验的最佳老师。有没有省力气的工具呢？没有。升帆要用双手的力量，升降索利用滑轮穿过船台转动，船帆当然也要用系索绑好。

我用的是绞车状的绞盘，我想应该是这么称呼的吧。我有三个船锚，重量分别是四十磅、一百磅及一百八十磅。绞盘和四十磅重的船锚，还有船首破浪处的雕像都是老浪花号上原有的。压舱物是坚硬的水泥块，稳稳地放在船底，浪花号的龙骨上并未放置铁或铅

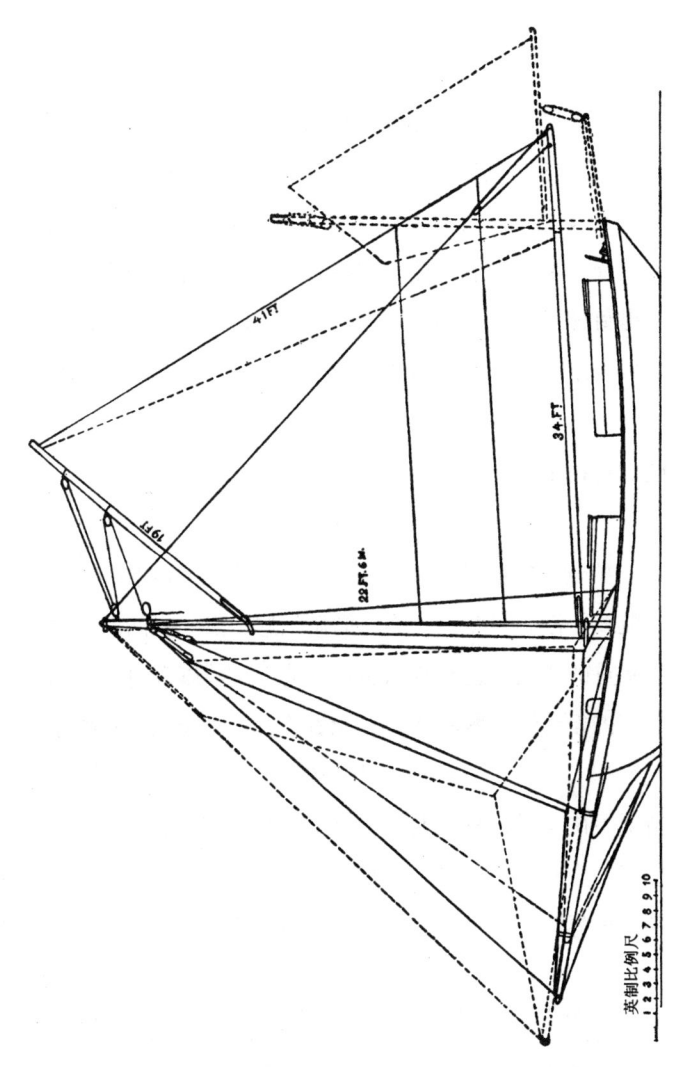

浪花号的船帆索具设计图。实线部分代表浪花号启航之初的船帆索具图。她横渡大西洋抵达直布罗陀，然后朝西南方下行再次横渡大西洋前往巴西，她在南美海域将船首斜桅和船帆下桁截短，再加上辅助帆，组成前桅高后桅低的帆索具。接下来的航程都用新帆具航行，这一部分以虚线表示。最前方的帆是偶尔用到的飞三角帆，由一根竹子撑起并固定在船首斜桅上。这张图并未画出辅助帆的安装位置，但可从前面的甲板设计图中略见一二

后 记　265

块等其他重物。

即使当初造船时我曾用尺量过长宽高,但并没有把数据记录下来。经过这么漫长的航程,我还是无法一下子说出浪花号的桅杆、船帆下桁或斜桁的长度;我也不知道她每张船帆的受力点在哪里,除了有一次在海上被它的受力点打到;绳索的受力点我也同样不清楚。一艘好船的建造的确需要用数学计算测量,浪花号的数据也都符合这些要求。她很容易保持平衡及良好的状态。

空前的航行技术

有一些资深的船长问我浪花号怎么可能在迎风航行的同时保持正确的航线?浪花号竟能一连数周做到这一点。提问的人之中有一位极受敬重的船长,也是我的朋友,他不久前以政府专家的身份在波士顿一桩轰动的命案审判[①]中出庭作证。他指出,在舵手离开舵轮去割断船长喉咙的这段时间内,船不可能维持原有的航线不变。一般情况下确实是这样,尤其是对于一艘横帆帆船来说。然而,在这起惨案发生时,浪花号正处与无人掌舵(要有也只是偶尔)的情况下环绕世界呢!不过,我要在此声明,我的说法并不能左右波士

[①] 指1896年7月13日,三桅船贺伯特·富勒号大副布兰姆的联邦法庭二次开庭,他涉嫌在海上谋杀了这艘船的船长纳什。布兰姆亦涉嫌同时谋害了纳什夫人和二副。在1898年3月15日至4月20日间的开庭中,被告辩称这场谋杀并不是布兰姆所为,凶手是舵手布朗。但布朗若要谋杀此三人,势必要让船舵有一小段时间无人照料,于是法庭从麻州和缅因州召唤了三十九位老船长作证,指称船舵无法稳住航线那么久。这些老船长中至少有六个来自鳕鱼角,斯洛克姆在此提及的朋友想必是其中一名。最后布兰姆被判无期徒刑,余身以服苦役告终。

顿的命案审判。司法当局一定会将歹徒绳之以法,使他们受到应有的制裁。换句话说,若以发生命案的船只型式及索具而论,即使换我去作证,我的证词也会和那位航海专家一样。

但是,请看浪花号从星期四岛驶向基灵群岛的航程,二十三天内航行了两千七百英里,期间除了大约一小时的时间以外,一直没有人掌舵。我想,世上再也没有另一艘船能在类似的情况下做到这一点。那其实是一段令人心旷神怡的仲夏航行。除非有过遨游海上的经验,否则很难体会在浩瀚海洋上航行的乐趣。若想体验环绕世界航行的极致快乐,并不一定要单独出航,当然能够体验一次也不错,而且第一次的体验更是乐趣无穷。我那位政府专家朋友,同时也是经验老到的船长,他昨天还站在浪花号的甲板上,亲眼目睹并佩服她惊人的质量与性能,他甚至兴致勃勃地表示要卖掉位于鳕鱼角的农场,再度出海。

敬告有志航海者的结语

对于向往出海遨游的年轻人,我会鼓励他们去实践梦想。有关海上生涯艰苦危险的说法,绝大部分是夸大之词。我曾在险恶的海上和据说"很严格"的船上接受过良好的训练。那些年,我不记得自己挨过骂,这样的回忆令我觉得海洋更加可亲。我更感谢我少年及成年时代停留过的每一艘船的上司,他们从来不曾打骂过我。我在船上时,周围的人当然不似天使般温柔和气,甚至动不动就发脾气,但我只想尽可能地讨上司的欢心,而且我办到了。海上会有危险,那是一定的,这就和在陆地上也会有危险一样。然而,上帝赐予人类智慧与技能，将这种危险降到最低，更何况这可是一艘用心建造、经得起海上风浪考验的船。

要谨记在心的是，在海洋发威时千万不能掉以轻心。你一定要了解海洋，并且清楚自己认知的程度，不要忘了海洋是为了让船只航行而存在的。

我已经给出了浪花号的建造蓝图及各项尺寸——我认为这种船经得起任何天气状况和洋面的考验。或者应该这样说，想要成功地测出船只的尺寸，要凭经验。但是，若想成为成功的航海家或水手，并不一定非把焦油桶挂在脖子上不可。或者换句话说，海员制服上的铜纽扣数量，并不能提高船只的安全性。或许有朝一日，我会找出理由来修改亲爱的老浪花号的原型。但根据我有限的经验来看，她的船体线图十分理想，其安全性胜过那些遨游海上的游艇。年轻水手在类似浪花号的小船上实习，要比在较大型的船只上更合适，且能学到更多。我自认在浪花号上学到的航海技术比在其他任何一条船上学到的都要多。至于磨练水手最大的美德——耐心，更是不在话下。我航行在位于南美洲大陆陡峭的海岸与荒凉的火地岛之间的麦哲伦海峡时，必须应付种种复杂的状况，几乎寸步难行。在那种情形下，我学会耐着性子坐在舵轮前，每天迎着大浪前进十英里就心满意足。还有，我在那里耗了一整个月，还能一边哼着老歌，一边从头来过，循原路辛辛苦苦地再闯一次。无论是在暴风雨中的舵轮前苦撑三十个小时、超过人类忍受极限，还是在风平浪静中吃力地划着船进出港口，对于浪花号的船员而言都不足为奇。只要我的船出航，无论身在何处，我都能快乐逍遥地度日。

附 录

约书亚·斯洛克姆船长小传

斯洛克姆船长于一八四四年二月二十日出生于加拿大新斯科舍省安纳波利斯郡威尔莫特的一座农舍，父亲约翰高大魁梧，身高六英尺，是卫理公会教会执事，谨守教规，律人律己甚严，母亲莎拉·萨瑟恩是灯塔看守员的女儿。他们两人共生育了十个小孩，斯洛克姆为家中长子，排行老五，他的父系或母系家族均有不少人曾在海上谋生。

一八五二年，斯洛克姆八岁时，他的父亲卖掉继承的山地农场，移居至妻子的家乡布莱尔岛上的韦斯特波特发展。他在当地开了一家鞋店，斯洛克姆十岁时就被迫离校回家钉皮靴，帮忙维持家中生计。他痛恨这种每天长达十小时的苦工，十四岁便离家到附近的圣玛丽湾的一艘渔船上打工。一八六〇年母亲去世后，斯洛克姆和一个名叫切尼的好友一同驾驶一条做工粗糙、保养极差，甚至会漏水的专供近海航行的帆船，从圣约翰出海，驶向爱尔兰的都柏林。

到了都柏林，斯洛克姆又转往英国利物浦，继而登上驶往中国和东印度群岛的英国船坦约尔号并担任二等水手。由于工作过度劳累，他在途中生了病，被暴虐残忍的船长马丁留在巴塔维亚恶名昭彰的热病医院,幸亏索薛号的船长艾里把无助的斯洛克姆带上船,将他从死亡边缘拉回来。接下来的几年,他随着不同的英国船只前往世界各地,这些船只运载的货物主要是煤和谷物。他两度绕行合恩角,抵达雅加达、香料群岛、马尼拉、香港、西贡、新加坡及旧金山。为了准备贸易局的考试,他在出海期间苦读,十八岁即取得二副的证书。

旧金山是繁华兴盛的沿海贸易中心,吸引斯洛克姆船长于一八六五年选择留在当地成为美国公民。他后来在哥伦比亚河捕鲑鱼,又在加拿大的不列颠哥伦比亚猎动物毛皮,他还设计出一种改良式捕鳇鱼渔船,这款设计随后被哥伦比亚的一家渔场购买。

斯洛克姆从事这一连串岸边活动后,又于一八六九年重返海洋,驾驶一艘沿海航行的帆船,从旧称夫里斯科的旧金山运载谷物至西雅图。一八七〇年,他接下生平第一次船长职务,掌控三桅帆船华盛顿号航向澳洲悉尼,再从悉尼前往阿拉斯加参与一项远洋捕鲸行动(美国于一八六七年向俄国买下阿拉斯加)。

在悉尼,斯洛克姆船长结识了一对美国夫妇的女儿弗吉尼娅·艾伯特·沃克,两人于一八七一年一月三十一日结婚。弗吉尼娅陪他乘着华盛顿号航往阿拉斯加,此后夫唱妇随,两人总是结伴出海。他们的四个孩子没有一个出生在美国本土,维克托在宪法号上诞生,加菲尔德在香港出生,本杰明生于悉尼,杰西则在菲律宾群岛的奥隆阿波出世。

俄国人撤离阿拉斯加后,华盛顿号是第一艘驶入阿拉斯加库克湾的美国船。这次捕鲸行动极为成功,但帆船遇上强风,被迫于卡西洛夫河附近抛锚靠岸,导致航程彻底失败。在这种情况下,斯洛克姆船长仍设法将船上值钱的渔获运回旧金山。华盛顿号的船东随后请他担任三桅帆船宪法号的船长，于是他驾船驶往夏威夷檀香山，随后又前往墨西哥多处港口。

一八七四至一八七六年间，斯洛克姆担任本杰明·艾马号的船长，航行于南海一带。后来，这艘船被船东出售，斯洛克姆受困菲律宾群岛。但他并未因此消沉，反而接下召集当地工人造船的工作，为一位年轻的造船工程师爱德华·约翰逊建造了一艘一百五十吨重的蒸汽船。他们在苏比克湾架起船台，然后将船体拖往六十英里外马尼拉附近的帕西格进行最后的收尾作业。约翰逊付给斯洛克姆的部分酬劳是一艘九十吨重的双桅帆船帕托号。斯洛克姆靠着帕托号装运木材，航行于菲律宾群岛的各岛之间，赚进大笔财富。后来，他转念想恢复捕鲸工作，便将帕托号驶往香港改装，然后再次驶向鄂霍次克海，捕获大批鲑鱼，继而横越北太平洋，前往加拿大不列颠哥伦比亚港口城市维多利亚。这趟航程长达八千两百英里，他抵达维多利亚后，将船上的渔获出售，获利极丰。

帕托号后来驶往夏威夷，并在当地出售。一八七八年，斯洛克姆买下紫水晶号。经过一番改装后，他驾着这艘船开始在檀香山、马尼拉、长崎、上海及符拉迪沃斯托克之间输运木材和煤。一八八〇年，他在香港卖掉紫水晶号，买下北方之光号的股份。北方之光号拥有全套的帆索装备（每一根桅杆上都有天帆），斯洛克姆船长表示，这艘船是"美国最棒的帆船"。两年后，他卖掉这艘船的股份，改购三桅帆船阿奎德内克号，并驾着此船前往巴西的伯南布哥和阿根廷的布宜诺斯艾利斯。他的妻子弗吉尼娅在历经十三年的海上动荡生活后，于一八八五年七月二十五日因病去世，终年三十四岁，

附录　271

安葬在布宜诺斯艾利斯。为了照顾年幼的孩子，次年年初，斯洛克姆又娶当时仅二十四岁的表妹亨丽埃塔·埃利奥特为妻。

艾奎奈克号展开往返于美国巴尔的摩与南美各港口间的航程，其间，斯洛克姆遭遇各种灾难。他在某次暴乱事件中被迫枪击两人，因而在巴西法庭接受审判，幸而未被起诉并被释放。数月后（一八八七年），他的船在巴西里约热内卢附近的港口阿侬提纳触礁。他们做了各种努力，但船只还是严重受损，彻底报废。斯洛克姆一家流落异国海岸，手中又缺少返乡的盘缠。

这时，斯洛克姆的造船经验发挥了作用，助他东山再起。他设计并建造了一艘三十五英尺长的船只，这艘船将"安恩角平底小渔船船体及中国舢板的帆具"结合在一起，于一八八八年五月十三日举行命名典礼。这一天是巴西奴隶解放纪念日，这艘船因而被命名为"自由号"。六月二十四日，斯洛克姆一家乘着自由号启航返回美国。

若不是被浪花号的成功光芒所掩盖，斯洛克姆很可能凭借驾着无舱盖式船自由号从巴西的帕拉纳瓜驶抵美国南卡罗来纳州罗曼角，航行五千五百一十英里的纪录，以及勇敢无畏的航海家精神而名垂千古，何况此行还携家带眷——妻子及两个年幼的孩子（维克托与加菲尔德），他们非但帮不上忙，反而成了一种拖累。

斯洛克姆曾在《自由号航程》一书中提到过这段经历。他于一八九〇年自费出版此书，可惜鲜有人知。不过，斯洛克姆的这段事迹并非全然被埋没，他返回美国后得到老罗斯福总统召见，自由号则被陈列在美国国家博物馆展出。

然而，这些殊荣并未给财力日渐衰弱的斯洛克姆带来新财富。

后来，穷困潦倒的他在因缘际会下接受友人提供的机会，接下有百年历史、船身已经腐朽的采牡蛎船浪花号。他重建了浪花号，并展开了罕见的独航环绕地球一周的行程。这项行动使斯洛克姆的经济状况大幅改善，记录这趟航程的《一个人环游世界》一书的版税收入，使他得以买下第一幢房子。然而，斯洛克姆始终无法完全忘情海洋。一九〇五、一九〇七和一九〇八年秋季，他三度驾驶浪花号独航至西印度群岛。一九〇九年十一月十四日，年事渐高的斯洛克姆船长再度启航度"寒假"。可惜，这次出航后，浪花号再无下文，不知所终。